W0283949

NANCY MITFORD

SCHÖNE BESCHERUNG AUF COMPTON BOBBIN

ROMAN

Aus dem Englischen
von Eva Regul

KAMPA

Die englische Originalausgabe erschien 1932 unter dem Titel *Christmas Pudding* im Verlag Thornton Butterworth, London.
Die deutschsprachige Erstausgabe erschien 2024 im Verlag Schöffling & Co., Frankfurt am Main.

Für den Blick hinter die Verlagskulissen:
www.kampaverlag.ch/newsletter

KAMPA POCKET
DIE ERSTE KLIMANEUTRALE TASCHENBUCHREIHE
Gedruckt auf säurefreiem und chlorfrei gebleichtem Papier zur Unterstützung verantwortungsvoller Waldnutzung, zertifiziert durch das Forest Stewardship Council. Der Umschlag enthält kein Plastik. Kampa Pockets werden klimaneutral gedruckt, kampaverlag.ch/nachhaltig informiert über das unterstützte CO_2-Kompensationsprojekt.

Veröffentlicht im September 2025 als Kampa Pocket
Eine Koproduktion der Verlage Kampa und Schöffling und Co.
Copyright © 1932 by the Estate of Nancy Mitford
Für die deutschsprachigen Rechte
Copyright © 2024 by Schöffling & Co. Verlagsbuchhandlung GmbH, Frankfurt am Main
Für diese Ausgabe
Copyright © 2025 by Kampa Verlag AG,
Hegibachstrasse 2, CH-8032 Zürich
info@kampaverlag.ch
GPSR-Kontakt: Schöffling & Co. Verlagsbuchhandlung GmbH,
Kaiserstraße 79, D-60329 Frankfurt am Main
info@schoeffling.de
Der Verlag behält sich eine Nutzung des Werkes für Text- und Data-Mining im Sinne des § 44b UrhG ausdrücklich vor.
Covergestaltung: Lara Flues, Kampa Verlag
Covermotiv: akg-images
Satz: Fotosatz Amann, Memmingen
Gesetzt aus der Stempel Garamond LT / 1. Auflage 2025
Druck und Bindung: GGP Media GmbH, Pößneck
ISBN 978 3 311 15129 6

www.kampaverlag.ch

Schöne Bescherung auf Compton Bobbin

Prolog

Vier Uhr nachmittags am 1. November, einem dunklen, nebligen Tag. Sechzehn Personen suchen einen Autor.

Paul Fotheringay sitzt in seiner Wohnung in der Ebury Street und betrachtet die Freiexemplare seines Romans *Kuriose Kapriolen*, die soeben per Post eingetroffen sind. Vor ihm liegt ein einsamer Abend, und er überlegt, ob er ein paar Freunde anrufen soll, aber dann beschließt er, dass es keinen Sinn hätte. Sie wären alle längst beschäftigt. Er bewundert die Energie, die andere Leute besitzen – sie sind nicht nur den lieben langen Tag beschäftigt, sondern obendrein in der Lage, diese Beschäftigungen zu planen und vorzubereiten. Paul ist schon froh, wenn er es schafft, seine Beschäftigungen überhaupt auszuüben, er weiß genau, dass es ihm niemals gelingen wird, sie auch noch zu planen. Also bleibt er allein.

Walter Monteath spielt mit drei sehr viel reicheren Leuten Bridge. Er setzt mehr, als er sich zu verlieren leisten kann, und gewinnt ein Spiel nach dem anderen.

Sally Monteath probiert ein Kleid an, für das sie, falls nicht ein Wunder geschieht, niemals das nötige Geld haben wird. Sie sieht sehr hübsch darin aus.

Marcella Bracket ruft einen jungen Mann an und gibt ihm einen Wink mit dem Zaunpfahl, dass sie am Abend von ihm ausgeführt werden will.

Amabelle Fortescue deckt den Tisch fürs Dinner und überlegt, ob sie einen geschiedenen Mann neben seine erste Frau setzen soll. Ja, das ist eine gute Idee. Seit es nicht mehr notwendig, ja, nicht einmal mehr wünschenswert ist, dass die beiden miteinander auskommen, verstehen sie sich prächtig.

Jerome Field schläft in seinem Büro.

Die noch namenlose Miss Monteath schläft in ihrem Kinderwagen.

Bobby Bobbin schreibt am Eton College eine Nachricht an einen älteren Jungen.

Philadelphia Bobbin sitzt im Salon ihrer Mutter, starrt in den Kamin und hofft, dass der Tod weniger langweilig wird als das Leben.

Lady Bobbin stapft durch den Matsch von Gloucestershire und verflucht die Maul-und-Klauen-Seuche, deretwegen in diesem herrlichen, frostfreien Winter die Jagd ausgesetzt werden muss.

»Im Leben liebt' ich dich zu wenig, im Tode liebt' ich dich zu sehr«, singt Lord Leamington Spa bei einem Benefizkonzert zugunsten der Aktion »Fröhliche Dörfer«. Danach gibt er »Schauderhaft ist des Tauchers Tod« zum Besten und als Zugabe »Unterm Zedernbaum«. Lady Leamington Spa stimmt der Vorsitzenden der Aktion zu, dass ihr Mann eine sehr schöne Stimme habe. »Und unser Sohn ist genauso musikalisch wie sein Vater«, sagt sie stolz.

Besagter Sohn, Squibby Almanack, lauscht gemeinsam mit drei befreundeten jungen Männern mit blondem Haar und beginnender Glatze in der Bond Street einem Bach-Konzert.

Major Stanworth fährt in seinem Morris Cowley von Oxford nach Cheltenham, um seinen kleinen Sohn, der ziemlich schlimm Mumps hat, im Internat zu besuchen.

Michael Lewes verschickt Einladungen zu einer Gartenparty in der Residentur Seiner Britischen Majestät in Kairo. Dabei dankt er mehrfach laut dem Himmel, dass er den diplomatischen Dienst an Weihnachten für immer verlassen wird.

Die Herzogin von St Neots tauscht mit einer alten Freundin den neuesten Klatsch und Tratsch aus. Jede einzelne ihrer Äußerungen würde reichen, um sie wegen Verleumdung vor Gericht zu bringen.

Ihre Tochter aus einer früheren Ehe, Miss Héloïse Potts, sitzt versteckt in einem Alkoven, lauscht der Unterhaltung und hofft, nicht entdeckt zu werden.

Sechzehn Personen suchen einen Autor.

I

In der Tate Gallery gibt es einen Raum, der in diesen unbelehrbaren Zeiten kaum je gezielt angesteuert wird, sondern meist nur als Durchgang zu den französischen Gemälden der Sammlung von Sir Joseph Duveen dient. Viele Kunstliebhaber, die schon unzählige Male hindurchgeeilt sind, könnten vermutlich kein einziges der hier ausgestellten Glanzstücke der viktorianischen Kultur benennen, geschweige denn beschreiben, so sehr verweigert sich der menschliche Geist jenen Eindrücken, mit denen er nichts anfangen kann.

Und so war die Existenz dieses Raums auch Paul Fotheringay nicht bewusst gewesen, bevor er sich am 2. November hier wiederfand. An diesem Tag nahm er zum ersten Mal die unansehnlichen großformatigen Werke der »Ein Bild sagt mehr als tausend Worte«-Schule wahr, die hier hingen, aufgelockert von ein paar drittklassigen Präraffaeliten und einigen sorgfältig ausgeführten Zeichnungen von Ruskin. Paul saß auf einer harten, blank polierten Bank und beobachtete eine ältere Dame, die mit mäßigem Erfolg versuchte, die hübschen, aber schlichten Gesichtszüge von Mrs Rossetti abzumalen. Denn es war Publikums-Maltag in der Tate. Paul fragte sich, wie die alte Dame es schaffte, die Farbe so wunderbar glatt aufzutragen. Sie war wirklich sehr geschickt. Bei seinen eigenen künstlerischen Versuchen mit Pinsel und Leinwand hatte er stets nur einen Haufen dicker Farbkleckse hervorgebracht, aber das war natürlich sein persönlicher Stil und, wie er meinte, kein ganz schlechter. Dennoch war er sich bewusst, dass er selbst mit größter

Anstrengung die Farben niemals so ebenmäßig auftragen könnte, wie es der alten Dame scheinbar mit leichter Hand gelang.

Bald jedoch wanderten seine Gedanken von der Außenwelt zu seinem inneren Elend. Wenn ein Mann in den zwei wichtigsten Bereichen seines Lebens über das erträgliche Maß hinaus leiden muss, wenn monatelange Mühen Früchte tragen, die bitterer sind als ein Scheitern, und wenn sich im selben Moment auch noch seine Angebetete endgültig als aller Bewunderung unwürdig erweist, dann ist dieser Mann wahrhaft unglücklich.

Dies ging Paul durch den Kopf, und unter dem marternden Doppelblick von Mrs Rossetti grübelte er zum hundertsten Mal über die beiden Gründe für seine momentane Schwermut nach, nämlich das Verhalten seiner Verlobten Marcella Bracket sowie die Reaktion der Öffentlichkeit auf seinen ersten Roman *Kuriose Kapriolen*, der in dieser Woche erschienen war. Es war schwer zu sagen, was ihn mehr verletzte. Das Echo auf den Roman wirkte auf den ersten Blick äußerst positiv. Selbst jene Kritiker, die nicht mit ihm in Eton oder Oxford gewesen waren, hatten das Buch ausführlich und überraschend einhellig gelobt; der Scheck, den er später von seinem Verleger bekommen würde, versprach deutlich größer auszufallen als jene, die (gottlob) so oft junge Autoren davon abhalten, jemals wieder den Stift aufs Papier zu setzen. Kurz, das Buch war unzweifelhaft ein Erfolg. Aber welches Lob, welche Aussicht auf klingende Münze konnte den unglücklichen Paul darüber hinwegtrösten, dass sein Buch, dieses Kind seiner Seele, in das er mehr als ein Jahr Arbeit gesteckt hatte, in das all die Verbitterung eines leidenden Gemüts geflossen war und das, wie er meinte, mit hingebungsvollem Ernst von den feinen Schattierungen der Psyche eines jungen Mannes erzählte und sich schließlich mit dem Selbstmordpakt von Held und Heldin zu einem fast unerträglich tragischen Höhepunkt aufschwang, dass dieses Buch von allen Seiten als das witzigste und absurdeste Werk der letzten Jahre bejubelt worden war. Er, der beim Schreiben nur ein einziges Ziel vor Augen gehabt hatte, nämlich von der kleinen Schar der Gebildeten und Kultivierten aufrichtigen Beifall zu erhalten, stand jetzt als Clown und Witzbold da und musste das Gekicher und Gejohle des Pöbels ertragen.

Seine Augen füllten sich mit Tränen, während er noch Mrs Rossettis Gesicht anstarrte, sodass ihre Züge verschwammen und ihr wolliges Haar noch wolliger wurde, und bekümmert dachte er daran zurück, wie ein Kritiker nach dem anderen ihn als den neuen Humoristen und sein Buch als das komischste Buch des Monats beschrieben hatte. Traurig zog er ein Bündel Zeitungsausschnitte aus der Tasche. Er kannte sie längst auswendig, und sie noch einmal anzusehen war, als würde man auf einen entzündeten Zahn drücken in der Hoffnung, dass der Schmerz vielleicht doch nicht unerträglich ist.

WITZIGER ROMAN EINES NEUEN SCHRIFTSTELLERS

Eine willkommene Abwechslung zur Düsternis von Miss Lions *Tragödie auf dem Bauernhof* beschert uns Paul Fotheringay mit seinem ersten Roman, *Kuriose Kapriolen*, der amüsantesten Neuerscheinung seit Monaten. Die launige Komödie ist durchweg humorvoll und wird sicherlich den Weg ins Bücherregal all jener Leser finden, die eine gute Schmunzellektüre zu schätzen wissen.

AMÜSANTER DEBÜTROMAN

... Und so konnte auch ich nicht umhin, angesichts der absurden Abenteuer von Mr Fotheringays Helden Leander Belmont mehrfach in lautes Lachen auszubrechen ... Auch wenn *Kuriose Kapriolen* wenig bis gar nichts mit dem wahren Leben zu tun hat, muss man dem Autor für eine so witzige Geschichte überaus dankbar sein.

EHEMALIGER STUDENT DEBÜTIERT ALS HUMORIST

Paul Fotheringays erster Roman *Kuriose Kapriolen* (Fodder & Shuttlecock, 7 Shilling 6 Pence) ist eines der unterhaltsamsten Bücher, die ich als Kritiker jemals zu lesen das Vergnügen hatte. Es erinnerte mich hier und da an die lustigsten Szenen bei Mr Wodehouse, hier und da an die zynischsten bei Mr Evelyn Waugh und war dabei dennoch von einer verblüffenden Originalität. Ich konnte es kaum aus der Hand legen und werde es so bald wie möglich noch einmal lesen. *Kuriose Kapriolen* ist die Geschichte des verarmten jungen Aristokraten Lord Leander Belmont, der nach seinem Abschluss in Oxford keine angemessenere Arbeit findet als die eines Assistenten in einem Pfandleihhaus ... Lord Leander ist eine ungemein komische Figur und seine Verlobte Clara ebenso. Insbesondere das letzte Kapitel, in dem sie sich in der Themse ertränken wollen, dank der Wachsamkeit der Wasserschutzpolizei aber nichts Tragischeres als ein Schlammbad zustande bringen, ist ein humoristisches Meisterstück. Ich habe gelacht, bis ich es buchstäblich nicht mehr aushalten konnte ...

Verbittert erinnerte Paul sich daran, wie er dieses letzte Kapitel verfasst hatte, wie er die ganze Nacht hindurch an der richtigen Mischung aus Tragödie und Pathos gefeilt hatte. Beim Schreiben waren ihm die Tränen über die Wangen gelaufen. Die Verzweiflung zweier an ihrem Schicksal zerbrechender Seelen, denen es nicht einmal gelingt, aus einer Welt zu entfliehen, in der sie nichts mehr hält, schien ihm ein erhabenes, wunderschönes und bewegendes Thema zu sein. Aber absolut niemand, kein einziger Mensch hatte auch nur ansatzweise verstanden, was er ausdrücken wollte.

Er steckte die Zeitungsausschnitte wieder in die Tasche und zog einen Brief heraus, der seine Gedanken in noch schmerzlichere Bahnen lenkte.

Liebster Paul, (stand da,)

wie lieb von dir, mir ein Exemplar von Kuriose Kapriolen *zu schicken – ich war ganz aus dem Häuschen, als ich die Widmung las, was für eine tolle Überraschung. Ich hoffe, dass es den Riesenerfolg hat, den es zweifellos verdient, ich persönlich fand es unendlich komisch. Ich habe von Anfang bis Ende gebrüllt vor Lachen. Ich wusste gar nicht, dass du so etwas Witziges schreiben kannst. Muss jetzt los, mein Schatz, ich gehe mit Eddie aus, also alles Liebe und viele Küsse von*

Marcella
P. S. – Bis bald mal wieder.

Paul stieß einen tiefen Seufzer aus. Dass die Frau, für die er eine so verwirrende Bewunderung empfand, sein Buch auf diese Weise lächerlich machte, war ein Schlag, wenn auch kein tödlicher; um ehrlich zu sein, hatte er nie allzu große Stücke auf ihre geistigen Fähigkeiten gehalten. Unglücklich war er vor allem wegen der Grausamkeit und der Herablassung, mit der sie ihn behandelte.

Marcella Bracket besaß die schlimmsten Eigenschaften einer Großwildjägerin, und das in einem für ihr jugendliches Alter (sie war zweiundzwanzig) außerordentlichen Maß. Sie gehörte zur seltenen und unangenehmen Spezies des hohlköpfigen intellektuellen Snobs. Was für den gewöhnlichen Snob Earls und Marquis sind, waren für sie Dichter und Maler; sie wollte unbedingt zu den Kreisen gehören, die sie für die »geistige Elite« hielt, und von Berühmtheiten angebetet werden. Doch während sie über ihre Eltern einige Earls und Marquis kannte, war es ihr zu ihrem Leidwesen bisher noch nicht gelungen, auch nur die entfernteste Bekanntschaft mit einem Literaten zu schließen, und der einzige achtbare Künstler, dem sie je vorgestellt worden war, hatte sich nicht darum gerissen, ein Porträt von ihr anzufertigen. Daher sah sie im armen Paul, der sich aus vollkommen unverständlichen Gründen auf den ersten Blick in sie verliebt hatte, die verheißungsvolle unterste Sprosse jener Leiter des gesellschaftlichen Erfolgs, die sie so gerne erklimmen wollte. Sie ließ ihn sogar glauben, sie seien heimlich verlobt, damit sie mit ihm und seinen Freunden, die sie schon lange hatte kennenlernen wollen, umherziehen konnte und um sich von ihm bestimmte Floskeln und Meinungen anzueignen, die möglicherweise eine Eintrittskarte in jene Kreise darstellten, auf die sie es abgesehen hatte. Später wollte sie natürlich irgendeinen reichen, farblosen Mann heiraten und sich in Chelsea niederlassen, wo sie die High Society empfangen würde. In der Zwischenzeit aber schmeichelte es ihrer Eitelkeit, Objekt der hoffnungslosen Leidenschaft eines Mannes zu sein, der unter den jungen Leuten als ungeheuer geistreich galt.

Obwohl Paul von alldem eine dunkle Ahnung hatte, begriff er die Situation nur zum Teil, und da er außerdem glaubte, sehr verliebt zu sein, hatte sie ihn mit ihrem Verhalten in einen Dauerzustand von finsterster Schwermut gestürzt. An ebendiesem Tag hatte er sie, um sich ihre Begleitung für den Nachmittag zu erkaufen, zum Lunch ins Ritz eingeladen, ein Luxus, den er sich eigentlich gar nicht leisten konnte. Als er erschienen war, zugegebenermaßen ein wenig verspätet, hatte er sie zusammen mit der hirnlosen Hülle von Archibald Remnant, genannt »Chikkie«, angetroffen. Die beiden tranken Sektcocktails. Paul gesellte sich zu ihnen, doch Marcella richtete kaum ein Wort an ihn, sondern plauderte noch mindestens zwanzig Minuten weiter mit dem Schwachkopf, und erst nachdem »Chikkie« mehrfach erfolglos angedeutet hatte, man könne ihn gerne zum Lunch einladen, zog er Leine und überließ Paul die Cocktailrechnung. Das anschließende Essen gestaltete sich sehr unbefriedigend, Marcella hatte grauenvolle Laune. In den Pausen zwischen ihren Bestellungen – sie bestellte nur die teuersten Gerichte, denn es war eines ihrer Lebensprinzipien, dass man umso mehr aus den Menschen herausholen konnte, je mehr man sie für sich zahlen ließ – plapperte sie unaufhörlich über ihre Erfolge bei verschiedenen jungen Männern, die Paul nicht kannte. Diesem Geplauder entnahm er, dass es beileibe nicht ihre Absicht war, den Nachmittag mit ihm zu verbringen, sondern dass sie sich vielmehr direkt nach dem Lunch verabschieden wollte, um mit einem anderen Verehrer eine Flugstunde am Flugplatz Heston zu absolvieren. Die Aussicht, sie schon so bald wieder zu verlieren, hatte ihn so nervös und wütend gemacht, dass er fast schon froh gewesen war, als sie endlich in einem großen Bentley zu ihren Loopings und ihren Wapiti-Doppeldeckern aufgebrochen war. Mittlerweile wäre dort ein luftiger Flirt im Gange, das war ihm klar, denn Marcella war eine unverbesserliche Verführerin.

Und so hatte er sich zum Trost nach Millbank in die Tate begeben, nur um feststellen zu müssen, wie vermutlich schon viele vor ihm, dass gute Kunst im Betrachter eine gewisse

Zufriedenheit, wenn nicht gar Fröhlichkeit erfordert, da ansonsten ihr harmonischer Anblick die innere Disharmonie nur umso deutlicher hervortreten lässt. Die Betrachtung zweitrangiger Kunstwerke hingegen, die eine Mischung aus Ärger und Belustigung erweckt, bietet oft eine ganz gute Ablenkung. Daher Mrs Rossetti. Paul aber hatte das Gefühl, dass gegen seine tiefe Niedergeschlagenheit nichts auszurichten war und selbst die Zeit seine Wunden nicht heilen würde. Es schien keinen Trost, keinen Hoffnungsschimmer mehr zu geben. Von Kindesbeinen an hatte er davon geträumt, Schriftsteller zu werden, aber offensichtlich würde es ihm verwehrt bleiben; mit Lobeshymnen, die solch mangelndem Verständnis entsprangen, wollte er nie wieder konfrontiert werden. Und auch seine Affäre mit Marcella würde kein glückliches Ende finden, denn obwohl er sie liebte, wusste er, dass sie ihm immer unsympathisch bleiben würde.

Jetzt erhob sich die Kopistin von ihrem Malhocker und begann zusammenzupacken. Das Licht ging an, was die Atmosphäre noch trister machte, und obwohl es draußen ein klarer, schöner Tag gewesen war, wirkte es im Raum fast ein wenig neblig. Pauls Gedanken kehrten zu seiner Umgebung zurück. Er sah auf seine Uhr, die wie üblich stehen geblieben war, und beschloss, nach Hause zu gehen. Vielleicht würde Marcella anrufen, und dann wäre er gerne da – seine Vermieterin war nicht sehr zuverlässig im Übermitteln von Nachrichten. Er erhob sich und wollte gerade zur Tür gehen, als er die unverwechselbare Gestalt Walter Monteaths erblickte, der, zweifellos auf dem Weg zu den französischen Gemälden, durch den Turner-Raum eilte. Als Walter seinen Namen hörte, drehte er sich zu Paul um.

»Hallo, alter Junge, dass ich dich hier treffe! Das freut mich aber. Sally und ich haben uns übrigens krank gelacht über dein Buch, es ist wirklich göttlich. Diese Polizisten! Ehrlich,

ich hatte Bauchschmerzen vor Lachen. Und der Pfandleiher war auch urkomisch. Wie hast du dir das nur alles ausgedacht? Ich würde einiges darum geben, so ein Buch schreiben zu können, die Leute sprechen von nichts anderem mehr. Na, und wo willst du gerade hin?«

»Ich weiß nicht«, sagte Paul und versuchte, eine erfreute Miene aufzusetzen. »Was hast du denn vor? Können wir nicht irgendwo etwas zusammen trinken?«

»Gute Idee. Ich wollte gerade auf einen Cocktail zu Amabelle, warum kommst du nicht einfach mit? Sie will dich ohnehin sehen, sie hat gestern schon nach dir gefragt. Wenn es dir nichts ausmacht, einen Moment zu warten, damit ich mir eben noch den Puvis ansehen kann, dann können wir direkt los. Ich bin mit dem Auto da, es ist ausnahmsweise einmal nicht in der Werkstatt.«

Während Walter, der einen Artikel über Puvis de Chavannes schreiben wollte, dessen Gemälde von Johannes dem Täufer betrachtete, starrte Paul einen großen Manet an und wünschte sich, er wäre tot. Er ahnte jedoch, dass er, ähnlich wie der Held seines eigenen Buchs, zu ängstlich wäre, um einen vernünftigen Selbstmord zustande zu bringen; er würde sich nie wie ein römischer Soldat ins Schwert stürzen.

Als sie schließlich zu Mrs Fortescues Haus am Portman Square fuhren, brüllte Walter über dem Dröhnen, Ächzen und Quietschen des uralten Autos: »Sally und ich haben gestern Abend deine Marcella getroffen, sie war mit dem armen Trottel Remnant aus, und die beiden sind später zu uns gestoßen. Wir waren uns einig, dass sie eine ziemlich langweilige alte Schnepfe ist. Was siehst du nur in ihr, Paul?«

»Das weiß der Himmel«, seufzte Paul trübsinnig.

2

Anders als viele Mitglieder ihres ehemaligen Gewerbes war Amabelle Fortescue eine intelligente, kultivierte und durch und durch liebenswürdige Frau. Ihre Berufswahl war seinerzeit weniger einer natürlichen Neigung entsprungen als vielmehr den Umständen geschuldet gewesen. Als sie nach dem Tod ihres Vaters, eines angesehenen Oxford-Professors, im Alter von achtzehn Jahren plötzlich allein und mittellos dastand, hatte sie mit scharfem Verstand ihre Situation erfasst und sofort beschlossen, jenes ihrer vielen Talente, das an eine geniale Begabung grenzte, einzusetzen, um sich ihr Brot und ein Dach über dem Kopf zu verdienen. Gesagt, getan; nur kurze Zeit später war das Brot unter einer beträchtlichen Schicht russischen Kaviars begraben, und das Dach über dem Kopf, anfangs nur eine Mietwohnung auf der falschen Seite von Campden Hill, war inzwischen ein wunderschönes, großes Haus am Portman Square.

Offenbar vollkommen mühelos, ohne Neid zu erwecken oder Skandale zu verursachen, war Amabelle an die Spitze ihres Berufsstands aufgestiegen. Und als sie kurz davorstand, sich in ungewöhnlich jungem Alter mit ihren Ersparnissen zur Ruhe zu setzen, hatte sie einen charmanten, prominenten und überaus begehrten Parlamentsabgeordneten geheiratet, den sie allerdings nur drei Jahre später wieder verlor (auf ehrbare Art und Weise, nämlich durch den Tod). Nach ihrer Hochzeit war sie eine der beliebtesten Frauen Londons geworden. Ihre Vergangenheit war vergeben und vergessen – nur von den Allerprüdesten nicht –, und ihre Einladungen wurden von wichtigtuerischen Alten wie von temperamentvollen Jungen gleichermaßen freudig angenommen.

Das Haus selbst war eines von Amabelles wertvollsten Besitztümern, und seine Ausstattung, die sich ganz bewusst am Geschmack ihrer halbintelligenten Freunde orientierte, offenbarte eine ebenso tiefgreifende wie seltene Kenntnis der menschlichen Natur. Zeugte es nicht beispielsweise von einem äußerst feinsinnigen Instinkt, dass sie für ihren Salon drei Gemälde von Le Douanier Rousseau ausgewählt hatte? Wenn ihre Gäste den Raum betraten, nahm ihnen der Anblick von Bildern, noch dazu »modernen« Bildern, die sie auf den ersten Blick erkennen konnten, sogleich jegliche Befangenheit. Werke von Seurat oder Matisse, selbst von Renoir hätten sie eventuell verunsichert, vielleicht hätten sie den Namen des Künstlers nicht sofort auf der Zunge gehabt. Doch beim Anblick des leuchtenden Laubwerks, der aufgeweckten Affen gab es keinen Zweifel, selbst die Unkultiviertesten konnten säuseln: »Was für herrliche Rousseaus Sie hier haben. Ich finde es immer so erstaunlich, dass ein einfacher Zollbeamter sie gemalt hat – im Ausland natürlich.« Und getragen von der Überzeugung, angemessen gebildet zu sein, konnten sie sich anschließend bestens amüsieren.

Der Rest des Hauses war ebenso klug eingerichtet. Alles ließ sich in Kategorien einteilen und in Schubladen sortieren, nichts war überraschend oder schockierend. Die Gäste konnten problemlos zu jedem Gemälde oder Möbelstück etwas sagen. Wenn ihr Blick in der Halle auf die viktorianischen Glasglocken voller Wollblumen fiel, riefen sie: »Wie dekorativ! Ist es nicht goldig, dass solche Sachen wieder in Mode kommen? Ich habe auch so ein hübsches Ding in Brighton gekauft und es Sonia zur Hochzeit geschenkt.« Wer das Glück hatte, die Badewanne aus schwarzem Glas zu Gesicht zu bekommen, sagte dazu: »Das ist ja ein verrücktes modernes Ding, meine Liebe, aber haben Sie nicht Angst, dass sie vom heißen Wasser platzt?« Und zu den italienischen Stühlen und Anrichten, deren edle Patina abgebeizt worden war, weil der moderne Geschmack nacktes Holz verlangte: »Wie faszinierend, Sie müssen mir unbedingt verraten, woher Sie all diese schönen Sachen haben!«

Amabelles Charme funktionierte auf ganz ähnliche Weise. Sie besaß die Klugheit, immer nur so viel von ihrer Persönlichkeit zu offenbaren, dass ihr Gegenüber problemlos darauf eingehen konnte. Ihr ganzes Leben lang hatte sie nur ein einziges Ziel vor Augen gehabt, nämlich Erfolg in der Welt der Kultur und Mode, und nur dafür hatte sie stets ihr beachtliches Talent und all ihre Energie eingesetzt; schon als Kind wusste sie sich ganz unbefangen in Szene zu setzen. Falls das Erreichen dieses Ziels auch nur einen Hauch von Enttäuschung mit sich brachte, so wusste sie dies sehr erfolgreich zu verbergen – vor allen außer sich selbst und vielleicht noch einem anderen Menschen, nämlich Jerome Field.

Jerome Field war sozusagen Amabelles offizieller bester Freund, von ihr selbst auf diesen Posten berufen, und zwar auf Lebenszeit. Ihre Freundschaft bestand schon seit über zwanzig Jahren und war für beide Seiten äußerst angenehm, denn während Jerome absolut unentbehrlich für Amabelles Wohlbefinden und Zufriedenheit war, weil er als ihr einziger Vertrauter ihr Wesen vollkommen verstand und doch keine ihrer Verhaltensweisen jemals infrage stellte, brauchte er sie, die viel Frohsinn und Häuslichkeit in sein ansonsten einsames Leben brachte, nicht weniger. Dass sich in ihre Freundschaft nie auch nur der kleinste Hauch von Liebe gemischt hatte (denn seine ganze Liebe galt seinen Geschäften und ihre dem gesellschaftlichen Leben, und keiner der beiden war zu einer weiteren wahrhaftigen und beständigen Leidenschaft im Stande), verlieh ihr eine besondere Qualität, für die zumindest Amabelle dankbar war.

Am Nachmittag von Pauls traurigem Besuch in der Tate saß Jerome Field wie fast jeden Tag beim Tee im Douanier-Rousseau-Salon.

»Heutzutage ist das Schlimmste am Altwerden«, sagte er, »dass alle Freunde, die nicht tot, todkrank oder bankrott sind, im Gefängnis sitzen. Es ist wirklich deprimierend, man kann nie wissen, ob man vielleicht selbst bald an der Reihe ist. Gerade heute habe ich noch zu meinen Direktoren gesagt: ›Denken Sie daran, sollte ich vors Strafgericht zitiert werden, dann habe ich nicht vor, allein auf der Anklagebank zu sitzen. Ich habe Ihnen allen Ihre Direktorenposten unter der ausdrücklichen Voraussetzung gegeben, dass Sie genauso gut wie ich addieren, subtrahieren und sogar multiplizieren können, und ich zähle darauf, dass Sie ebenso verantwortlich sind wie ich, wenn hier Fehler gemacht werden.‹ Ich sage dir, das hat sie ganz schön getroffen, besonders den dicken alten Dummkopf Leamington Spa. Er hätte beinahe gefragt, wie lange wir noch damit rechnen können, auf freiem Fuß zu sein.«

»Aber ich hoffe doch«, erwiderte Amabelle besorgt, »es besteht keine akute Gefahr, dass du verhaftet wirst? Du musst damit bitte wenigstens bis nach Weihnachten warten.«

»Warum, brauchst du mich an Weihnachten für etwas Bestimmtes?«

»Nicht mehr als sonst auch, mein Lieber. Du weißt genau, dass ich dich immer brauche. Aber ich hoffe, du wirst die Weihnachtszeit mit mir verbringen – ich habe nämlich ein Haus auf dem Land gemietet.«

»Doch nicht in England?«

»Allerdings, in Gloucestershire, um genau zu sein.«

»Gütiger Himmel, Amabelle!«

Jerome Field war einer jener seltenen, entgegenkommenden Menschen, die stets bereitwillig die für sie vorgesehene

Rolle übernehmen. In diesem Moment wurde offensichtlich ein leicht beleidigtes Staunen von ihm erwartet, und dieser Erwartung kam er gerne nach.

»In der englischen Provinz, du liebes bisschen, was für eine merkwürdige Idee. Wie bist du darauf bloß gekommen? Und du hast tatsächlich ein Haus gemietet?«

Amabelle nickte.

»Hast du es dir angesehen?«

Sie schüttelte den Kopf.

»Für wie lange hast du es denn gemietet, wenn man fragen darf?«

»Für zwei Monate. Ich habe heute den Vertrag unterschrieben.«

»Ohne das Haus gesehen zu haben?«

»Ja, der Weg war mir zu weit. Der Makler findet es sehr hübsch und gemütlich und so weiter, und es ist ja nur für kurze Zeit. Ich habe gedacht, ich kann direkt vor Weihnachten hinausfahren. Die Monteaths kommen und bringen ihr Baby mit, und natürlich will ich dich auch dabeihaben. Es wird bestimmt ein großer Spaß.«

»Aber das ist doch eine verrückte Idee. Was willst du denn zwei Monate lang auf dem Land machen, und dazu noch zu dieser Jahreszeit? Du wirst dich zu Tode langweilen.«

»Da bin ich mir nicht so sicher. Schließlich leben doch Hunderte von Leuten auf dem Land, wenn ich mich nicht irre, und die müssen sich ja wohl auch irgendwie beschäftigen. Außerdem ist es patriotisch, nicht ins Ausland zu fahren. Das sagst du selbst bei jeder Gelegenheit.«

»Ins Ausland, ja. Aber nichts hindert dich daran, in London zu bleiben, was bestimmt angenehmer wäre, als bei diesem Wetter nach Gloucestershire zu reisen.«

»Du machst mir nicht gerade Mut.«

»Wo ist das Haus denn überhaupt?«

»Es heißt Mulberrie Farm, und es ist in den Cotswolds, nicht weit von Woodford – zufälligerweise ganz in der Nähe von Compton Bobbin, sodass ich davon ausgehe, dass Bobby fast jeden Tag vorbeikommen wird, und du weißt ja, wie sehr ich in den Jungen vernarrt bin. Angeblich ist Mulberrie Farm ein sehr altes und schönes Haus. Ich freue mich schon riesig darauf.«

»Aber warum in aller Welt, abgesehen von deiner offensichtlichen Begeisterung für diesen fürchterlichen Rüpel Bobby, hast du dich für die Cotswolds entschieden? Es gibt kaum eine Gegend, die im Winter trostloser wäre. Devonshire oder Dorset wären wahrscheinlich sogar noch ganz nett gewesen, aber die Cotswolds –!«

»Oh, das hatte gar nichts mit Bobby zu tun, auch wenn ich es herrlich finde, ihn in der Nähe zu haben. Aber dass er dort wohnt, habe ich erst herausgefunden, nachdem ich den Mietvertrag unterschrieben hatte. Nein, ich habe einmal, als ich in Oban auf den Zug gewartet habe, an einem Kiosk ein Buch über die Cotswolds gekauft, ich weiß gar nicht mehr, warum. Wahrscheinlich wollte ich nur eine Pfundnote kleinmachen. Jedenfalls habe ich es gelesen und erfahren, dass es in den Cotswolds kahle graue Hügel und sattgrüne Täler, angelsächsische Kirchen, elisabethanische Bauernhäuser und einsames Heideland gibt, das klingt doch zauberhaft, einsames Heideland, findest du nicht? Wenn es mir gut gefällt, und ich bin ganz sicher, dass es das tut, dann kaufe ich mir dort vielleicht sogar ein Haus und lasse mich für immer im einsamen Heideland nieder.«

Jerome schnaubte.

»Du bist doch nicht verärgert, mein Lieber?«

»Nein, natürlich nicht. Aber ehrlich gesagt glaube ich nicht, dass du dort viel Spaß haben wirst.«

»In dem Fall kann ich einfach zurückkommen, oder nicht?«

»Ja, das stimmt.«

»Es gibt noch einen anderen Grund, warum ich zurzeit nicht in London sein möchte«, fügte Amabelle zögernd hinzu. »Michael kommt an Weihnachten zurück, und ich ertrage es einfach nicht, diese Sache zum x-ten Mal durchzukauen. Meine Belastbarkeit hat ihre Grenzen.«

»Bisher hast du ihn ganz gut in Schach gehalten«, erwiderte Jerome trocken.

»Ich bin inzwischen drei Jahre älter und schneller gelangweilt von solchen Dingen. Außerdem macht Michael immer solche entsetzlichen Szenen, die ich wirklich nicht mehr aushalte.«

»Wer sagt denn, dass du sie aushalten musst? Darf ich dich daran erinnern, dass in Michaels Alter drei Jahre eine Ewigkeit sind. Ich würde doch sehr bezweifeln, dass er nach all dieser Zeit immer noch in dich verliebt ist.«

»Herrje, wenn du einfach nur unausstehlich sein willst –«

In diesem Moment wurden Paul und Walter angekündigt.

3

Amabelle stand auf, gab den beiden die Hand und begann, Tische und Stühle herumzurücken.

»Ihr Lieben, ich freue mich so, euch zu sehen.«

»Komm, ich helfe dir.«

»Paul, dich habe ich ja seit Monaten nicht mehr zu Gesicht bekommen.«

»Du müsstest mir nur sagen, wo du sie hinhaben möchtest.«

»Ist gut, das schaffe ich schon. So ist es perfekt. Jetzt können Jerome und Walter eine Runde Backgammon spielen, denn ich weiß, dass sie ganz wild darauf sind, und ich kann in Ruhe mit Paul plaudern. Komm hier rüber an den Kamin, mein Lieber, und erzähl mir alles, was ich wissen will. Erstens, sollte dein Buch wirklich lustig sein? Du musst nicht antworten, wenn du nicht möchtest. Zweitens, warum hast du mich heute im Ritz wie Luft behandelt? Und drittens, wer war diese überaus abstoßende Frau, mit der du beim Lunch gesessen hast?«

»Wie klug du bist, Amabelle«, sagte Paul voller Bewunderung. »Es ist absolut erschreckend, dass diesen kleinen gelben Augen wirklich nichts entgeht.«

»Eigentlich sind sie groß und grün.«

»Du bist wirklich einzigartig – zum Glück. Das Buch war als entsetzliche Tragödie gedacht, die Frau war meine Verlobte Marcella Bracket, und ich habe dich wie Luft behandelt, weil sie sonst mit Sicherheit darauf bestanden hätte, dir vorgestellt zu werden, und ich weiß genau, wie sehr sie dich gelangweilt hätte.«

»Ah, verstehe. Sie ist also nicht nur hässlich, sondern auch langweilig? Um ehrlich zu sein, so sieht sie auch aus.«

»Ich finde sie zum Niederknien schön.«

»Das ist sie definitiv nicht, das arme Ding. Ich sehe schon, wir müssen dich da irgendwie herausholen.«

»Ich wünschte, das könntet ihr, aber leider bin ich verliebt.«

»Das wird nicht lange anhalten«, tröstete Amabelle ihn. »Tut es bei dir nie. Und was das Buch angeht: Wenn du ernst genommen werden möchtest, darfst du nicht über die oberen Zehntausend schreiben. Das musst du doch inzwischen verstanden haben? Bahnhofsvorsteher, mein Lieber, Bahnhofsvorsteher.«

»Ich weiß, ich weiß. Natürlich habe ich das verstanden. Aber das Problem ist, dass ich Bahnhofsvorsteher nicht ausstehen kann, sie sind mir ein Gräuel, genau wie Leuchtturmwärter und Frauen mit Hasenscharte und Grubenarbeiter und Lastkahnschiffer und Leute vom Zirkus, ich verabscheue sie allesamt. Außerdem kann ich keinen Dialekt schreiben. Aber du musst zugeben, dass es in meinem Buch immerhin einen Pfandleiher gibt.«

»Ja, und was für einen – mit Sätzen wie von Gibbon! Mein Lieber, so reden im echten Leben die wenigsten Pfandleiher, zumindest kann ich es mir nicht vorstellen. Kein Wunder, dass die Leute ihn für eine komische Figur gehalten haben. Wenn ich dein Buch und deine junge Dame so sehe, scheinst du ja momentan ziemlich in der Tinte zu sitzen, mein armer Schatz.«

»Das kannst du wohl sagen«, stimmte Paul düster zu. Er genoss die Unterhaltung so sehr, wie man nur Unterhaltungen genießen kann, die sich ausschließlich um einen selbst drehen.

»Obwohl ich überhaupt nicht verstehe, was du in ihr siehst.«

»Ja, hämmere mir das ein. Sag mir, dass sie unausstehlich und hässlich und dumm und grausam ist, du ahnst gar nicht, wie gut mir das tut.«

»Das mache ich gerne, aber bitte weine nicht, wenn es geht, das wäre lieb von dir. Ich bin sicher, du kommst bald über sie hinweg, das hast du doch schon öfter geschafft. Na ja, im Moment ist es sicherlich die Hölle für dich, jeden Tag dieses Pilzgesicht ansehen zu müssen. Das arme Mädchen ist gewiss kein Ölgemälde.«

»Oh, ich bin froh, dass du das sagst, Amabelle, das muntert mich unendlich auf. Wenn du sie wirklich unansehnlich findest, ist die Sache gleich nicht mehr so schlimm. Vielleicht kann ich sie eines Tages auch so sehen wie du, und dann wird alles wieder gut.«

»Bring sie einfach mal her, dann werde ich dir schon ein paar Takte über sie sagen.«

»Haha, sie würde dich zu Tode langweilen, sie ist die grandioseste Schlaftablette, die ich kenne.«

»Wirst du sie heiraten?«

»Keine Chance. Ich bin nicht reich genug. Ihre Mutter will ihr einen Gardisten angeln.« Für Paul war das Wort »Gardist« ein Synonym für Millionär. »Und außerdem liegt ihr nicht das Geringste an mir. Sie hat sich nur mit mir verlobt, weil sie meint, ich hätte kluge Freunde, und die möchte sie kennenlernen. Sie ist nämlich unter anderem ein enormer intellektueller Snob.«

»Du kennst sie schon ganz gut, was?«

»Oh, sie treibt mich in den Wahnsinn.«

»Nicht weinen, sonst höre ich sofort auf, über dich zu reden. Willst du bald mit einem neuen Buch anfangen?«

»Wozu soll das gut sein? Ich werde ja doch nur ausgelacht. Ich will nicht noch einmal so zum Narren gehalten werden. Das hat mich schwer verletzt, sehr schwer. Sieh dir das an.«

Er zog die Zeitungsausschnitte aus der Tasche. »Sie verspotten mich, sie lachen über meine heiligsten Gefühle. Das ist nicht besonders schön, oder?«

»Armer Kerl.«

»Es ist wirklich eine furchtbare Enttäuschung, das muss ich schon sagen. Mein Leben lang habe ich davon geträumt zu schreiben, ich liebe es. Was soll ich denn jetzt machen? Es ist die Hölle – die Hölle!«

»Wenn ich du wäre, würde ich die Finger von Romanen lassen. Wahre Tragik verstehen die Leute heutzutage nicht mehr, alles muss rührselig sein, und offen gestanden war dein Buch ja auch ein wenig melodramatisch, nicht wahr, mein Lieber? Warum versuchst du dich nicht an etwas anderem, einem anderen Genre?«

»Ja, vielleicht sollte ich das tun.«

»Eine Biografie zum Beispiel. Ich habe gehört, dass das ein hervorragender Denksport ist, und obendrein kann es recht profitabel sein.«

»Du bist wirklich eine wundervolle Frau, Amabelle.« Pauls Laune heiterte sich sichtlich auf. »Was für ein Glück, dass ich zu dir gekommen bin. Eine Biografie wäre mir nie in den Sinn gekommen, aber das ist tatsächlich genau das Richtige für mich. Nur wessen Biografie? Darf ich vielleicht dein Boswell sein, meine Liebe?«

»Ich fürchte, in England wird noch Zensur ausgeübt, mein Freund, und ich habe keine große Lust auf eine öffentliche Hinrichtung, aber trotzdem sehr herzlichen Dank. Nein, du musst dir in aller Ruhe einen wirklich sympathischen Menschen aussuchen. Apropos sympathischer Mensch, da ist ja die liebe Sally. Wie geht's der jungen Mutter?«

»Den Umständen entsprechend recht gut«, antwortete Sally, die eine Stola aus Seehundfell trug und bezaubernd aussah. »Schön, dich zu sehen, Paul – nicht so schön, dass Walter schon wieder am Backgammontisch sitzt. Was hattest du mir versprochen, Schatz?«

»Ist schon in Ordnung, Liebling. Ich würfele einen Pasch nach dem anderen. Siehst du, ich stecke den alten Jerome in den Sack. Ich habe gewonnen, das ist ein Backgammon. Und wir hatten auf 16 verdoppelt«, sagte er, lehnte sich zurück und legte Sally den Arm um die Taille. »Außerdem ist dein Gemurre wohl kaum fair, meine Süße, wenn man bedenkt, dass wir das seltsame Ding, das du da trägst, komplett von meinem Gewinn der letzten Woche bezahlt haben, hm? Und jetzt geh weg, du vertreibst mir das Glück.«

»Wie geht es meiner Patentochter, Sally?«, fragte Paul.

»Du lieber Himmel, sollst du etwa auch Taufpate werden?«, rief Amabelle. »Sally, warum ausgerechnet er? Und wie viele Paten sind es dann insgesamt?«

»Ungefähr zwölf, glaube ich«, sagte Sally ein wenig unsicher. »Wir haben gedacht, es wäre dumm, Paul nicht zu fragen, schließlich ist er der einzige religiöse Fanatiker, den wir kennen.«

»Ich bin kein Fanatiker«, widersprach Paul empört.

»Wirklich, mein Lieber? Ich glaube doch.«

»Nur weil ich zufällig Buchanianer bin –«

»Was sagst du da?«, fragte Amabelle. »Ich hätte nie gedacht, dass ein alter Intellektueller wie du so etwas offen zugibt. Ich lese seine Bücher auch manchmal, aber nur im Zug, wenn niemand mich sieht.«

»Ich bezog mich nicht«, sagte Paul würdevoll, »auf die Romane von John Buchan, falls du das meinst. Die lese ich selbstverständlich nicht. Der Buchanismus ist eine religiöse Sekte, gegründet von der Schottin Mrs Elspeth Buchan, einer Vorläuferin von Mrs Eddy und Mrs Besant, nur dass sie diesen deutlich überlegen ist. Sie hat die inzwischen weit verbreitete Mode, dass verheiratete bürgerliche Damen

Religionsgemeinschaften gründen, überhaupt erst erfunden. Ihr letzter Anhänger ist 1848 gestorben, und ich habe mich selbst zum Oberhaupt der N. B. B., der Neuen Buchanianer-Bewegung, ernannt. Da mit ihren Jüngern auch ihre Lehren untergegangen sind, kann ich für mich einfach neue Regeln aufstellen, was sehr angenehm ist. Wann findet die Taufe denn statt, Sally?«

»Wir hatten Dienstag in einer Woche ins Auge gefasst – würde dir das passen? –, das heißt, wenn der arme kleine Schatz dann noch bei uns ist, denn im Moment ist sie furchtbar krank, sie macht Geräusche wie Walter, wenn er die ganze Nacht lang gefeiert hat.«

»Wie wahrscheinlich ist es denn, dass sie überlebt?«, wollte Paul wissen. »Denn wenn Zweifel bestehen, würde ich gerne mal dein Telefon benutzen, Amabelle, und beim Juwelier anfragen, ob ich die Gravur des Bechers noch stornieren kann. Es ist so ein teures Stück, das will ich wirklich nicht umsonst verunstalten.«

»Ich glaube, sie wird es schaffen. Aber wie kannst du eine Gravur machen lassen, Paul, wenn wir uns noch nicht einmal für einen Namen entschieden haben. Ich bin für Henrietta Maria und Walter für Dora Mildred, und irgendwie finden wir keinen, der uns beiden gefällt.«

»Die Gravur lautet Elspeth – nach Mrs Buchan – Paula – das ist ja naheliegend – Monteath, in Liebe von ihrem Taufpaten Paul Frederick Fotheringay.«

»Also wirklich, wie dreist! Walter, hast du das gehört?«

»Ja, habe ich. Ich biete dir eine Verdopplung an, Jerome. Ich finde die Namen in Ordnung, du nicht? Wir sparen uns viel Ärger, wenn wir jemand anderen entscheiden lassen, vielleicht müssen wir uns dann nicht mehr den ganzen Tag lang streiten. Ich bin allerdings für Paula als Rufnamen, vom Buchanismus bin ich persönlich nicht so begeistert.«

»Danke, alter Junge, ein sehr feinfühliges Kompliment, wenn ich das sagen darf.«

»Nebenbei gefragt«, sagte Walter, »warum Paula und nicht Pauline?«

»Billiger. Die Gravur kostet pro Buchstabe. Ich hoffe aber wirklich, dass sie durchkommt, Sally.«

»Oh, ich auch. Anderenfalls wäre es doch sehr ärgerlich, nach all den Anstrengungen. Aber das Kindermädchen und die Zugehfrau kämpfen mit vereinten Kräften um das Leben der Kleinen, wie es immer so schön in der Zeitung heißt, deshalb denke ich, es wird schon gut gehen. Die Zugehfrau kennt sich aus, sie hat selbst schon sechs verloren.«

»Klingt nicht nach einer Glücksbringerin, aber ich will dich nicht entmutigen. Jedenfalls hoffe ich, dass ihr in dieser Angelegenheit keine Kosten scheut. Denk daran, dass ich es beim Becher auch nicht getan habe.«

»Vermutlich dein eigener, von dem du den Namen entfernen lässt?«

»Nein, mein Name bleibt natürlich. Entfernt wird ›In Liebe von seiner Taufpatin Eliza Stratford‹ – die stinkreiche Gräfin. Das stand unter meinem Namen, und stattdessen wird ›Elspeth Paula Monteath, in Liebe von ihrem Taufpaten‹ darüber eingraviert. Geniale Idee, findest du nicht? Und wer ist darauf gekommen? Die liebe kleine Marcella, das Schätzchen.«

»Wir haben Marcella gestern Abend mit diesem Chikkie gesehen. Offen gesagt, sie ist ein Ekelpaket. Walter findet sie so abstoßend, dass er nur annehmen kann, der Kerl müsse ernsthaft in sie verliebt sein.«

»Davon gehe ich aus. Hast du sie auch gebeten, Paulas Patin zu werden?«

»Nein.«

»Das ist dann schon etwas Besonderes, nicht wahr? Sie muss die einzige Person in London sein, die du nicht gefragt hast.«

»Wie leichtfertig ihr Protestanten mit den Seelen eurer Kinder umgeht«, warf Jerome vom Spieltisch ein. »Das arme kleine Ding ist schon seit Monaten auf der Welt und immer noch mit Haut und Haaren in der Erbsünde verfangen, ganz zu schweigen vom Grauen, das ihr widerfahren könnte, falls sie vor Dienstag in einer Woche stirbt – es ist eine Schande. Ich nehme die Verdopplung an, Walter. Wie gefällt dir das Mutterdasein, Sally?«

»Die Entbindung«, antwortete Sally, »ist eine unangenehme Sache. Für den Vater muss es sehr schlimm sein, Walter zufolge leidet der noch mehr als die Mutter. Ich kann das nicht beurteilen, aber ich glaube es ihm natürlich. Um ehrlich zu sein, mir würde die Kleine erheblich besser gefallen, wenn sie nicht Walters Tante Lucy wie aus dem Gesicht geschnitten wäre, aber sie ist mir trotzdem irgendwie ans Herz gewachsen. Und Walter ist so begeistert davon, Vater zu sein, dass er jetzt tatsächlich nach einer Arbeit Ausschau hält. Die Mutterschaft hat übrigens heutzutage enorme finanzielle Vorteile. Erstens kann man eine hübsche Summe kassieren, indem man das Foto eines zwei- oder dreimal so alten Kindes veröffentlicht mit der Erläuterung, dass sie nur dank der Nahrung von Gatebury's so gut gedeiht, zweitens kriegt man noch mehr Geld dafür, dass man verkündet, keine stillende Mutter würde ohne ihr Glas Bovo zu Bett gehen, und schließlich kann ich jetzt die Mutter-und-Kind-Seite im *Daily Runner* unter meinem eigenen Namen herausgeben, und dafür bekomme ich ein Pfund extra pro Woche. Oh ja, die liebe Kleine macht sich schon ganz gut bezahlt, das kann ich dir sagen.«

Am Abend begleitete Paul Marcella zu einer Party bei einem ihrer Freunde von der Slade School of Fine Art. Denn wie so viele junge Frauen studierte auch Marcella hin und wieder Kunst.

»Es ist eine russische Party«, erklärte sie Paul, während ihr Taxi sich durch das Straßenlabyrinth von SW14 schlängelte, »zu Ehren von Peter Dickinson, der gerade aus Moskau zurückgekehrt ist.«

Paul vermutete, dass Mr Dickinson unter diesen Umständen jede andere Art von Party vorgezogen hätte, aber diesen Gedanken behielt er für sich.

»Das werden sicher sehr interessante Unterhaltungen«, meinte Marcella.

»Ich hoffe, es gibt etwas zu trinken«, sagte Paul.

Sie betraten eine mit geschmackloser Freskomalerei dekorierte Kellerwohnung. Stühle gab es kaum, aber auf dem Fußboden lagerten in halbliegender Position zahlreiche ungepflegte junge Männer mit fleckigen grauen Flanellhosen und ungepflegte junge Frauen mit langen, fettigen Haaren. Als Paul und Marcella hereinkamen, schwang gerade einer der jungen Männer, vermutlich Peter Dickinson, eine Rede.

»Ja, ich habe auch die Holzfällerlager besucht, sie sind wirklich großartig, wahre Meisterwerke der Organisation. Stellt euch nur vor, was so ein sauberes, gesundes Leben an der frischen Luft für diese Städter bedeutet, die bisher nur ihren stickigen Büromief kannten. Sie sind glücklich wie die kleinen Kinder, und in allem, was sie tun, egal ob Arbeit oder Spiel, halten sie das wunderbare Ideal des Kommunismus hoch.«

Für Paul klang das eher nach Pfadfindern und nicht besonders ansprechend. Bald schon wäre er am liebsten wieder nach Hause gegangen. Marcella war innerhalb kürzester Zeit mit einem großen jungen Mann mit Backenbart verschwunden, und Paul entdeckte sonst niemanden, den er kannte. Obwohl es eine russische Party war, gab es weder Wodka noch Kaviar noch russische Zigaretten, die ihn hätten aufmuntern können. Das Einzige, was hier an jenes großartige Land erinnerte, war die düstere, unbehagliche und deprimierende Atmosphäre. Die Ketten der Liebe jedoch hielten ihn an Ort und Stelle, bis Marcella irgendwann nach drei Uhr morgens wieder auftauchte und verkündete, jetzt könne man aber wirklich nach Hause fahren. Paul war zu müde, um ihr wegen des jungen Mannes mit dem Backenbart eine Szene zu machen, und verwendete seine letzte Energie darauf, ein Taxi ausfindig zu machen, was in SW14 um drei Uhr nachts kein leichtes Unterfangen war.

»Deine Freunde können mich alle nicht leiden«, sagte Marcella selbstgefällig, als sie in dem uralten Gefährt, das er schließlich aufgetrieben hatte, durch die Straßen rumpelten. »Diese Monteaths waren gestern Abend sehr gemein zu mir. Na ja, vielleicht ist die Arme nur neidisch, dass ich so jung und hübsch bin.«

»Sally?«, fragte Paul. »Sally ist zu Eifersucht gar nicht fähig, das kann ich dir versichern. Und um ehrlich zu sein, sie findet dich reizlos und langweilig«, versuchte er sich für den fürchterlichen Abend zu rächen. Marcella war so überrascht, dass ihr ausnahmsweise einmal nichts mehr einfiel. Den Rest der Fahrt über schwieg sie und schmiegte sich so eng an Paul, wie der glatte Lederbezug der ungefederten Sitze es zuließ. Im Flur ihres Hauses gab sie ihm einen langen, heißen, feuchten Kuss und fragte: »Aber du findest mich doch schön, oder?«

»Das arme Mädchen ist süchtig nach Bewunderung«, dachte Paul. »Abgesehen davon ist sie ein nettes, kleines Ding, aber warum ich in sie verliebt bin, weiß der Himmel.«

4

Je länger Paul sich mit der Idee befasste, eine Biografie zu schreiben, desto mehr erschien ihm eine solche als ideales Medium künstlerischen Ausdrucks, als ein Genre, das ihm die Möglichkeit bieten würde, sein Herz und seine Seele auszuschütten, ohne dass er Gefahr lief, unangebrachten Spott zu ernten. Selbst die hartgesottensten und gefühllosesten Kritiker würden sich bei der Beschreibung einer Sterbeszene, die sich tatsächlich zugetragen hatte, wohl kaum die Bäuche halten. In diesem Bereich der Literatur könnte es ihm hoffentlich gelingen, sich als ernsthafter Schriftsteller zu etablieren und den Ruf des Humoristen abzuschütteln, der ihm so ungewollt angehängt worden war. Hätte er sich erst einmal auf diese Art bewiesen, würde ihn bei der Veröffentlichung eines neuen Romans sicherlich niemand mehr missverstehen. Nun stand er allerdings vor der Schwierigkeit, eine geeignete Person für seine Biografie zu finden, deren Werke er schätzte und deren Lebensauffassung er nachvollziehen konnte.

Er sann mehrere Tage über diese Frage nach, ohne zu einem Ergebnis zu gelangen. Über die Menschen, deren Biografien er gerne geschrieben hätte, insbesondere Maria Edgeworth, Miss Austen, Elizabeth Barrett Browning und Mrs Carlyle, existierte offensichtlich schon eine beachtliche Menge an Literatur. Andere, die ihm in den Sinn kamen, wie Felicia Dorothea Hemans, Mary Russell Mitford oder Mrs Livingstone (die Mutter des berühmten »Dr. Livingstone – nehme ich an«), stellten ihn vor nahezu unüberwindbare Schwierigkeiten ganz anderer Art, da über sie nichts oder nur sehr wenig bekannt zu sein schien. Es war tatsächlich nicht leicht, genau das zu finden, was er suchte, nämlich eine kultivierte, einigermaßen talentierte Frau aus gutem Hause, die in der zweiten Hälfte des neunzehnten Jahrhunderts gelebt hatte und über die noch keine Biografie verfasst worden war.

Als er sich schon verzweifelt fragte, ob er sein Ideal überhaupt jemals aufspüren würde, ging er schließlich in die London Library, wo er halbherzig durch die ersten Seiten des *Dictionary of National Biography* blätterte. Aber auch das schien ihn nicht so recht weiterzubringen. Er kämpfte sich durch die Adam-Brüder, Prince Adolphus Frederick, Alfred Aetheling, den keltischen Dichter Aneirin, Bischof Baggs, Praisegod Barebones, Arnold Boate und Bertulf. Als er auf dieser beschwerlichen Pilgerreise des Geistes bei Beorhtric, dem König von Wessex, angelangt war und gerade beschlossen hatte, seine Suche zu unterbrechen, blätterte er zwei Seiten auf einmal um, und sein Blick fiel auf den Namen Bobbin, Lady Maria.

Lady Maria Bobbin! Eigentlich war es ein Wunder, dass sie ihm noch nicht in den Sinn gekommen war. Dies war in der Tat ein Leben, das aufgeschrieben, eine Predigt, die gehalten werden musste. Diese Frau, diese Dichterin, aufgewachsen inmitten der Konventionen und Restriktionen der viktorianischen Ära, Frau eines Landedelmanns und Mutter von zwölf Kindern, die bei all ihren zahlreichen Pflichten noch Zeit gefunden hatte, erhabene, unsterbliche Gedichte wie ›Des Rotkehlchens Klage‹, ›Gebet eines griechischen Kriegers‹ und ›Unterjochtes Wales‹ zu verfassen, war genau die Heldin, nach der er gesucht hatte. Die Nationalbiografie enthielt nicht viele Informationen über sie, aber es reichte, um Paul den Mund wässrig zu machen. Immerhin wurden ihre umfangreiche Korrespondenz und ihre zahlreichen Tagebücher erwähnt, was in ihm die Hoffnung weckte, diese könnten vielleicht auf ihrem Landsitz Compton Bobbin noch existieren.

Die folgenden Fakten zu ihrem Leben fand er in der Nationalbiografie:

»Lady Maria Almanack, Tochter des achten Earl of Leamington Spa, wurde 1818 geboren und heiratete 1837 Sir Josiah Bobbin, Master of Foxhounds, von Compton Bobbin in Gloucestershire. Schon in frühester Kindheit zeigte sie erstaunliches Talent für die Versdichtung, und 1842 waren ihre Eltern leichtsinnig genug, einen Quartband ihrer *Gedichte* zu veröffentlichen. Von der negativen Kritik, auf die diese stießen, erholte sie sich schnell und veröffentlichte 1844 *Herbstfärbungen*, eine Sammlung kurzer Gedichte, die auch das berühmte ›Abschied vom Berg Ida‹ enthielt. 1845 hatte sie mit *Elegante Elegien, kultivierte Kleinigkeiten und mädchenhafte Melodien* zum ersten Mal einen echten Erfolg. Im darauffolgenden Jahr verfasste sie das wohlbekannte Versepos *Martyrium in Mercia*, und von nun an versäumte sie es trotz ihrer vielen Pflichten als Herrin von Compton Bobbin und Mutter von zwölf Kindern nicht, jährlich einen meist nicht eben dünnen Band mit Gedichten, Balladen, Sonetten, Oden oder Liebesdramen zu veröffentlichen. Sie war in der Tat eine ebenso begabte wie produktive Autorin, denn neben ihren Publikationen fand sie auch noch Zeit, eine enorme Anzahl von Briefen zu verfassen und ein Tagebuch zu führen, das sich über vierzehn Bände erstreckt. Dieser Schatz befindet sich heute im Besitz ihrer Nachfahren in Compton Bobbin. Zu ihren Lebzeiten erfreuten ihre Werke sich fast überall auf der Welt großer Beliebtheit, und sie war mit vielen ihrer berühmtesten Zeitgenossen eng befreundet, darunter Meredith, Carlyle, Lord Tennyson (der oft die zarte Empfindsamkeit erwähnte, die aus ihren Schriften sprach) und Königin Victoria höchstpersönlich. Lady Maria Bobbin starb 1896 an den Folgen einer Erkältung, die sie sich bei der Taufe ihres fünfzigsten Nachkommens zugezogen hatte.«

Dem Eintrag folgte weder eine Bibliografie noch ein Hinweis, wie oder wo man an weitere Informationen käme. Die Erwähnung des Tagebuchs jedoch reichte aus, um Paul sofort zu weiterer Aktivität anzustacheln. Er stellte die Nationalbiografie zurück ins Regal und nahm *Debrett's Ritter- und Adelsverzeichnis* zur Hand, aus dem er erfuhr, dass Compton Bobbin inzwischen von Lady Bobbin, Master of Foxhounds und Justice of the Peace, für ihren minderjährigen Sohn Sir Roderick treuhänderisch verwaltet wurde, nachdem ihr Ehemann, Sir Hudson Bobbin, beim Untergang der Lusitania ertrunken war. Mehr musste Paul nicht wissen. Jetzt blieb nur noch, an die Hausherrin von Compton Bobbin zu schreiben und sie zu bitten, ihm die Lektüre der Tagebücher und Briefe ihrer Vorgängerin zu gestatten. Voller Euphorie kehrte er in seine Wohnung zurück, wo er den folgenden Brief verfasste:

155 Ebury Street, SW

Sehr geehrte Dame,

es ist mein Bestreben, eine Biografie der berühmten Lady Maria Bobbin zu schreiben, eine Aufgabe, die, soweit ich weiß, bisher noch niemand in Angriff genommen hat und der ich mich mit all meiner Kraft und meinem schwachen Talent widmen möchte, um ein Werk zu verfassen, das seines Gegenstands würdig ist. Dieses Vorhaben mit der nötigen Sorgfalt auszuführen wäre jedoch unmöglich ohne Zugang zu den privaten Unterlagen Lady Bobbins, insbesondere zu den vierzehn Bänden ihrer Tagebücher, die, wie ich annehme, noch in Compton Bobbin existieren. Ich wäre hocherfreut, wenn Sie die Freundlichkeit besäßen, mir die besagten Bände zu leihen – oder, sollten Sie verständlicherweise etwas dagegen einzuwenden haben, Dokumente von so unschätzbarem Wert herauszugeben, und sei es auch nur vorübergehend, so könnten Sie mir vielleicht gestatten, in einem Gasthof in Ihrer Nähe Herberge zu nehmen und die Unterlagen in Ihrem Haus zu studieren, in dem der Geist der großen Lady Maria gewiss noch allgegenwärtig ist. Selbstverständlich würde ich alles, was das Verfassen dieser Biografie betrifft, mit Ihnen koordinieren und Ihnen die Druckfahnen vor der Veröffentlichung vorlegen.

Bitte verzeihen Sie, dass ich Sie hiermit belästige, und bedenken Sie, dass es nur im Interesse der Kunst und zur Erhaltung eines Andenkens geschieht, das Ihnen und mir und allen Liebhabern der Dichtkunst auf ewig heilig sein muss.

Hochachtungsvoll,
Paul Fotheringay.

Unglücklicherweise erlag Paul beim Schreiben dieses Briefs vollkommen der Verzückung über seinen eigenen Stil. Lady Bobbin, Master of Foxhounds und Justice of the Peace, öffnete das Schreiben zusammen mit mehreren Anfragen von Bauern, die um neue Hühner baten, weil Meister Reineke sich die alten geholt hatte. Sie las den Brief zweimal durch, aber da ihr Worte wie »Herberge nehmen«, »allgegenwärtig« und »koordinieren« fremd waren, reichte sie ihn an ihre Sekretärin weiter und sagte: »Der arme Kerl scheint bekloppt zu sein.« Die Sekretärin, die hin und wieder Buchrezensionen las, erklärte ihr, Paul Fotheringay schreibe witzige Romane und sei als Autor einer Biografie von Lady Maria vollkommen ungeeignet. Daraufhin erhielt sie den Auftrag, seine Anfrage ebenso wie die der Bauern abzulehnen.

Währenddessen schwebte Paul, der am Erfolg seines Briefs keine Sekunde zweifelte, auf Wolke sieben. Es juckte ihn in den Fingern, den Stift in die Hand zu nehmen, um diesen idiotischen Kritikern ein für alle Mal zu beweisen, dass er ein ernst zu nehmender Schriftsteller war. Gleichzeitig freute er sich schon auf die Lektüre von Lady Marias Tagebüchern, die sicherlich ein ganz besonderes intellektuelles Vergnügen sein würde. Er kaufte sich ihre gesammelten Werke, um noch einmal einige seiner Lieblingsgedichte zu lesen – »Die Klage des Llywarch Hen«, »Maurischer Brautgesang«, »Am Totenbett Wallaces«, »An meinen Bruder« und so weiter –, wobei er wie immer ihre Genialität bewunderte. Er war jetzt weitaus besserer und optimistischerer Stimmung als noch vor seinem Besuch bei Amabelle Fortescue.

Aber ach, wie sehr wurden seine Hoffnungen zerstört, als der Brief, auf den er so ungeduldig gewartet hatte, nur die folgende schroffe, in der dritten Person formulierte Absage enthielt:

Compton Bobbin,
Compton on the Wold,
Gloucestershire.

Lady Bobbin weiß leider von keinerlei Dokumenten in Compton Bobbin, die für Mr Fotheringay von Interesse sein könnten. Weitere Auskünfte zu diesem Thema kann sie nicht geben.

Dieser Schlag traf Paul ins Mark.

»Und dazu noch«, sagte er zu Amabelle, bei der er schnurstracks Trost gesucht hatte, »ist es so entsetzlich unhöflich. Sie hat mich vollkommen brüskiert.«

»Nach allem, was ich von dieser Frau gehört habe, überrascht mich das nicht im Geringsten«, erwiderte Amabelle. »Ich will nicht besserwisserisch klingen, mein Lieber, aber ich glaube, es war ein Fehler, dass du ihr in so übertriebener Eile geschrieben hast. Es wäre klüger gewesen, zuerst herauszufinden, was für ein Mensch sie ist und wie man sie am besten anspricht.«

»Ja, das ist mir jetzt auch klar. Aber ich war so aufgeregt über die vierzehn Bände Tagebuch, die wollte ich einfach schnellstmöglich in die Finger bekommen.«

»Schade, dass du nicht zuerst zu mir gekommen bist. Der kleine Bobby Bobbin, also Sir Roderick, ist ein guter Freund von mir, und ich bin sicher, er hätte das leicht für dich einfädeln können. Schließlich gehört das Tagebuch ihm, nicht wahr?«

»Vielleicht könnte er es für mich aus dem Haus schmuggeln?«

»Das würde er jetzt nicht mehr wagen, es wäre viel zu gefährlich. Lady Bobbin ist ihm gegenüber in einer mächtigen Position, denn ihr gehört das ganze Geld, bis zum letzten Penny, und er hat große Angst, bei ihr in Ungnade zu fallen. Sie besitzt ein dickes Erbe, sie ist eine geborene Swallowfield – die Tee-Dynastie –, und wenn der alte Hudson Bobbin sie nicht geheiratet hätte, wäre sein Anwesen inzwischen vermutlich schon längst den Bach runtergegangen. Aber du kennst Bobby doch bestimmt. Warum hast du nicht ihn wegen der Sache gefragt?«

»Meinst du diesen albernen Jungen aus Eton, der sich hier ständig herumtreibt? Natürlich kenne ich den, aber woher soll ich wissen, dass er mit Nachnamen Bobbin heißt? Bobby Bobbin, das ist doch kein Name. Oh Mann, ich fühle mich wirklich mies.«

»Armer alter Junge, das bedeutet wohl Langeweile für dich.«

»Es bedeutet viel mehr als nur Langeweile«, sagte Paul aufgebracht. »Es ist das Ende meiner Schriftstellerkarriere. Von nun an werde ich das Leben eines sozialen Parasiten führen müssen. Wenn ich nicht die Biografie von Lady Maria schreiben kann, werde ich nie wieder einen einzigen Buchstaben zu

Papier bringen. Sie ist nicht nur meine Lieblingsdichterin, sie ist meine Seelenverwandte, mein Leitstern, meine ideale Heldin. Ihr ganzes Wesen ist mir vertraut, ich könnte eine herrliche Biografie über sie schreiben. Oh, es ist nicht auszuhalten. Ich sage dir, seit ich diese Idee im Kopf habe, denke ich Tag und Nacht an nichts anderes mehr, nicht einmal an Marcella. Aber ich darf noch nicht aufgeben, es bedeutet mir zu viel. Ich werde nach Compton Bobbin gelangen, koste es, was es wolle, und wenn ich mich als Hausmädchen verkleiden muss, um hineinzukommen.«

Amabelle sah ihn nachdenklich an. Nichts auf der Welt tat sie lieber, als sich in die Angelegenheiten anderer Leute einzumischen, und hier schien sich eine gute Gelegenheit dafür zu bieten.

»Meinst du das ernst, Paul?«

»Ja, Amabelle. Ernster, als du glaubst. Ich bin überzeugt, dass ich ein erstklassiges Buch über Lady Maria schreiben könnte. Es ist mein sehnlichster Wunsch.«

»Ist das wirklich wahr?«

»Ich verspreche es dir.«

»In diesem Fall, mein Lieber, werde ich dir wohl helfen müssen, besonders, wenn es dich dazu noch von dieser langweiligen kleinen Marcella heilt. Ich fahre sofort nach Eton und besuche Bobby. Gemeinsam werden wir schon einen Plan aushecken, wie wir dich nach Compton Bobbin schmuggeln.«

»Oh, Amabelle, wenn das gelingen könnte …«, sagte Paul, aber als er sich verabschiedete, war er trotz allem niedergeschlagen und hoffnungslos.

Am nächsten Tag traf Amabelle pünktlich um ein Uhr mittags in der High Street von Eton ein. In einem hellbeigen Pelzmantel stieg sie aus ihrem hellbeigen Rolls-Royce und wurde von Baronet Sir Roderick Bobbin aus Compton Bobbin in Gloucestershire mit lautem Freudengeschrei begrüßt.

»Amabelle, meine Liebe! Du Frechdachs! Erst schreibst du mir kein einziges Mal, obwohl du es versprochen hast, und dann schickst du mir heute Morgen plötzlich ein Telegramm, dass du nach Eton kommst. Wenn du mir ein winziges bisschen früher Bescheid gesagt hättest, hätte ich einen anständigen Lunch bestellen können, aber so kann ich nicht garantieren, dass wir noch etwas Genießbares bekommen. Das nächste Mal bitte zwei Tage im Voraus, meine Liebe!«

»Tut mir leid, Herzchen, es ging nicht anders. Ich habe nur heute Zeit, und ich muss dich in einer wichtigen Angelegenheit sprechen. Ich bin sicher, der Lunch ist ausgezeichnet wie immer. Hier hinein?«

Sie folgte Bobby in ein kleines, altes Haus, das halb Restaurant, halb Antiquitätenladen war. Es war so vollgestopft mit Kuriositäten, dass man sich nur mit äußerster Vorsicht bewegen konnte, wenn man nicht irgendetwas Zerbrechliches umwerfen wollte. Verteilt zwischen all den skurrilen Gegenständen standen Lunchtische mit karierten Decken und selbst getöpfertem Keramikgeschirr. Aber Bobby ging an ihnen vorbei und stieg an einer mit indischen Stoffen bespannten Wand eine enge, dunkle Treppe hinauf in einen winzigen Raum im Obergeschoss, wo vor einem Sprossenfenster ein Tisch für zwei gedeckt war. Im offenen Kamin brannte ein duftendes Torffeuer. Es war außerordentlich gemütlich und wirkte fast wie ein Privatzimmer. Und das war es auch. Sir Roderick (der einen zielsicheren Instinkt dafür besaß, wie es sich möglichst komfortabel leben ließ, ohne selbst allzu viel dafür zu tun) hatte die Besitzerin des Ladens mit seinem jungenhaften Charme bezirzt, bis sie ihm das Zimmer zur Verfügung stellte, und die Gegenstände, die in fröhlicher Unordnung überall herumlagen, gehörten ihm.

Eine Gitarre, die er nicht spielen konnte (anders als das rote Grammofon mit Lederbezug, das danebenlag), eine geschmackvolle Ausgabe von *À la recherche du temps perdu*, die gesammelten Werke der Herren Ronald Firbank und Aldous Huxley sowie Reproduktionen von zwei der bekannteren Aquarelle Picassos zeugten davon, dass der junge Sir Roderick sich gerne mit moderner Kultur umgab. Wer jedoch so aufmerksam war, die abgenutzten Bridgekarten, die Meisterwerke von Wallace und den großen Stapel illustrierter Wochenzeitschriften zu entdecken, der musste keine Sorge haben, dass das Kind Gefahr lief, sich intellektuell zu überanstrengen.

Amabelle hatte das schon vor langer Zeit erkannt. Sie nahm am Tisch Platz und ergriff den riesigen Strauß Orchideen, der neben ihrem Teller lag. »Sind die für mich? Danke, Schätzchen, vielen Dank.« Während des hervorragenden Lunchs, der nun folgte, plauderte Bobby ohne Punkt und Komma und berichtete Amabelle mit größter Begeisterung, was man sich in Eton über die neuesten Londoner Skandale erzählte, meist aus der nicht ganz unparteiischen Perspektive von Söhnen oder Brüdern der betroffenen Personen.

»Übrigens, Feltons Schwester, die hübsche, ist mit ihrem Chauffeur durchgebrannt – wusstest du das schon?«

»Barbara Casement? Also wirklich, Herzchen, pass auf, was du sagst, das hört sich sehr unwahrscheinlich an. Bist du ganz sicher?«

»Oh ja, ziemlich sicher. Felton und ich haben die beiden vorgestern durch Slough fahren sehen. Wir haben uns gekringelt vor Lachen.«

»Na ja, es ist nicht unüblich, dass Leute mit ihrem Chauffeur durch die Gegend fahren.«

»Nein, ich verspreche dir, es stimmt. Felton sagt, einer Schirmmütze konnte sie noch nie widerstehen.«

»Das kann ich nicht glauben – sie kann doch ihre süßen Kinder nicht sitzen lassen.«

»Oh Gott«, flüsterte Bobby plötzlich. »Wie furchtbar – das habe ich ganz vergessen. Feltons Familie ist heute zu Besuch, und bestimmt essen sie im Nebenzimmer. Man versteht jedes Wort. Verdammt, jetzt sitze ich schön in der Patsche.«

»Aber ich höre sie gar nicht.«

»Ich weiß. Das liegt daran, dass sie sich nie unterhalten. Aber bei ihrem eigenen Namen werden die Leute doch hellhörig, oder nicht? Wie peinlich – was machen wir denn jetzt?«

»Tu einfach so, als hätte ich einen Hund, der Melton heißt.«

»Oh, eine sehr gute Idee. Platz, Melton«, rief Bobby. »Hör auf, meine Schnürsenkel anzuknabbern, du kleiner Teufel. Brav, Melton – hier hast du was zu trinken.« Mit lautem Schlabbern ahmte er die Trinkgeräusche eines Hundes nach, bis Amabelle und er einen Lachkrampf bekamen und sich Kissen vor die Gesichter drücken mussten, um ihr Gekicher zu ersticken. Aber zu ihrer Erleichterung erfuhren sie bald danach von der Kellnerin, dass Sir Oswald und Lady Felton mit ihrer Familie das Haus vor etwa einer halben Stunde verlassen hatten.

Als die Rechnung kam, sagte Bobby: »Zahl du ruhig, wenn du möchtest, meine Liebe. Ich muss so lange wie möglich ausnutzen, dass ich Schüler bin. Allzu bald werde ich derjenige sein, der bezahlen muss, und das wird leider bis ans Ende meines Lebens so bleiben.«

»Wann verlässt du Eton endgültig?«

»Ich hoffe, dass ich am Ende des Sommersemesters mit meiner kleinen Eton-Krawatte um den Hals und meinem Abschiedsbüchlein in der Hand davonmarschiere, es sei denn, die Lehrer bekommen vorher noch heraus, dass der Zahnarzt immer mein Vorwand für meine Besuche bei dir ist. Ich habe ja so fürchterlich schlechte Zähne! Aber ich glaube nicht, dass das passiert, ich bin nämlich ein Glückspilz.«

»Und steht schon fest, was du danach machst?«

»Na ja, Mutter liegt mir ständig mit Sandhurst in den Ohren, aber ich habe fest vor, nach Oxford zu gehen, und da ich beim alten Mädchen normalerweise meinen Kopf durchsetze, denke ich, es wird schon klappen.«

Nach dem Essen gingen sie spazieren. Es war ein herrlich sonniger, windiger Tag. Zarte goldene Blätter wehten über den Schulhof wie kleine Münzen, eine Anzahlung auf künftige Schätze, und der Blick auf Schloss Windsor erinnerte an eines der besseren Aquarelle der viktorianischen Zeit: sauber, hell und romantisch. Verschiedenste Exemplare noch unfertiger britischer Aristokraten rannten hin und her oder lungerten gelangweilt herum. Die meisten von ihnen waren hässliche, bedauernswerte kleine Jungs, bei denen jeweils ein Körperteil, sei es Nase, Ohren, Kinn, Adamsapfel oder Augenbrauen, alle anderen in den Schatten stellte, die, anders als ihr monströser Kollege, offenbar vergessen hatten, ausreichend mitzuwachsen. Die Schüler gafften Amabelle an, denn sie besaß jene auffällige, reife Schönheit, die Kinder bewundern, und blickten neidisch auf Bobby. Die Jüngeren hielten ihn für einen ziemlichen Frauenhelden; für seine Altersgenossen war er, obwohl sie ihn größtenteils gut leiden konnten, nur ein grandioser Witzbold.

Während sie über die Spielfelder von Eton wanderten, auf denen dem spöttischen Kommentar Wellingtons zufolge die Schlacht von Waterloo gewonnen wurde, fragte Amabelle: »Was ist mit dem Hauslehrer für die Ferien, von dem du in deinem letzten Brief geschrieben hast – hat deine Mutter schon jemanden engagiert?«

»Zum Glück noch nicht«, sagte Bobby verdrießlich. »Das ist wirklich übel, weißt du. Als Philadelphia mich letzten

Sonntag besucht hat, zusammen mit der lieben Tante Loudie, da hat sie erzählt, Mutter sei nach wie vor fest entschlossen, jemanden zu finden, der mit mir ›an die frische Luft‹ geht. Diese frische Luft ist ein absoluter Fetisch von Mama. Sie glaubt allen Ernstes, dass es nicht normal ist, sich in einem Haus aufzuhalten – außer zum Essen oder zum Schlafen. Die letzten Sommerferien waren entsetzlich. Von morgens bis abends wurde ich nach draußen gescheucht, und dann haben Mutter und Onkel Ernest mich oft noch nach dem Dinner losgeschickt, um Flusskrebsfallen auszulegen. Es war grausam und sterbenslangweilig.«

»Es würde mich nicht wundern, wenn das der Grund für deine schöne Haut ist. Du solltest froh sein, dass du nicht aussiehst wie all diese pickligen kleinen Wichte.«

»Ich weiß«, sagte Bobby mit charmantem Schalk im Blick. »Ich kann nichts dafür, mein Aussehen ist angeboren. Aber die Sache mit dem Hauslehrer ist doch das Letzte, findest du nicht auch? So eine scheußliche Idee.«

»In gewisser Weise schon. Aber wenn es nun jemand wäre, den du sehr gut leiden magst?«

»Du kennst wohl nicht viele Hauslehrer, was?«

»Ich denke an einen Bekannten – Paul Fotheringay zum Beispiel.«

»Das wäre natürlich himmlisch. Aber ich fürchte, das wird nicht passieren.«

Da erklärte Amabelle ihm ihren Plan.

Als sie fertig war, rief Bobby voller Begeisterung: »Das ist eine geniale Idee! Paul soll also als Hauslehrer getarnt nach Compton Bobbin kommen, damit er das Tagebuch der alten Dame lesen kann, ohne dass Mutter es merkt. Oh ja, natürlich ist es da, fein säuberlich in rotes Maroquin gebunden – es füllt ein ganzes Regalbrett in der Bibliothek. Ich glaube sogar, es existieren auch noch ein paar Säcke mit Briefen. Was für ein toller Plan. Oh, das wird ein Spaß!« Einen Moment lang spielte Bobby nicht mehr den erwachsenen Schürzenjäger, sondern das kleine Kind, das zum ersten Mal auf der Bühne ein Märchenstück sieht, eine weitere Lieblingsrolle dieses merkwürdigen Jungen, und vor lauter Begeisterung sprang er mehrfach über ein paar recht niedrige Geländer und wieder zurück. »Zu schade nur, dass du das Spektakel nicht miterleben kannst.«

»Da wäre ich mir nicht so sicher«, sagte Amabelle geheimnisvoll.

»Kommst du etwa auch, verkleidet als mein Kindermädchen?«

Falls Amabelle bei dieser Bemerkung innerlich zusammenzuckte, ließ sie es sich nicht anmerken und sagte nur: »Warum verkleidet? Ich werde tatsächlich in der Nähe sein, denn ich habe über die Weihnachtszeit ein kleines Häuschen gemietet, das nicht sehr weit von euch sein kann – Mulberrie Farm.«

»Das ist nicht wahr! Du hast tatsächlich Mulberrie Farm gemietet? Das ist nur zwei Meilen von uns entfernt. Du bist wirklich ein Engel, Amabelle. Aber hast du es dir schon angesehen?«

»Nein, warum? Ist es schrecklich?«

»Nein, nein«, erwiderte Bobby hastig, »es ist sehr hübsch. Gemütlich und so. Hihi, das werden bestimmt wunderbare Ferien. Meinst du wirklich, du kannst meinen Housemaster dazu bringen, Paul an Mutter zu empfehlen?«

Bobbys Housemaster in Eton war Amabelles Cousin und einer ihrer besten Freunde.

»Ich denke schon«, sagte Amabelle, »denn ich bin überzeugt, dass Paul einen sehr guten Einfluss auf dich haben wird.«

»Ich kann mir nicht vorstellen, dass Paul auf überhaupt jemanden Einfluss hat.«

»Es kann jedenfalls nicht schaden, und vielleicht nützt es ja, wie Geoffrey sagte, als er dem Embassy Club beitrat. Und wo ich schon mal hier bin, kann ich auch gleich hineingehen und die Sache mit Maurice besprechen, also auf Wiedersehen, Schätzchen, sei schön brav und kauf dir hiervon ein paar Würstchen, ja?«

Wie immer setzte Amabelle ihren Willen durch, und das Ergebnis ihres Besuchs in Eton war, dass Bobbys Housemaster Maurice Pringle in einem Brief an Lady Bobbin einen gewissen Paul Fisher wärmstens als Hauslehrer für ihren Sohn Roderick empfahl.

»Ich kenne diesen jungen Mann nicht persönlich, aber gemeinsame Freunde schwärmen von seinem Charakter und seiner Gelehrtheit, und nach allem, was ich gehört habe, bin ich sicher, dass er für die Stelle bei Ihnen in jeder Hinsicht geeignet ist. Man berichtete mir, dass er ein außerordentlich sportlicher junger Mann ist, der Aktivitäten an der frischen Luft liebt, und zugleich (was sehr wichtig ist) ein erstklassiger Privatlehrer. Sollten Sie ein Vorstellungsgespräch wünschen, so kann ich dies gerne arrangieren …«

Lady Bobbin jedoch war fünf Tage pro Woche auf der Jagd und wollte keinen dieser Tage mit einer Fahrt nach London verschwenden, und so engagierte sie Mr Fisher postwendend, ohne ein Vorstellungsgespräch auch nur zu erwähnen. Sie merkte allerdings an, dass er neben dem Unterricht in allen Fächern, die Mr Pringle für empfehlenswert hielt, mit »dem Jungen« reiten, schießen und Golf spielen müsse, und beendete ihren Brief mit dem Hinweis, dass Roderick drei Tage pro Woche auf die Jagd gehen werde. Schaudernd fragte Paul sich, ob die Verpflichtung zu diesem nervenaufreibenden Sport wohl auch ihn einschloss.

Bis zum Weihnachtsfest blieben noch fünf Wochen, und diese gestalteten sich für Paul äußerst strapaziös. Die Vormittage verbrachte er im Hyde Park, wo er sich in Todesangst auf dem Rücken eines uralten Mietpferds festkrallte. Das sanfte, verschlafene Tier war in Pauls Augen ein rasendes, feuerspeiendes Ungeheuer, das nur darauf wartete, ihn mit grausamem Schwung in den Tod zu schleudern. An den Nachmittagen, die weniger von unmittelbarer Gefahr als von einer fast ebenso entsetzlichen Langeweile geprägt waren, hielt er sich abwechselnd in einer Schießschule in Richmond und beim Golfunterricht in Putney auf. Abends konnte er kaum noch stehen und sah nur noch verschwommen. Aber er betrachtete sich als Märtyrer im Namen der Kunst, und das verlieh ihm Kraft. Marcella war reichlich pikiert, dass seine üblichen Avancen plötzlich ausblieben, und rief dauernd bei ihm an – ein Zustand, der Paul noch zwei oder drei Wochen zuvor paradiesisch erschienen wäre. Aber obwohl er sie wie gewohnt jeden Tag brav im Ritz verköstigte, brachte ihre Schönheit ihn, um die Wahrheit zu sagen, mit der Zeit immer weniger und ihre mangelnde Intelligenz stattdessen immer mehr zur Verzweiflung.

5

Ein paar Tage vor Weihnachten reisten Walter und Sally Monteath in Begleitung von Miss Elspeth Paula, inzwischen offizielles Mitglied der anglikanischen Kirche, und ihrem Kindermädchen mit dem Zug nach Gloucestershire. Ihre beständigen Geldsorgen waren sie vorläufig losgeworden, indem sie für einige Wochen ihre Wohnung vermietet hatten, um in dieser Zeit ganz auf Mrs Fortescues Kosten zu leben, und indem sie ihr uraltes Auto verkauft hatten. Dieses war ohnehin eher ein Luxus gewesen und hatte die beiden unendlich viel Geld und Nerven gekostet, da Sally, wie Walter es gern formulierte, »die hartnäckige Angewohnheit hatte, sich den Weg durch Menschenfleisch zu bahnen«. Walter legte zwar mehr Respekt für Leib und Leben von Fußgängern an den Tag, rasierte dafür aber mit Vorliebe entgegenkommenden Fahrzeugen Kotflügel, Scheinwerfer oder ähnliche Vorrichtungen ab. All ihre Freunde betrachteten den Verkauf des Autos als großen Segen, und auch sie selbst waren höchst erleichtert, es nicht mehr am Hals zu haben.

»Ist das nicht fabelhaft«, sagte Sally, als sie es sich auf dem Eckplatz im Erste-Klasse-Wagen gemütlich machte. »Jetzt sei doch noch so lieb und kauf mir die Wochenzeitungen, Darling. Oh, das hast du schon. Vielen Dank. Ist dir eigentlich bewusst«, fügte sie hinzu, während sie den *Tatler* aufschlug und Walter den *Sketch* zuwarf, »dass wir ab sofort ganze sechs Wochen lang buchstäblich nicht mehr in die Tasche greifen müssen? Eine fantastische Aussicht. Und wie angenehm, dass Amabelle ein so kleines Haus gemietet hat, da brauchen wir nur für sie und Jerome Weihnachtsgeschenke. Ja, ich habe sie am Montag gekauft. Taschentücher, ziemlich hübsch und sehr billig.«

»Ich hoffe nur, dass sie nicht mit diamantenen Manschettenknöpfen und solchen Sachen kontern. Erinnerst du dich an die Liberty-Geschenke?«, erwiderte Walter.

Vor zwei Jahren, als sie gerade frisch verheiratet waren, hatten Walter und Sally Weihnachten bei einem Millionär und seiner Frau verbracht. Am Weihnachtsmorgen hatte Sally den Gastgebern pflichtgemäß ihre Geschenke überreicht, Chintz-Krawatten und passende Einstecktücher von Liberty, die ihr nach reiflicher Überlegung angemessen erschienen waren. Selbst den normalerweise schamlosen Monteaths war es leicht peinlich gewesen, als sie ihrerseits emaillierte Westenknöpfe, ein vergoldetes Zigarettenetui und eine ebensolche Schminkschatulle sowie eine Handtasche mit echter Diamantschnalle in Empfang genommen hatten.

»Oh, inzwischen schert mich so etwas nicht mehr«, sagte Sally fröhlich. »Ich bin nur dankbar, dass Elspeth Paula sich bei ihrer Taufe gut benommen hat, das Engelchen. Für die Perlenkette bekommen wir bestimmt eine Menge, und die Becher bringen wahrscheinlich auch ganz gut was ein. Oh, hier ist ein scheußliches Foto von Paul und Marcella im Nachtclub. Sieh dir das an. Wie Tiefseemonster! Was für eine Frau!«

Am Bahnhof von Woodford wartete schon der beige Rolls-Royce, und an der Tür von Mulberrie Farm begrüßte sie Amabelle persönlich in edler Kleidung, wie sie die Schneider in der Rue de la Paix für die moderne, sportliche Frau anfertigen.

»Gott sei Dank seid ihr endlich da«, sagte sie kummervoll. »Sally, mein Engel, hübsch siehst du aus. Oh, Paula! Ist sie nicht süß? So, kommt herein. Es wird euch nicht gefallen. Ich kann nur hoffen, dass ihr darüber lachen könnt.«

»Meine liebe Amabelle«, rief Walter starr vor Entsetzen, als er ihr in die Diele folgte, »was für ein Haus!«

»Ja, das musst du mir nicht sagen, bitte vergiss nicht, dass ich schon eine Woche hier bin. Nach dem, was der Makler mir erzählt hat, hatte ich ein hübsches altes Haus erwartet. Er hat die ganze Zeit vom Charme der alten Zeiten geredet, Bogenfenster, Eichenholzbalken und so weiter. Seht es euch an – wie hätte ich denn ahnen sollen, dass es *so* aussieht?«

»Du hast nur den Fehler gemacht, die alten Zeiten mit den guten alten Zeiten zu verwechseln«, sagte Walter tröstend. »Du hättest nachfragen müssen, ob er die guten alten Zeiten meint, von diesem einen Wort hängt sehr viel ab. Trotzdem muss ich sagen, bei allem Respekt, schon beim Namen Mulberrie Farm hätten alle Alarmglocken schrillen müssen. Ich habe noch nie etwas gehört, das so selbst gebastelt klingt, und ich wette, die Landeier hier haben keine Ahnung, dass es so heißt, sie kennen es bestimmt nur als ›das alte Bauernhaus‹ und wissen gar nicht, dass hier Kaminecken und so weiter eingebaut worden sind. Arme Amabelle, du musst nicht ganz bei Trost gewesen sein, einfach unbesehen ein Haus zu mieten.«

»Zieh sie nicht damit auf«, sagte Sally. »Ich finde die Sache urkomisch, genau wie diese Restaurants für Amerikaner, die wir auf unserer Hochzeitsreise in Paris gesehen haben.«

»Ach nein, es ist durchaus hübsch, Amabelle. Ich wusste gar nicht, dass es so viel krummes Holz auf der Welt gibt. Und ich frage mich, ob wohl die Frau des Architekten in ihrer Freizeit, statt Pullover zu stricken, all diese Wurmlöcher gebohrt hat. Oh, sieh mal, wie die Türen aufgehen. Man zieht einfach an dieser kleinen Schnur und geht hinein – das ist ja eine niedliche Idee. Und diese herrlichen Schmiedearbeiten, die aussehen wie Pappe, die aussehen soll wie Schmiedearbeiten, das ist wirklich originell. Ich glaube nur – wenn ich das sagen darf –, du müsstest noch ein bisschen Stroh auf dem Boden ausstreuen, den einen oder anderen Schinken an die Deckenhaken hängen und deine Diener in Lederwämser kleiden, dann hast du die echte Atmosphäre der guten alten Zeiten. Wenn mir noch mehr einfällt, um es hier heimelig zu machen, sage ich dir Bescheid. Das ist gar kein Problem für mich.«

»Hör auf, Walter, du Dummkopf«, sagte Sally. »Es ist bestimmt sehr gemütlich hier.«

»Ja, das sagen alle«, jammerte Amabelle. »Aber ich werde mich in diesem grässlichen Haus niemals wohlfühlen. Na ja, nun sind wir einmal hier, vermutlich müssen wir einfach das Beste daraus machen. Setzt euch, ihr Lieben, und dann bekommt ihr gleich einen Cocktail.«

Wenig später erkundigte sich Walter: »Und wie gefällt dir das Landleben, Amabelle?«

»Jetzt, wo ihr da seid, wird es bestimmt besser, aber ich kann euch gar nicht beschreiben, wie ich bisher gelitten habe. Offen gesagt, ich bezweifle, dass ich mich jemals hier niederlassen kann, obwohl ich das ja ursprünglich wollte. Aber solange ich das Haus gemietet habe, muss ich wohl bleiben, denn Jerome meinte gleich: ›Ich hab's dir ja gesagt.‹ Der alte Junge hatte natürlich vollkommen recht.«

»Warum, was ist passiert? Ich nehme an, du hast dich gelangweilt?«

»Ich bin fast verrückt geworden, sonst nichts. Alles ist hier so seltsam und schrecklich. Zunächst mal ist das einsame Heideland, auf das ich mich so gefreut hatte, genauso wenig Heideland wie mein Hut. Es sind stinknormale Matschfelder, mehr nicht. Und einsam? So einen Quatsch habe ich noch nie gehört, es ist alles voll mit Kühen und fürchterlichen Männern in verdreckter Kleidung, die einen anstarren, und riesigen Motordingern, die auf den Feldern hin- und hertuckern. Außerdem halte ich es für gefährlich, allein vor die Tür zu gehen. Erst gestern bin ich über die Leichen von zwei süßen kleinen Kaninchen gestolpert. Hier muss ein Lynchmörder sein Unwesen treiben. Es versetzt mich in Angst und Schrecken, wenn ich mir vorstelle, dass solche Kerle da draußen herumlaufen. Ich habe die armen kleinen Tierchen nach Hause gebracht und sie im Garten begraben, wie es sich gehört.«

»Da hat der Lynchmörder sich bestimmt gefreut, als er zurückkam, um sein Abendessen einzusammeln«, meinte Sally, die auf dem Land aufgewachsen war. Walter bemerkte, die unteren Schichten legten wahrhaftig einen entsetzlichen Sadismus an den Tag.

»Aber hör mal, Sally«, sagte Amabelle jetzt. »Du hast doch auf dem Land gelebt – erklär mir bitte, wie die Leute hier ihre Zeit verbringen. Ich finde einfach keine Beschäftigung. Deine Mutter zum Beispiel, was macht die den ganzen Tag?«

»Lass mich mal überlegen. Sie hat immer sehr viel zu tun. Also im Winter kümmert sie sich an einem dunklen Ort um die Blumenzwiebeln.«

»Vergiss nicht zu erwähnen, dass die Dinger immer erst in die Höhe schießen und dann zusammenklappen, sodass sie aussehen wie Krocket-Tore«, sagte Walter gehässig. Er war seiner Schwiegermutter nicht besonders zugetan.

»Sei still. Die Blumen sind sehr hübsch.«

»Aber das kann nicht viel Zeit in Anspruch nehmen«, meinte Amabelle. »Ich möchte zu gern wissen, wie die Leute auf dem Land tagtäglich die Stunden herumbringen, sie scheinen hier doppelt so langsam zu vergehen wie in London.«

»Dann treibt Mutter natürlich viel Sport, sie geht spazieren und so weiter. Und jeden Morgen stellt sie sich in einer langen schwarzen Seidenunterhose und einem Pullover in den Garten und macht unschickliche Bewegungen. Das nennt sich ›Kräftigungsübungen für einen schönen Körper‹. Sie ist verrückt danach.«

»Und ist er tatsächlich schön – ihr Körper, meine ich?«, fragte Amabelle interessiert.

»Ich glaube, er ist in Ordnung. So genau sehe ich ihn mir nicht an. Und dann arbeitet sie natürlich im Garten.«

»Das hatte ich mir auch schon überlegt, aber im Garten scheint nichts zu tun zu sein. Da sind nicht mal Blumen, nur ein paar halbtote Chrysanthemen.«

»Blumen sind sowieso geschmacklos«, meinte Walter. »Das klingt nach einem hübschen Garten.«

»Und jeden Morgen bestellt sie die Lebensmittel.«

»Oh, das kann ich nicht machen, die Köchin würde sofort kündigen.«

»Außerdem ist sie Ortsgruppenleiterin bei den Pfadfinderinnen.«

»Ich kann mir nicht recht vorstellen, in Khaki-Shorts herumzulaufen«, erwiderte Amabelle. »Ich fürchte, ich muss damit vorliebnehmen, Platten auf dem Grammofon zu spielen und Klatsch und Tratsch auszutauschen. Wenn Jerome und Bobby da sind, könnt ihr zusammen Bridge spielen, Walter. Ach übrigens, heute Abend kommt Major Stanworth zum Dinner.«

»Wer ist das?«

»Einer meiner Nachbarn, ein netter Mensch. Ich habe ihn gestern auf einem Feld kennengelernt, als er gerade ein totes Schaf aufschnitt, um herauszufinden, woran es gestorben ist. Es war hochinteressant, wir haben uns sofort angefreundet. Und jetzt, denke ich, sollten wir uns dringend frisch machen. Um halb neun wird das Dinner serviert.«

Walter und Sally graute ein wenig vor dem Zusammensein mit dem unbekannten Gast, aber Major Stanworth stellte sich als sehr liebenswürdig heraus. Zu Beginn des Dinners wirkte er still und schüchtern, doch bald kurbelte Walter die Unterhaltung kräftig an, indem er fragte: »Und was war nun mit dem toten Schaf los? Ich habe gehört, Sie waren neulich mitten in einer Autopsie, als Amabelle Sie traf. Ich hoffe, es handelte sich nicht um ein Verbrechen?«

Major Stanworth schüttelte traurig den Kopf. »Ich fürchte, es ist kaum weniger schlimm als das«, sagte er. »Das Tier war krank, es hatte Leber-Egel. Wenn diese Parasiten sich in der Herde ausbreiten, sind wir Bauern erledigt. Aber bisher ist es der einzige Fall, deshalb hoffe ich auf das Beste.«

»Oh, ja, ich weiß«, sagte Walter fröhlich. »Leber- und Klauenseuche. Davon habe ich schon mal gehört, aber ich dachte immer, das bekommen nur Jagdhunde.«

Der Major machte ein überraschtes Gesicht und wollte etwas erwidern, aber Sally sagte schnell: »Hören Sie nicht auf Walter, der arme Kerl ist dumm wie Bohnenstroh. Ich erinnere mich noch gut, wie einer der Bauern bei uns zu Hause vom Leber-Egel fast in den Ruin getrieben wurde. Die Dinger sind eine fürchterliche Plage. Sie befallen die Schafsleber, nicht wahr?«

»Der Leber-Egel«, sagte Major Stanworth und nippte an seinem Sherry, »ist genau genommen ein kleiner Wurm. Er hat einen sehr eigenartigen und interessanten Lebenszyklus – möchten Sie etwas darüber erfahren?«

»Sehr gerne«, rief Walter begeistert. »Ich finde immer, dass die eine Hälfte der Welt viel zu wenig über das Leben der anderen Hälfte weiß.«

Solcherart angespornt fuhr Major Stanworth fort: »Der Leber-Egel beginnt sein Leben als Wurm. Er wird in der Schafsleber geboren, wächst dort heran, heiratet und bekommt unverhältnismäßig viele Kinder …« – Er hielt kurz inne, um seinen Worten Nachdruck zu verleihen – »… die allesamt *vollkommen* anders aussehen als er selbst.«

»Wie erstaunlich«, meinte Amabelle.

»Das finde ich gar nicht«, widersprach Sally. »Denk doch nur an Elspeth Paula.«

»Diese Kinder«, fuhr der Major fort, »werden sogleich vom Schaf ausgeschieden und suchen sich schnellstmöglich ihren Weg in die Lunge … der Sumpfschnecke. Hier wachsen sie ihrerseits heran, heiraten und bekommen nach einiger Zeit unverhältnismäßig viele Kinder, die allesamt *vollkommen* anders aussehen als sie selbst.«

»Was für eine romantische Geschichte!«, sagte Walter. »Und wo erklingen bitte schön die nächsten Hochzeitsglocken?«

»In der Leber der Schnecke. Die Kinder, die in der Lunge geboren wurden, suchen sich ihren Weg in die Leber, wachsen heran, heiraten und bekommen unverhältnismäßig viele Kinder, die allesamt *vollkommen* anders aussehen als sie selbst. Diese werden von der Schnecke ins Gras ausgeschieden und wandern dann wiederum in die Schafsleber.«

»In der Tat ein geschmackvoller Reigen«, meinte Walter.

Sally musste würgen.

»Möchten Sie noch etwas Fisch?«, wechselte Amabelle taktvoll das Thema. »Fisch ist gut für das Gehirn. Ich habe gelesen, dass auch der Premierminister große Mengen Fisch verspeist.«

»Keinen Fisch, vielen Dank«, sagte der Major.

»Wann hat Ihr Junge eigentlich Ferien?«, fragte Amabelle. Major Stanworth war seit einem Jahr Witwer und hatte einen Sohn.

»Morgen kommt er zurück.«

»Besuchen Sie ihn oft im Internat?«

»Ungefähr zweimal pro Halbjahr. Bringt den Jungen nur durcheinander, wenn ich öfter fahre. Tatsächlich war ich gerade letzte Woche zum jährlichen Sportfest da, und es ist etwas Entsetzliches passiert. Der Vater eines Jungen ist beim Elternwettrennen gestorben – einfach umgekippt, der arme

Kerl. Wir haben ihn in die Turnhalle getragen – zu allem Übel war er auch noch ein ziemlich korpulenter Bursche –, aber es hat nichts genützt. Als der Arzt auftauchte, war er schon mausetot.«

»Wie schrecklich«, sagte Amabelle. Sie war inzwischen aus dem Alter heraus, in dem man den Tod hauptsächlich witzig fand.

»An meiner Schule«, erzählte Walter, »hatten wir praktischerweise einen kleinen Friedhof für Väter, gleich hinter dem Cricketpavillon. Bei uns mussten sie allerdings auch ein Dreibeinrennen absolvieren, dabei sind sie reihenweise aus den Latschen gekippt. Manche sind sogar bei der Preisverleihung gestorben, wahrscheinlich am Schock, wenn ihr Sohn einen Preis bekommen hat.«

»Keine schlechte Idee mit dem Friedhof, was?«, stimmte der Major zu. »Ich sage immer: ›Wo die Eiche fällt, da lass sie liegen.‹ Aber der arme Mann wurde noch in einem Leichenwagen bis nach Suffolk gekarrt.«

»Ich frage mich nur, warum die Eiche?«, sagte Walter. »Warum nicht der Ahorn oder der Affenschwanzbaum?«

Amabelle warf ihm einen finsteren Blick zu und fragte Major Stanworth, ob er in diesem Winter schon auf der Jagd gewesen sei.

»Ja, natürlich, aber im Moment ist es wegen dieser abscheulichen Maul- und Klauenseuche nicht möglich. Lady Bobbin meint jedoch, wenn keine neuen Fälle mehr auftreten, sollten wir in etwa zehn Tagen wieder anfangen können.«

»Ist Lady Bobbin eine gute Jagdleiterin?«

»Unflätig, sehr unflätig. Macht den jungen Leuten Angst, aber mit den Bauern kommt sie gut zurecht, die verstehen sie. Jagen Sie auch, Monteath?«

»Ich liebe die Jagd«, erwiderte Walter. »Leider hatte ich bisher erst einmal Gelegenheit dazu. Früher habe ich die Jagd in meinen Zeitungsartikeln als grausam angeprangert und ein Verbot gefordert. Aber als ich gemerkt habe, was für ein großer Spaß sie ist, habe ich das sofort gelassen.«

»Oh, sehr gut, sehr gut. Man kann die Jagd ja wohl kaum als grausam bezeichnen. Haben Sie mal erlebt, wie ein alter Fuchsrüde an einem schönen, sonnigen Tag aus seinem Versteck gescheucht wird? Das gefällt dem listigen Teufel doch, das weiß ich genau.«

»Ich bin sicher, dass es ihm nicht gefällt«, widersprach Walter. »Aber darum geht es ja nicht. Es geht darum, dass es *mir* gefällt, und deshalb habe ich keine weiteren Artikel mehr geschrieben, sondern mir von dem verdienten Geld ein Paar Stulpenstiefel gekauft. Leider reine Verschwendung, denn seither habe ich keine Gelegenheit mehr gehabt, auf die Jagd zu gehen.«

»Oh, aber das ist gut! Ich sage Ihnen was, Monteath, sobald diese vermaledeite Maul- und Klauenseuche vorbei ist, leihe ich Ihnen ein Pferd. Doch, doch, es wäre mir ein Vergnügen – ich habe mehr, als ich selbst reiten kann. Außerdem können Sie am Jagdrennen teilnehmen, wenn Sie möchten.«

»Nein, danke«, mischte Sally sich entschieden ein. »Ich habe mich inzwischen doch sehr daran gewöhnt, mit Walter verheiratet zu sein. Früher habe ich zwar das Witwendasein für das einzig Wahre gehalten, aber jetzt, wo nur noch so wenige heiratsfähige Männer herumlaufen, bin ich mir da nicht mehr so sicher. Ich würde den alten Jungen ungemein vermissen. Außerdem brauche ich einen Mann, der mir mit der Kleinen hilft. Und seine Reitstiefel hat Walter letzte Woche versetzt.«

Der Major zwinkerte Walter zu und verkündete, auch er sei ein gestandenes Mitglied des Ehemänner-Clubs und werde selbstverständlich die Regeln des Fair Play beachten. Diese Bemerkung erschien angesichts seiner eigenen Witwerschaft nicht besonders geschmackvoll und hatte ein peinliches Schweigen zur Folge, welches er aber selbst brach, indem er Amabelle fragte, wie ihr der morgendliche Besuch bei der alten Mrs Coles gefallen habe.

»Nicht sonderlich gut, um ehrlich zu sein«, sagte Amabelle. »Es sah so niedlich und idyllisch aus, wie sie in ihrem Garten die Hühner gefüttert hat, dass ich direkt hineingehen musste, aber die arme Alte starrt ja vor Schmutz! Nun ja, anscheinend kann sie nichts dafür, denn als ich sie gefragt habe, ob ich ihr etwas Gutes tun kann, hat sie gesagt, sie könnte eine Wanne gebrauchen. Also habe ich ihr sofort eine schöne kleine Waschwanne und ein Stückchen Seife geschickt. Ich hoffe nur, dass sie sie auch benutzt.«

Der Major brach in Lachen aus. »Sind Sie sicher, dass sie eine Wanne haben wollte?«, fragte er.

»Ich denke schon. Ja, natürlich, was hätte es denn sonst sein sollen?«

»Vielleicht eine Pfanne?«

»Pfanne? Oh nein, sie hat ›Wanne‹ gesagt, da bin ich mir sicher.«

»Nun, Sie täuschen sich. Sie hat tatsächlich um eine Pfanne gebeten.«

»Mein lieber Mann! Ich meine, mein lieber Major Stanworth, wie schrecklich, ich habe ihr eine Wanne geschickt.«

»Ja, das weiß ich. Und der Witz ist, dass die arme Alte die Seife für einen Brühwürfel gehalten und sich daraus eine Suppe gekocht hat. Die Geschichte ist durchs ganze Dorf gegangen. Leverett, mein Kuhknecht, hat es mir erzählt.«

»Oh«, sagte Amabelle entsetzt. »Eine Pfanne! Jetzt verstehe ich. Oje, ich muss sofort wieder nach London zurückfahren. Nach einem solchen Fauxpas kann ich hier auf keinen Fall bleiben. Wie schrecklich!«

»Ach, Mrs Fortescue, machen Sie sich keine Gedanken. Ich hätte es Ihnen gar nicht erzählt, aber es war so lustig, dass ich es Ihnen nicht vorenthalten wollte.«

»Der Meinung bin ich auch«, stimmte Walter zu.

»Lustig!«, rief Amabelle fassungslos.

»Außerdem habe ich die Sache schon wieder eingerenkt. Ich habe Mrs Coles besucht, ihr eine Pfanne geschenkt und erklärt, dass Sie ein wenig schwerhörig sind. Sie hat sich gefreut wie ein Schneekönig.«

»Ja, aber die anderen Dorfbewohner müssen denken, ich bin ein Unmensch.«

»Oh nein, die sind alle begeistert. Sie hassen die alte Granny Coles nämlich wie die Pest, weil sie im Sommer mit dem Wasservorrat fürs ganze Dorf ihren Garten gießt und niemand sonst etwas abbekommt.«

»Nun, für andere Dinge nutzt sie es jedenfalls nicht. Aber es ist sehr peinlich, denn das war schon das zweite Fettnäpfchen, in das ich hier getreten bin.«

»Welches war das erste?«

»Der Pfarrer hat mich besucht und gefragt, ob ich ein Pfund für die Kapelle spenden würde – er hat gesagt, sie bräuchten insgesamt vierzig Pfund. Ich habe ihm fünf Pfund gegeben, und weil ich höflich sein und ein wenig Interesse zeigen wollte, habe ich ihn gefragt, wann die Kapelle denn aufspielen würde. Und das Schlimmste war, dass er dachte, ich wollte einen Witz machen. Er war schrecklich verärgert.«

6

Compton Bobbin gehört zu jenen im ländlichen England so zahlreichen Häusern, deren hervorstechendste Eigenschaft es ist, in jedem empfindsamen Betrachter schon auf den ersten Blick ein Gefühl der Niedergeschlagenheit zu erwecken. Zwar lässt das große, quadratische und gar nicht mal so hässliche Gebäude bei näherem Hinsehen erkennen, dass hier einst Menschen von Geschmack und Kultur gewohnt haben. Aber diese Menschen sind schon so lange tot und die Spuren ihrer Existenz wurden von den nachfolgenden Generationen so erfolgreich verwischt, dass man ihre einstige Gegenwart nur noch erahnen kann. Eine Ahnung, die jedoch nach einem Aufenthalt bei ihren Nachfahren, wie kurz er auch sein mag, schnell zur Gewissheit wird.

Der chinesische Chippendale-Spiegel beispielsweise, der jetzt im Flur zum Hinterausgang hängt, wo nur die Hausmädchen ihn sehen, stammt eindeutig von einer Person mit Geschmack, auch wenn die Schwingen und Schwanzfedern der fantastischen Vögel auf seinem Rahmen inzwischen leider zersprungen und abgebrochen sind, Opfer der Cricketbegeisterung, die der verstorbene Sir Hudson Bobbin als Kind am liebsten im Haus auslebte. Für wen, wenn nicht für einen Menschen von Geschmack, malte Fragonard jene pastoralen Idyllen, die jetzt, verdreckt und seit Langem vernachlässigt, nicht viel mehr als schwarze Vierecke aus Leinwand sind und deren elegante Komposition nur noch bei hellster Beleuchtung schemenhaft zu erkennen ist? Unbeachtet hängen sie in den dunklen Ecken eines ungenutzten Ankleidezimmers.

Von wem stammen die Sklavenjungen aus schwarz und golden bemaltem Holz, mit denen Generationen von Bobbin-Kindern neue Gouvernanten erschreckt haben und die jetzt in der großen Rumpelkammer wohnen? Von wem die Hepplewhite-Stühle, auf denen die Diener nachts ihre Unterwäsche ablegen? Von wem der venezianische Kronleuchter aus Glas, durch schlampige Verkabelung ruiniert, der mit einem Staubschutz bedeckt im ausgedienten Ballsaal hängt? Von wem die emaillierten Schnupftabakdosen und die Waterford-Gläser, die zusammen mit einem Haufen fürchterlichen Ramschs in die Vitrinen auf dem Treppenabsatz gestopft wurden? Und von wem wohl stammt die Krone im Empire-Stil mit den blauen Diamanten und den rosa Perlen, aus denen 1910, im Jahr ihrer Hochzeit, die Brosche, das Armband und die zwei Ringe gefertigt wurden, die jetzt den unansehnlichen Busen, das knochige Handgelenk und die krummen Finger der derzeitigen Lady Gloria Bobbin schmücken?

Ja, es gab hier Menschen von Geschmack. Die Apollostatue aus dem 18. Jahrhundert, versteckt unter ungepflegtem Immergrün, der kleine Rundtempel auf der Insel im See, der See selbst, die Rokokobrücke, deren eigentümlich bucklige Form über und über mit Efeugestrüpp bewachsen ist, der ummauerte Garten mit den schmiedeeisernen Toren und der Sonnenuhr, die klassische Anordnung der Bäume im Park, das alles kündet von der einstigen Anwesenheit kultivierter Bewohner. Auf sie folgten andere, deren Geschmack vielleicht nicht mehr als erhebend, aber doch immerhin als unterhaltsam bezeichnet werden kann. Diese kauften die niedlichen bunten Baumwollstoffe im Landhausstil, die perlenverzierten Kaminschirme, die Staffordshire-Keramik, die Tapisserien, die kitschigen Blumengemälde und viele andere absonderliche Erzeugnisse eines aufblühenden Empires, ja, sie krönten sogar einen Widderschädel mit Silber und Rauchquarzen und platzierten die Trophäe auf der Mahagoni-Anrichte. Bedauerlicherweise sind nur noch ihre biedersten Besitztümer vorhanden, nichts Unterhaltsames mehr, vieles dagegen, was erschaudern lässt. Buntglasfenster zum Beispiel, in deren blinden bernsteinfarbenen Scheiben der wilde rubinrote Bobdgin zum Sprung ansetzt, jene legendäre Kreatur, halb Einhorn, halb Schakal, die – möglicherweise – der Familie ihren Namen gab. Die scheußlichen Möbel und die muffigen Vorhänge im Speisezimmer, der Tisch und die mit Leder bezogenen Stühle im Arbeitszimmer, die Strukturtapete in den Fluren und – erwähnen wir ihn rasch und vergessen ihn dann für alle Zeiten – der mit Wappen überladene feudale Kamin in der Eingangshalle. Diese Dinge sind bezeichnenderweise noch vorhanden und müssen nun darunter leiden, dass jenes fröhlichere Inventar, das ihren deprimierenden Anblick so wunderbar aufheitern könnte, in die Abstellkammer verbannt wurde und sie daher inmitten der ansonsten modernen Einrichtung und Beleuchtung nur noch scheußlicher aussehen als ohnehin schon.

Ein paar Tage vor Weihnachten saß die Hausherrin von Compton Bobbin zu Füßen der sich aufbäumenden Bobdgins bei der Lektüre der *Morning Post*. Dass die Bobdgins noch existierten, verdankten sie ihr, oder besser gesagt, dem Erfolg ihrer Vorfahren bei der Ernte und Verschiffung der stärksten indischen Teesorte, denn wäre das Haus verkauft worden, hätte ein neuer Besitzer die lebhaften kleinen Kreaturen wohl kaum lange geduldet. Lady Bobbin gehörte zu jenen Frauen, die sich am besten mit einem einzigen, trostlosen Adjektiv beschreiben lassen, das an Deutlichkeit nichts zu wünschen übriglässt: »schlicht«. Selbst in ihrer Jugend, als sie die reichste Erbin weit und breit gewesen war, hatte niemand ihr Äußeres mit einem vorteilhafteren Ausdruck belegen können als »nett«, und auch das führte bei jenen Debütantinnen, die nur mit ihrem Aussehen punkten konnten, zu lautstark geäußerter Verblüffung. Jetzt, mit fünfundvierzig, war Lady Bobbin groß und dünn wie eine Bohnenstange, aber trotzdem schwerfällig, sie hatte struppige Haare, ungepflegte Haut und eine Stimme wie ein Lautsprecher – durchdringend, aggressiv und pausenlos in Betrieb. Sie besaß nicht die geringste Anmut, weder geistig noch körperlich.

Im Alter von vierundzwanzig Jahren hatte sie Sir Hudson Bobbin geheiratet, einen wachsweichen, aber sehr charmanten Mann. Für alle, die sie kannten, blieb es ein unergründliches Geheimnis – nicht die Tatsache, dass sie überhaupt geheiratet hatte, obwohl dies ohne den Teehandel sicherlich eines dargestellt hätte, sondern wie sie es geschafft hatte, zwei so charmante und gut aussehende Kinder zu bekommen wie ihren Sohn Roderick und ihre Tochter Philadelphia. Sie selbst aber hätte deren unzweifelhafte Schönheit, wenn sie sie denn wahrgenommen hätte, als vollkommen unwichtig abgetan. (In ihren Augen war Roderick nichts als ein nerviger kleiner Schuljunge und Philadelphia eine vorlaute und unfreundliche Göre.) Lady Bobbin wusste, dass eine Frau im Leben zwei wichtige Pflichten hat: eine gute Partie zu machen und einen Sohn und Erben zur Welt zu bringen. Sie hatte beide erfüllt; ob die Ehe glücklich war oder der Erbe ein junger Mann von gutem Aussehen und Ruf, hatte für sie keinerlei Bedeutung. Abgesehen von der kurzen, bangen Zeitspanne zwischen Sir Hudsons Untergang mit der Lusitania und der Geburt von Roderick, als sie noch nicht wusste, ob das Kind tatsächlich das gewünschte männliche Geschlecht haben würde, hatte ihr Familienleben ihr nie viele Sorgen bereitet. Nachdem sie die anfängliche Enttäuschung über das Geschlecht ihrer Tochter überwunden hatte, interessierte sie sich nicht weiter für sie, abgesehen von dem Wunsch, Philadelphia möge so schnell und so vorteilhaft wie möglich heiraten. Das

Einzige, was Lady Bobbin echte und anhaltende Freude bereitete, war ihre Hundemeute. Die Jagdhunde bedeuteten ihr, was anderen Frauen Ehemann, Kinder oder künstlerische Betätigung bedeuten mochten, sie waren ihre Lust und Wonne. Es gab für sie nichts Schöneres als einen langen Jagdtag, und wenn ihr diese Freude durch Frost, Hochwasser oder, wie in diesen Tagen, einen Ausbruch der Maul- und Klauenseuche vorübergehend verwehrt wurde, kannte ihre Verbitterung keine Grenzen; sie trauerte, als hätte sie einen geliebten Menschen viel zu früh verloren, zog sich in sich selbst zurück und war untröstlich.

Philadelphia Bobbin schmückte den Rahmen eines Porträts ihrer Urgroßmutter, gemalt von William Etty, mit einigen vertrockneten Stechpalmenzweigen.

»Und jetzt«, sagte sie, während sie vom Stuhl stieg und unzufrieden ihr Werk betrachtete, »sollte ich wohl diesen grässlichen Hauslehrer abholen. Gott, wie ich Weihnachten hasse.«

»Sag so etwas nicht, Philadelphia«, tadelte Lady Bobbin und hob den Blick von der *Morning Post*, deren Lektüre für sie zurzeit eine tägliche Folter darstellte, war doch die Zeitung voller Berichte über erfolgreiche Hundemeuten, die das Glück hatten, dass ihre Jagdgründe nicht von der grauenhaften Maul- und Klauenseuche heimgesucht worden waren. »Darf ich fragen, was du stattdessen geplant hast? Du machst doch sowieso nie für andere einen Finger krumm, immer nur für dich selbst – ›ich, ich, ich‹ ist alles, was man den lieben langen Tag von dir hört. Du solltest dankbar sein, dass du ein eigenes Auto hast, anstatt jedes Mal einen Aufstand zu machen, wenn ich dich um einen kleinen Botendienst bitte. Das nächste Mal werde ich ein Auto mieten, wenn Fred weg ist. Das ist immer noch besser als dieses ständige Gemaule. Wenn du schon so ekelhaft schlechte Laune haben musst, wäre ich dir sehr verbunden, wenn du in deinem Zimmer bleiben könntest, statt allen anderen das Weihnachtsfest zu vermiesen. Manchen von uns bedeutet diese Zeit sehr viel, falls dir das nicht bewusst ist.«

»Ist ja gut«, sagte Philadelphia. »Ich sehe nur nicht ein, warum ich für das Auto so wahnsinnig dankbar sein soll, selbst der Fleischerjunge hat ja eines. Und ich habe nicht wegen der Fahrt an sich gemault, ich hole nur nicht gern wildfremde Leute ab. Was in aller Welt soll ich denn den ganzen Weg von Woodford mit ihm reden?«

»Es wird kaum nötig sein, dass du redest. Ich schlage vor, du konzentrierst dich stattdessen darauf, etwas vorsichtiger als sonst um die Kurven zu fahren. Der Mann wird dafür bezahlt, deinen Bruder zu unterrichten, und nicht, sich mit dir zu unterhalten. Und wo wir schon beim Thema sind, kann ich dir verraten, dass ich unter anderem deswegen einen Hauslehrer für die Ferien engagiert habe, weil ich im Moment nicht erpicht darauf bin, dass du viel Zeit mit Roderick verbringst. Er macht gerade eine sehr anstrengende Phase durch und ist auf die vollkommen unsinnige Idee gekommen, dass er nicht zur Armee will. Ich kann nur hoffen, dass es diesem Lehrer gelingt, ihn zur Vernunft zu bringen und ihn ein wenig an die frische Luft zu scheuchen. Der junge Mann scheint ja recht sportlich zu sein. Aber jetzt fährst du besser los, der Zug trifft bald ein – und vergiss nicht zu fragen, ob am Bahnhof Pakete für mich angekommen sind.«

Philadelphia stapfte wütend aus dem Zimmer, knallte, so laut sie es wagte, die Tür hinter sich zu, schlüpfte in einen alten Pelzmantel, holte ihr Auto aus der Garage und fuhr in rasanter Geschwindigkeit zum Bahnhof von Woodford, wo sie zu ihrem noch größeren Ärger feststellen musste, dass es bis zur Ankunft des Zuges noch eine Viertelstunde dauern würde. Den ganzen Tag über hatte es in Strömen geregnet, aber jetzt war der Himmel klar, und während sie durch das geöffnete Autofenster die schmale Mondsichel und die funkelnden Sterne betrachtete und den fernen Kirchenglocken lauschte, die zweifellos ihr Weihnachtsläuten übten, besserte sich langsam ihre Laune. Als sie den Zug kommen hörte, anfangs so leise, dass das Geräusch nur in ihrem Kopf zu erklingen schien, war sie der Welt gegenüber schon wieder recht freundlich gesinnt. Der Zug wurde lauter, dann war es plötzlich still, und sie wusste, dass er den Bahnhof des Nachbarorts erreicht hatte. Endlich kam er schnaufend und hell erleuchtet aus dem Tunnel. Hinter den leicht beschlagenen Scheiben waren lesende oder schlafende Fahrgäste zu sehen, und ein Mann, wahrscheinlich der Hauslehrer, hob einen Koffer aus der Gepäckablage. Lange Zeit war nichts zu hören, und gerade als der Zug sich unter Stöhnen und Ächzen wieder in Bewegung setzte, erschien ein Gepäckträger mit zwei Koffern am Auto, gefolgt von einem recht kleinen jungen Mann, der seine Taschen hektisch nach Kleingeld durchforstete.

»Sind Sie Mr Fisher?«, fragte Philadelphia. »Ich bin Philadelphia Bobbin. Wie geht es Ihnen?«

»Entschuldigen Sie, Miss«, sagte der Gepäckträger. »Da sind zwei große Pakete für Lady Bobbin angekommen. Nehmen Sie die mit?«

»Nein, danke«, erwiderte Philadelphia. »Die können warten.«

»Es tut mir leid, dass Sie meinetwegen an diesem kalten Abend aus dem Haus mussten«, sagte Paul, als sie losfuhren.

»Das macht gar nichts, ich fahre sehr gern. Der Chauffeur ist bei seiner Frau, die ins Krankenhaus musste, und Bobby besucht einen Freund aus Eton, der hier in der Nähe wohnt, und ist noch nicht zurück. Wahrscheinlich spielen sie Bridge oder Backgammon. Sie kennen Bobby?«

Paul vermutete, dass sie nicht in das Geheimnis eingeweiht war, und sagte: »Ja, ich habe ihn ein- oder zweimal getroffen. Haben Sie noch mehr Geschwister?«

»Nein, zum Glück nicht. Wir hätten wohl noch welche bekommen, aber unser Vater ist kurz vor Bobbys Geburt ertrunken. Dafür bekommen wir an Weihnachten eine Woche lang Besuch von unseren Tanten und Onkeln, die alle massenhaft Kinder haben, das Haus wird also voll.« Es klang fast, als wollte sie Paul damit aufmuntern, weil sie befürchtete, er könnte sich sonst langweilen.

»Sind die Onkel und Tanten denn nett?«

»Ach, im Großen und Ganzen nicht übel. Onkel Ernest Leamington Spa ist ziemlich anstrengend, weil er immer ein besonders fröhliches Julfest feiern will, aber wir ignorieren ihn einfach alle.«

»Wohnen Sie immer hier draußen?«, wollte Paul wissen. Im schwachen Lichtschein eines entgegenkommenden Autos schien ihm Philadelphias Gesicht von nahezu vollendeter Schönheit zu sein.

»Ja«, erwiderte sie grimmig. »Sie können sich nicht vorstellen, wie schrecklich es ist, auf dem Land zu wohnen, genauso gut könnte man ins Gefängnis gehen. Ich hasse das Landleben.«

»Würden Sie denn lieber in London wohnen?«

»Na ja, ich war als Debütantin zur Ballsaison in London, und ich kann nicht behaupten, dass es mir besonders gut gefallen hat, aber es gibt bestimmt andere Arten des Stadtlebens, die mir mehr zusagen würden.«

»Wie kommen Sie darauf?«

»Man weiß eben manche Dinge über sich selbst.«

»Sie sollten heiraten«, meinte Paul. »Ich glaube, junge Frauen sind glücklicher, wenn sie verheiratet sind.«

»Das sagt meine Mutter auch immer«, erwiderte Philadelphia trocken. Dann sah sie ihn an, als wäre ihr gerade wieder eingefallen, dass er der Hauslehrer ihres Bruders war und sie ihn überhaupt nicht kannte, und schwieg. Bald waren sie in Compton Bobbin angekommen, und Paul ging ins Haus, während Philadelphia das Auto in die Garage fuhr.

Als er sie vor dem Dinner im Salon wiedertraf, stellte er fest, dass sie nicht ganz so schön war, wie sie auf den ersten Blick gewirkt hatte. Sie hatte zwar ein fein geschnittenes Gesicht und große, auffallend strahlende blaue Augen, aber ihre Haare und Haut waren stumpf, und sie war nachlässig gekleidet. Offensichtlich hatte sie keine Ahnung, wie man sich »zurechtmachte«, wie die Franzosen sagen. In London hätte ein nur halb so hübsches Mädchen leicht doppelt so viel aus sich gemacht. Er beschloss, sie so bald wie möglich in Amabelles Obhut zu geben.

Da Bobby immer noch nicht aufgetaucht war, verkündete Lady Bobbin, man würde nicht länger warten und das Dinner ohne ihn beginnen. Sie waren schon halb fertig, als er in Tageskleidung ins Speisezimmer schlenderte, Paul mit einem übertrieben höflichen »Wie geht es Ihnen?« begrüßte und ihm, als Lady Bobbin wegsah, zuzwinkerte. Dann sagte er »Entschuldige, Mutter« und setzte sich an seinen Platz am Kopfende des Tisches.

»Musst du so unpünktlich zu den Mahlzeiten erscheinen?«, fragte Lady Bobbin barsch. »Außerdem bestehe ich darauf, und das habe ich dir schon mehrfach gesagt, dass du dich vor dem Dinner umziehst. Mein lieber Vater hat immer erzählt, dass er es selbst auf den beschwerlichsten Safaris im afrikanischen Busch niemals versäumt hat, sich zum Dinner umzuziehen.«

»Tja, aber hier sind wir ja nun mal nicht im afrikanischen Busch«, erwiderte Bobby mit vollem Mund.

Auf diese Logik schien es keine Antwort zu geben, und um dem Missfallen über ihren Sohn Ausdruck zu verleihen, wandte Lady Bobbin sich mit einem Wortschwall an Paul: »Sie kommen zu einem sehr unglücklichen Zeitpunkt, Mr Fisher. Wir können zurzeit nicht jagen, da am Rand meiner Ländereien die Maul- und Klauenseuche ausgebrochen ist. Zum Glück dürfen wir noch reiten, aber das kann natürlich nicht ansatzweise darüber hinwegtrösten, dass die Jagdsaison jetzt vollkommen ruiniert ist, und das bei diesem herrlichen, frostfreien Wetter. Es bricht einem das Herz. Sie jagen auch, nehme ich an?«

»Nein, nein«, sagte Paul. Um einen guten Eindruck zu machen, fügte er hinzu: »Aber ich reite.«

Lady Bobbin schloss daraus, dass der Hauslehrer lediglich keine Jagdkleidung dabeihatte, und nickte gnädig.

»Und natürlich«, fuhr Paul fort, »bin ich sehr gerne als Beobachter bei der Jagd. Wie ärgerlich mit der Maul- und Klauenseuche – und wie unschön für das arme Vieh.«

»Welches Vieh?«

»Das mit den Mäulern und Klauen.«

»Ach so«, sagte Lady Bobbin leichthin. »Dem Vieh macht das nichts. Die Regierung lässt die Tiere einfach keulen, das läuft ganz human. Das Schlimme an der Sache ist, dass man nicht mehr jagen darf. Natürlich stecken die Bolschewiken dahinter, das ist ja klar.«

»Also wirklich, Mutter, was willst du denn damit sagen?«, fragte Bobby gereizt.

»Florence Prague hat mir erst gestern erzählt – und ich bin sicher, sie hat recht –, dass die Bolschewiken alles tun, was in ihrer Macht steht, um die Jagd zu stoppen. Diese Teufel wissen ganz genau, dass jede Art von Sport, und besonders die Jagd, mehr dazu beiträgt, den Sozialismus auszumerzen, als alle politischen Reden der Welt, und da sie mit ihrem Parteienquatsch nicht weit gekommen sind, laufen sie lieber konspirabel herum und verbreiten überall auf dem Land die Maul-

und Klauenseuche. Ich begreife nicht, warum die Regierung nichts dagegen unternimmt. Man könnte direkt glauben, sie stehen alle selbst auf der Gehaltsliste dieser Wüstlinge. Wirklich grauenvoll.«

»Halb so schlimm«, sagte Bobby und sah Paul, dem angesichts dieser Theorie der Mund offen stand, mit gespielter Verzweiflung an. »Zum Glück dürfen wir wenigstens ausreiten.«

»Ja, im Umkreis von fünf Meilen um Woodford darf man reiten. Es wird Ihnen schon nicht an Beschäftigung fehlen. Der Golfplatz ist sehr gut in Schuss. Ich habe gehört, Sie spielen gerne Golf, Mr Fisher?«

»Ja, das stimmt, ich liebe nichts so sehr wie Golf. Eigentlich begeistern mich alle Sportarten, die man im Freien betreiben kann, sogar Wandern und Fahrradfahren. Solange ich an der frischen Luft sein kann und nicht in einem stickigen Zimmer hocken muss, bin ich glücklich.«

Lady Bobbin betrachtete ihn zufrieden. »Dann wird Ihnen das Leben bei uns gefallen, Mr Fisher. Schade, dass Sie nicht jagen, aber Sie können den ganzen Tag reiten. Wir haben viele Pferde, die alle bewegt werden müssen, solange die Maul- und Klauenseuche noch nicht ausgestanden ist.«

Bobby, der es hasste, längere Zeit ignoriert zu werden, selbst von seiner Mutter, versuchte sich wieder einzuschmeicheln, indem er höflich fragte, ob im Dorf alles in Ordnung sei.

»Leider hatten wir in letzter Zeit eine Menge Ärger«, antwortete Lady Bobbin. »Der neue Pfarrer ist nicht zufriedenstellend, bei Weitem nicht. Sehr hochkirchlich. Es würde mich nicht wundern, wenn er von Rom bezahlt würde. Seine Gottesdienste sind überladen von Spitzenbordüren und Düften, und alle paar Minuten wechselt er das Gewand. Ich war tatsächlich gezwungen, den Kirchgang ganz aufzugeben. Es ist nicht zu fassen, dass wir diese Pfründe nicht selbst vergeben können. Wie kann es sein, dass an einem Oxford-College entschieden wird, wen wir als Pfarrer bekommen? Ich habe deswegen schon an den lieben Bischof geschrieben, aber ich fürchte, es steht nicht in seiner Macht, hier einzugreifen.«

»Das ist ja wirklich schlimm«, murmelte Bobby und nahm sich fest vor, am nächsten Sonntag in die Kirche zu gehen.

»Außerdem«, fuhr Lady Bobbin fort, »mache ich mir große Sorgen wegen diesem neuen Gesetz, nach dem man jetzt seinen Onkel heiraten darf. Das ist ein Skandal. Drei Frauen im Dorf haben es schon getan. Es ist ausgesprochen deprimierend, wo man doch gerade anfing zu hoffen, mit der Moral würde es endlich ein wenig aufwärts gehen.«

»Aber wenn das Gesetz es erlaubt, kann es doch sicherlich nicht unmoralisch sein?«, fragte Bobby, der genau wusste, dass eine solche Argumentation seine Mutter auf die Palme bringen würde.

»Es ist sehr wohl unmoralisch – unmoralisch und ekelhaft. So etwas ist nicht plötzlich in Ordnung, nur weil ein paar neue Gesetze erlassen werden. Außerdem wird die Kirche das niemals billigen. Als der liebe Bischof vor Kurzem zum Lunch bei mir war, hat er gesagt, und da stimme ich dem Guten natürlich vollkommen zu, dass eine solche Maßnahme die Familienbeziehungen ruiniert.«

»Ganz im Gegenteil«, meinte Bobby. »Ich denke, so kommt erst richtig Schwung in die Sache. Vermutlich sieht Philadelphia Onkel Ernest schon jetzt in einem ganz neuen und sehr viel faszinierenderen Licht, oder, Delphie? Ich freue mich schon auf das Geturtel an Weihnachten.«

»Bobby!«, rief seine Mutter streng, »sag nicht so was. Bitte iss, alle warten nur auf dich. Ein dummer kleiner Schuljunge wie du versteht nichts von diesen Dingen, und es ist unnötig und überhaupt nicht witzig, freche Bemerkungen dazu abzugeben. Mr Fisher sieht das sicherlich genauso.«

»Ja, selbstverständlich«, stimmte Paul eifrig zu. »Ich wäre lieber tot, als eine meiner Tanten heiraten zu müssen.«

»Das, Mr Fisher, geht vollkommen an der Sache vorbei, wenn ich das so sagen darf. Ich glaube nicht, dass Tanten gestattet sind. Es dürfte hier nur um Onkel gehen. Ich kann mir partout nicht vorstellen, wie man solche obszönen Gesetze erlassen kann, aber das ist mal wieder typisch für diese Regierung. Sie verschwendet ihre Zeit mit solchen unnützen und sogar schädlichen Maßnahmen und tut überhaupt nichts, um den Bolschewismus auszurotten. Das habe ich auch unserem Abgeordneten Sir Joseph Jenkins gesagt, als er das letzte Mal hier war, und er war ganz meiner Meinung. Sir Joseph ist ein sehr vernünftiger Mann«, ergänzte sie an Paul gewandt. »Er hat großes Interesse an Abwasseranlagen, sanitären Einrichtungen und so weiter – ich glaube sogar, er ist fast immer Vorsitzender des Abwasserausschusses im Parlament.«

»Ah«, sagte Paul.

Einen Moment lang herrschte Stille. Bobby unterdrückte ein Kichern und versteckte sich vor den Blicken seiner Mutter hinter einer großen Schale mit Stechpalmenzweigen, die zwischen ihnen auf dem Tisch stand. Paul starrte verlegen in die Luft und überlegte, ob er eine Bemerkung über das Schweigen im Walde machen sollte, und Philadelphia nahm sich einen großen Nachschlag vom Plumpudding. Dann ergriff Lady Bobbin wieder das Wort.

»Übrigens, Kinder, ich war heute Nachmittag bei Florence Prague. Sie hat sich von ihrem hässlichen Sturz vom Pferd bestens erholt, aber die arme alte Sagrada hatte eine Bänderzerrung und musste eingeschläfert werden.«

Bobby und Philadelphia würdigten diese Neuigkeit mit ein paar angemessenen Kommentaren, und Lady Bobbin fuhr fort:

»Florence und ich haben lange über eure Ferien gesprochen, und da es ja in diesem Winter keinen Jagdball geben wird, waren wir uns einig, dass es schön wäre, wenn ich einen kleinen Tanzabend für euch beide veranstalte. Ich hatte schon länger darüber nachgedacht, aber in Anbetracht der momentanen Krise fand ich es nicht richtig, für so ein Vergnügen Geld auszugeben. Florence aber war der sehr vernünftigen Meinung, dass es überhaupt nichts schadet, solange wir auf Champagner und eine richtige Kapelle verzichten, denn schließlich würde es allen eine große Freude bereiten.«

»Mir nicht, das kann ich dir sagen«, erwiderte Bobby schlecht gelaunt. »Liebe Mutter, ich verstehe nicht, was du dir dabei denkst. Wie soll das denn funktionieren, ein Tanz ohne Champagner und Kapelle?«

»Natürlich funktioniert das, das funktioniert ganz wunderbar. In Woodford gibt es einen jungen Mann, den Sohn des Fleischers, der sehr hübsche Tanzmusik spielen kann. Ich habe mir sagen lassen, dass er für dreißig Shilling einen ganzen Abend lang aufspielt, und ein gutes Glas Cider wird heutzutage ja wohl auch niemand ausschlagen. Du bist einfach unerträglich verwöhnt, Roderick. Es macht mich ganz krank, etwas zu eurem Vergnügen zu planen, weil ich von Anfang an weiß, dass man es euch nie recht machen kann und ihr unaufhörlich an allem herummeckert. Genau das habe ich heute Nachmittag auch zu Florence Prague gesagt. Ich habe gesagt: ›Warte ab, Florence, du wirst sehen, von Roderick bekomme ich für die ganze Sache keinen Dank, sondern nur Genörgel.‹ Trotzdem sehe ich keinen Grund, dass Philadelphia und all die anderen jungen Leute in der Nachbarschaft nicht ihren Spaß haben sollen, nur weil du zufälligerweise diese übertriebenen Erwartungen hast. Ich fürchte, mein Junge, du wirst bald herausfinden, dass man heutzutage bei seinen Vergnügungen die Wahl hat, zu nehmen, was man kriegen kann, oder ganz darauf zu verzichten. Es gibt nur noch sehr wenige Leute, die sich Champagner im Überfluss leisten können, und selbst wenn, dann wäre ein solcher Luxus höchst schädlich und unpatriotisch, das sind nämlich genau die Dinge, die in diesem Land dem Sozialismus Vorschub leisten.«

Jetzt machten alle ein betretenes Gesicht. Bobby wurde rot vor Wut, wagte aber nicht zu widersprechen. Nur Paul meldete sich mit einer gut gemeinten, aber taktlosen Bemerkung zu Wort: »Wie wäre es denn stattdessen mit Sektcocktails? Die sind sehr günstig, man kann den billigsten Sekt kaufen und gibt einfach ein wenig Brandy und Zucker dazu. Die meisten Leute trinken das sehr gern.«

»Nein, Mr Fisher, vielen Dank, aber in diesem Haus werden keine Cocktails getrunken. Das ist eine sehr ungesunde und verabscheuenswerte Gepflogenheit. Außerdem benehmen die Leute sich schon mit Sekt allein rüpelhaft genug, da muss man nicht noch Brandy dazukippen. Bei Lady Jenkins' Party im letzten Jahr zum Beispiel sind die schändlichsten Dinge vorgefallen. Der fürchterliche Sohn der Hoods hat sich beim Abendessen eine Wurst ins Ohr gestopft, vermutlich wegen einer Wette. Es war im höchsten Maße abstoßend, ein solches Benehmen werden wir in Compton Bobbin nicht dulden. Nein, es wird gutes britisches Bier und Cider geben, das ist vollkommen ausreichend für die jungen Leute. Niemand muss halb betrunken sein, um sich zu amüsieren, das hoffe ich zumindest.«

Mit diesen Worten erhob Lady Bobbin sich und verließ majestätischen Schritts das Speisezimmer. Die stille Philadelphia Bobbin aber hatte während des gesamten Essens kein Wort gesprochen.

7

Nach dem Dinner wurde Paul freundlich zu verstehen gegeben, er möge sich ins Schulzimmer zurückziehen, was er gerne tat, da er sehr erpicht darauf war, die physische Gegenwart von Lady Gloria Bobbin durch die intellektuelle Gegenwart ihrer Vorgängerin zu ersetzen. Er wusste, dass Bobby, der ihm den Weg zu seinem neuen Zufluchtsort zeigte, schon so aufmerksam gewesen war, die vierzehn Bände des Tagebuchs von Lady Maria sowie eine sehr große Anzahl ihrer Briefe im Schulzimmer hinter dem Heizkörper zu platzieren – ein Versteck, in dem die kostbaren Dokumente nicht so viel Schaden nahmen, wie man vielleicht annehmen konnte, da die Zentralheizung von Compton Bobbin noch nie einen nennenswerten Effekt auf die Raumtemperatur gehabt hatte.

Sobald Paul allein war, fiel er aufgeregt und voller Vorfreude über seinen Schatz her. Das Tagebuch bestand aus großen, handgeschriebenen Bänden in schönem roten Maroquinleder. Lady Marias Handschrift war klein, aber sehr leserlich und äußerst sauber; auf den Seiten, die Paul aufschlug, war nicht ein einziges Wort verbessert oder durchgestrichen. Nachdem er eine Weile aufs Geratewohl herumgeblättert und die kleinen Aquarellzeichnungen betrachtet hatte, die den Text unterbrachen, fing er an, im fünften Band zu lesen, der mit den folgenden Worten begann:

1. Jan. 1878
Wieder liegt ein neues Jahr vor uns mit all seinen Sorgen und Nöten, seinen Widrigkeiten und schmerzlichen Ent-

täuschungen. Gestern Nacht dachte ich beim Klang der Neujahrsglocken lange an die Lieben, die von uns gegangen sind, und war dankbar für alles, was ihnen erspart bleiben wird. Wie *freudig* würde ich ihnen folgen, sollte der Herr mich zu sich rufen. Wie Mr Landor es so treffend und so anrührend formuliert hat: »Am Lebensfeuer wärmt' ich mir die Hände, da es erlischt, bin ich bereit zu geh'n.« Ich dachte an den lieben Papa, der sein Leiden so geduldig ertragen hat, und an das geliebte Grab in Margate. Betete um Kraft für das kommende Jahr, damit ich und meine Lieben alles, was es für uns bereithält, erdulden mögen. (NB – Darf nicht vergessen, Mrs Craven zu sagen, dass das Rindfleisch gestern angebrannt war. Das macht Josiah sehr betrübt und wütend und ist durchaus unnötig.) Der arme Ivanhoe liegt zu meinen Füßen, während ich dies schreibe. Das liebe, treue Tier, ich fürchte, es werden ihm nicht mehr viele Neujahrstage vergönnt sein. Wie öd, wie fremd wird dieses Haus mir vorkommen ohne das freundliche Wedeln seines altersschwachen, zerlumpten Schwanzes …

Kaum hatte Paul bis hierhin gelesen, als Bobby wieder hereinkam, die Tür hinter sich schloss und es sich vor dem Kamin gemütlich machte, um ein kleines Schwätzchen zu halten.

»Hör zu, alter Junge«, sagte er, »leg die gute Urgroßmama mal ein paar Minuten zur Seite, es gibt schicke Neuigkeiten. Ganz im Ernst, uns steht eine große Überraschung ins Haus.«

»Tatsächlich? Was denn?«

»Mein Cousin Michael Lewes kommt morgen für zwei Wochen zu Besuch.«

»Was soll denn daran überraschend sein? Deine Schwester hat mir schon im Auto erzählt, dass all eure Tanten, Onkel, Cousins und Cousinen euch an Weihnachten besuchen.«

»Oh, weißt du das denn nicht? Michael hat vor drei Jahren

einen Posten in Kairo angenommen, und zwar nur wegen Amabelle, weil sie sich geweigert hat, ihn zu heiraten. Sie war die Liebe seines Lebens. Er ist erst seit einer Woche wieder in England, und schon werden die beiden durch Zufall Nachbarn – du musst doch zugeben, dass das komisch ist. Da ist ein Wiedersehen vorprogrammiert.«

»Vielleicht auch nicht.«

»Äußerst unwahrscheinlich! Ich werde schon dafür sorgen, dass es passiert«, fügte er spitzbübisch hinzu und schenkte Paul jenes Lächeln, mit dem er alle Welt um den Finger wickeln konnte.

»Oje«, entfuhr es Paul plötzlich, und er vergaß vor Schreck zurückzulächeln. Mit einem Knall klappte er Lady Marias Tagebuch zu. »Lord Lewes. Ja, natürlich, jetzt fällt es mir wieder ein. Ich wusste gar nicht, dass er mit dir verwandt ist.«

»Er ist mein Cousin. Vaters Schwestern haben allesamt gute Partien gemacht, sodass ich praktischerweise viele reiche Verwandte habe.«

»Du bist ein verdammter kleiner Snob.«

»Ich weiß, und ich genieße es.«

»Was du nicht sagst! Erzähl mir noch ein bisschen mehr über deinen Cousin. Wie alt ist er jetzt?«

»Michael ist zweiunddreißig oder dreiunddreißig, glaube ich. Und Amabelle ist – wie alt? Schon fast fünfundvierzig, oder? Ich glaube, er war ganz verrückt nach ihr, hat sie angefleht und gebettelt, dass sie ihn heiratet, aber die Gute war schlau genug abzulehnen. Außerdem hat die ganze Geschichte sie furchtbar gelangweilt. Was mich nicht wundert. Michael ist ein wirklich lieber Kerl, aber nicht unbedingt ein romantischer Held.«

»Und was hat seine Familie dazu gesagt?«, wollte Paul wissen.

»Seine Eltern sind beide schon tot. Meine Mutter hat die Sache wie immer in den völlig falschen Hals bekommen. Sie hält die arme Amabelle für ein berechnendes Flittchen, das Michael ins Verderben locken wollte. Aber als Michael gemerkt hat, dass er sie nicht zu einer Heirat bewegen kann, hat er sich kurzerhand den Posten im Ausland besorgt.«

»Glaubst du, er ist inzwischen darüber hinweg?«

»Kann man über eine unglückliche Liebe zu Amabelle jemals hinwegkommen?«, erwiderte Bobby altklug. »Ich bezweifle es. Jedenfalls, was Michael angeht. Es war damals ein schwerer Schlag für ihn, außerdem ist er ein sentimentaler Kerl. Was für ein Glück, dass du Schriftsteller bist, Paul. In unserem Haus wirst du in den nächsten ein, zwei Wochen haufenweise tolles Material finden. Und dann ist noch etwas Lustiges passiert. Mama hat bei Amabelle ihre Karte hinterlassen. Wahrscheinlich hat sie keine Ahnung, dass es sich um *die* Mrs Fortescue handelt.«

»Woher weißt du das mit der Karte?«

»Ich war den ganzen Nachmittag drüben in Mulberrie Farm und habe mit Jerome und den Monteaths Bridge gespielt.«

»Ach, das ist also dein Freund aus Eton. Hatte ich schon vermutet. Wie gefällt es Amabelle auf dem Land?«

»Natürlich hasst sie es. Sie langweilt sich so sehr, dass sie schon jeden Tag dem alten Major Stanworth bei der Arbeit auf dem Hof hilft. Es ist zum Totlachen, wenn man sie über Laufenten und Yorkshire-Schweine reden hört. Gestern hat sie sich anscheinend als Geburtshelferin bei einer Kuh betätigt.«

»Ich muss sie morgen unbedingt besuchen. Wie komme ich bei deiner Mama an?«, fragte Paul nervös mit einem Seitenblick auf das kostbare Tagebuch.

»Bisher ganz ordentlich. Sie hat mir gesagt, dass du ihr gut gefällst. Aber vermeide um Himmels Willen das Thema Jagd, sonst landest du irgendwann im Fettnäpfchen. Ach, übrigens, sie will mit dir ein Ferienprogramm für mich aufsetzen. Sieh zu, dass du nur die Vormittage fürs Lernen einplanst, damit wir nach dem Lunch sagen können, wir würden reiten oder Golf spielen, und die Nachmittage in Mulberrie Farm verbringen. Prinzip verstanden? Ich gehe jetzt wieder rüber – kommst du mit?«

»Lieber nicht, danke. Wo ich schon mal hier bin, möchte ich mich endlich mit dem Tagebuch beschäftigen. Es sieht zu verlockend aus. Weiß deine Mutter, dass du weggehst?«

»Natürlich nicht, du Knallkopf. Was glaubst du denn? Ich habe ihr vor Stunden Gute Nacht gesagt und sogar eine Puppe in mein Bettchen gelegt, falls sie nachsieht – ist alles schon vorgekommen. Bist du so nett und lässt das Fenster hier für mich offen? Bis dann, wir sehen uns morgen früh.«

Damit sprang er aus dem Fenster, und wenig später wurde auf der Straße vor dem Haus ein Auto angelassen. Paul wandte sich wieder dem Tagebuch zu.

3. Jan. 1878

Ausflug in der Eselkutsche mit Edward und seinen lieben Kindern, die uns netterweise in diesen Tagen einen Besuch abstatten. Wir haben der armen alten Mrs Skittle einen Pudding gebracht; ich fürchte, die arme Seele weilt nicht mehr lange unter uns, sie zitierte sogar selbst das Sprichwort: »Ein milder Winter macht den Kirchhof reich.« Ich kann mich nicht erinnern, wann die Weihnachtszeit zuletzt so mild war wie in diesem Jahr, und Josiah ebenso wenig. (NB – Gestern beim Dinner war die Suppe nicht besonders warm. Das darf nicht noch einmal vorkommen, es betrübt den lieben Josiah so sehr.)

Der kleine Hudson, der Älteste unseres lieben Edwards, sah heute ganz reizend aus in seinem blauen Anzug und den Schühchen mit den rosa Bändern. Als wir durch die Eichenallee auf Compton Bobbin zufuhren, sagte ich zu ihm: »All dies hier wird eines Tages dir gehören, mein Schatz«, denn er soll doch an seine Verantwortung herangeführt werden. Er sah mich eine Weile ernst an, dann faltete er die kleinen Händchen und sagte: »Dann will ich sehr, sehr artig sein.« Das hat mich so an unsere liebe Königin erinnert, die auf die Mitteilung, dass sie Thronanwärterin sei, mit bezaubernder Entschlossenheit verkündete: »Ich will mein Bestes geben.« Der Himmel weiß, dass sie Wort gehalten hat.

8. Jan. 1878

Erhielt heute Nachricht vom lieben Edward, der uns am Dienstag in Erwartung dieses freudigen Ereignisses verließ, dass die gute Feodora mit einem süßen kleinen Mädchen niedergekommen ist. Damit hat die Familie zum vierten Mal Zuwachs bekommen. Möge der Himmel ihnen eine noch viel größere Kinderschar schenken. Die Nachricht kam per Telegramm, und sobald ich es dem lieben Josiah berichtet hatte, ging ich hinauf ins Kinderzimmer, wo Hudson, Mildred und Millicent soeben beim Frühstück saßen. Ich nickte Mrs Darcy, der wunderbaren Kinderfrau, zu, die bei dieser Geste sofort verstand, welche Neuigkeit ich erfahren hatte. Dann setzte ich mich neben Hudson und sagte: »Mein Liebling, der Storch hat euch eine kleine Schwester gebracht.« »Wo ist sie denn?«, rief er und klatschte vor Freude in die Hände. »Weiß Mama es schon?« Mrs Darcy und ich hatten unsere liebe Mühe, die Fassung zu bewahren.

16. Jan. 1878

Gott sei's geklagt, die kleine Tochter, die Feodora letzte Woche zur Welt gebracht hat, ist am Dienstagabend von uns gegangen. Diese schreckliche Nachricht erreichte mich gestern früh per Telegramm und nahm mich so sehr mit, dass ich kein Tagebuch schreiben konnte. Mein armer Liebling

Edward und die arme, arme Feo, nur eine Mutter kann ahnen, wie ihr zumute ist. Edward schrieb mir sehr lieb und berichtete, dass er die Kleine noch habe taufen können, auf die Namen Mary Ursula Christian Margaret, und mich tröstet die Vorstellung, dass die geliebten sterblichen Überreste der Kleinen in heiliger Erde ruhen werden. Er schrieb, dass die liebe Feo noch sehr schwach und schrecklich traurig sei, sich aber auf bewundernswerte Weise in ihr Schicksal füge. Sie darf sich schon ein paar Stunden am Tag aufsetzen und ist damit beschäftigt, ein kleines Totenhemd zu besticken. Wie unergründlich sind die Wege der Vorsehung, dass Er uns das liebe Kindchen schenkt und unser Leben für ein paar Tage heller macht, nur um es uns nach so kurzer Zeit wieder zu nehmen. Als ich die Nachricht bekam, ging ich sogleich hinauf ins Kinderzimmer und fand die drei Kleinen wiederum beim Frühstück. Als Mrs Darcy meine schwarze Kleidung sah, wusste sie schon, dass das Schlimmste geschehen war. Ich setzte mich neben den kleinen Hudson und erklärte ihm, dass sein neues Schwesterchen jetzt im Himmel sei. »Hat der Storch sie zurückgeholt?«, fragte er voller Unschuld. »Nein, mein Liebling«, erwiderte ich. »Die lieben Englein haben sie zu sich genommen.«

8

Am nächsten Morgen nach dem Frühstück, das unangenehmerweise schon um acht Uhr dreißig stattfand, ließ Lady Bobbin Paul zu sich kommen. Müde und etwas verunsichert erschien er in ihrem Arbeitszimmer. Der Raum glich bis ins letzte Detail einem Rauchsalon, sodass Paul sich unwillkürlich nach dem Pfeifenständer umschaute. Lady Bobbin trug ihre Reitbekleidung, ein Flanellhemd und einen weichen Filzhut und wirkte in diesem Aufzug fast menschlich. Sie gehörte zu jenen Frauen, die nur in einer Art Uniform vorzeigbar aussehen. Kerzengerade saß sie auf einem harten Stuhl und deutete mit einer Handbewegung auf einen weiteren für Paul.

»Mr Fisher«, sagte sie und tippte kräftig mit der Reitpeitsche gegen ihren Stiefel, »es wäre sinnvoll, wenn Sie und ich gemeinsam eine Art Arbeitsplan für Roderick aufstellen. Ich bin davon überzeugt, dass junge Leute einen festen Tagesablauf brauchen, besonders in diesen irrwitzig langen Ferien, und Roderick hat Disziplin bitter nötig, wie auch Sie sehr bald merken werden.«

An dieser Stelle hielt sie inne, sah auf die Uhr, dann aus dem Fenster und schließlich zu Paul, als erwarte sie von ihm eine Erwiderung.

»Sie haben absolut recht. Es mangelt ihm offenkundig an Disziplin. Ich habe den Eindruck, es würde ihm guttun, möglichst viel Zeit an der frischen Luft zu verbringen«, sagte Paul, der Bobbys geplante Bridgepartien in Mulberrie Farm im Hinterkopf hatte. »Viel Bewegung und frische Luft wären sehr förderlich für ihn, sowohl körperlich als auch geistig. Es gibt nichts Besseres, um den Charakter zu bilden, müssen Sie wissen. In der Tat«, fügte er hinzu und kam nun richtig in Fahrt, »habe ich mich bei all den Jungen, die ich im Laufe der Jahre in meiner Obhut hatte, stets an das Motto *Mens sana in corpore sano* gehalten. Ich kenne kein besseres.«

»Es gibt kein besseres«, sagte Lady Bobbin beifällig. Der Hauslehrer machte einen hervorragenden Eindruck. »Die jungen Leute müssen endlich mal verstehen, dass wir auf viele leidige Dinge heutzutage problemlos verzichten könnten, besonders auf diese ungesunde moderne Kunst, da bin ich mir ganz sicher.«

»Das sehe ich genauso.«

»Nicht wenige Künstler – wenn man sie denn überhaupt so nennen kann, was ich persönlich nicht tue – wären nach einem Tag auf der Jagd vollkommen andere Menschen. Es würde ihnen unendlich guttun und sie von den abscheulichen Dingen ablenken, die sie angeblich so lieben. Diese Leute haben einen kranken Geist, jawohl, einen kranken Geist in einem ungesunden Körper.«

»Halunken sind das«, sagte Paul voller Abscheu.

»Aber das tut jetzt nichts zur Sache.« Wieder blickte Lady Bobbin auf die Uhr. »Ich hatte so sehr gehofft, Roderick könnte in den Weihnachtsferien vier oder fünf Tage pro Woche mit den Jagdhunden raus, aber natürlich hat uns die verdammte Maul- und Klauenseuche vorläufig einen Strich durch die Rechnung gemacht. Na ja, unter uns gesagt, wenn es bis Neujahr keine neuen Ausbrüche mehr gibt, kann ich mir gut vorstellen, dass im Januar wieder alles beim Alten ist. Zum Glück dürfen wir auf dem Anwesen noch reiten, Sie können also gemeinsam mit Roderick die Jagdpferde in Form halten. Dann arrangiere ich für ihn ein oder zwei Gelegenheiten zum Schießen, nichts Großes – seit dem Tod meines Mannes züchten wir nicht mehr –, nur ein paar kleine

Ausflüge zu Fuß. Außerdem gibt es außerhalb von Woodford einen netten kleinen Golfplatz, und Major Stanworth, der in der Nähe einen Hof betreibt, hat einen Squashcourt. Sie sehen also, es gibt genügend Möglichkeiten, Sport zu treiben. Wenn Sie jetzt so freundlich wären, einen Blick auf das Tagesprogramm für Roderick zu werfen, das ich hier schon einmal notiert habe, und zu sehen, ob Sie damit einverstanden sind, Mr Fisher.«

»Zeigen Sie mal her«, sagte Paul und setzte sich einen Kneifer auf die Nase. Er konnte damit zwar so gut wie gar nichts erkennen, aber er kam ihm für seine Rolle als Hauslehrer sehr passend vor. (Amabelle hatte ihn nur mit Mühe davon abhalten können, in Compton Bobbin mit platinblonder Perücke, platinblondem Schnurrbart und platinblonden Augenbrauen zu erscheinen.)

»Ah! Hm, hm! Nun ja. ›Acht Uhr dreißig Frühstück, neun Uhr bis elf Uhr Unterricht, elf Uhr bis ein Uhr Reiten.‹ Ich fürchte, so wird es nicht gehen, Lady Bobbin, ganz und gar nicht. Mal sehen: ›Ein Uhr Lunch, von zwei bis vier Reiten oder Golf‹ – das ist in Ordnung – ›und von fünf bis halb acht weiterer Unterricht oder eine Runde Squash‹. Ja, ein exzellentes Programm, wenn ich so sagen darf, aber eine Sache muss ich leider doch ändern. Wir müssen unbedingt den gesamten Vormittag für den Unterricht haben.«

»Hat Mr Pringle Roderick so viel zu tun gegeben?«

»Oh ja, das hat er. Sehr viel sogar. Mr Pringle hat mir leider mitgeteilt, dass Roderick sehr faul ist und intellektuell hinterherhinkt.«

»Das weiß ich.«

»Mr Pringle befürchtet, dass Roderick es nicht nach Sandhurst schafft, es sei denn, wir lesen den gesamten Horaz, Ausschnitte aus Plinius und Vergil, die er für uns zusammengestellt hat, die Briefe von Julius Caesar, die *Ilias*, den größten

Teil der Griechischen Anthologie, *Verfall und Untergang des römischen Imperiums* von Gibbon, die *Anatomie der Melancholie* von Burton und Froudes *Essays*«, zählte Paul aufs Geratewohl auf. »Darüber hinaus hat er mir dringend empfohlen, mit Roderick ausführlich Mathematik und europäische Geschichte zu üben. Ich persönlich finde es sehr schade, den Jungen für den Unterricht ans Haus zu fesseln, wo ihm frische Luft und Bewegung so guttun würden, aber Sie wissen ja, wie diese Schulmeister sind. Außerdem ist es sicherlich auch Ihr Wunsch, dass er in Sandhurst aufgenommen wird, und ich fürchte, um in dieser Hinsicht ganz sicher zu sein, werden wir dem Unterricht mehr Zeit widmen müssen, als Sie in Ihrem Plan vorgesehen haben.«

»Nun gut«, sagte Lady Bobbin. »Ich möchte natürlich nicht, dass seine Leistungen zu wünschen übrig lassen, denn wie Sie ganz richtig sagen, bin ich sehr erpicht darauf, dass er nach Sandhurst geht. Und das erinnert mich noch an etwas anderes – bitte tun Sie alles, was in Ihrer Macht steht, um Roderick von einer Laufbahn in der Armee zu überzeugen. Er hat die absurde Idee, er könnte Diplomat werden, was mir überhaupt nicht gefallen würde. Ich bin selbst die Tochter und die Frau eines Soldaten ...«

»Ich ebenso«, sagte Paul. »Beziehungsweise der Sohn, und meine Mutter war die Frau eines Soldaten.«

»Es ist mein ausdrücklicher Wunsch, dass Roderick Soldat wird und die Tradition im Regiment seines Vaters fortführt, und ich wäre Ihnen sehr verbunden, wenn Sie in dieser Hinsicht auf ihn einwirken. Und nun erklären Sie mir, wie Sie den Tagesablauf gestalten möchten, denn dann muss ich gehen.«

»Ich fürchte, wir müssen die gesamte Zeit von neun Uhr morgens bis ein Uhr mittags für den Unterricht einplanen. Ich bin ein großer Verfechter von geistiger Arbeit in den Vormittagsstunden. Das ist für junge Menschen sehr wertvoll.

Den Nachmittag haben wir dann ganz für die Bewegung im Freien zur Verfügung – es freut mich zu hören, dass es in der Nähe einen Squashcourt gibt, dort können wir spielen, wenn es zum Reiten oder Golfspielen schon zu dunkel ist. Wir werden sehen, wie wir mit der Arbeit vorankommen, aber ich vermute, dass ich auch nach dem Dinner noch ein paar Stunden seiner Zeit dafür in Anspruch nehmen muss.«

»Ich merke, dass Sie sehr streng mit Roderick sein werden, umso besser. Der Junge bräuchte schon seit einigen Jahren die Hand eines Mannes. Ich fürchte, ich habe ihn zu sehr verwöhnt. Gut, wir machen es so. Ich wäre Ihnen sehr verbunden, wenn Sie mich hin und wieder wissen lassen, wie es vorangeht.«

Und mit diesen Worten eilte Lady Bobbin davon zu den Stallungen.

»Großartig«, lobte Bobby, als Paul ihm mit ungebührlicher Heiterkeit das Resultat des Gesprächs mitteilte. »Danke, dass du auf dem Vormittagsunterricht bestanden hast. Ich werde es mir in der Zeit hier auf dem Sofa bequem machen, denn es tut mir gar nicht gut, schon vor dem Lunch auf den Beinen zu sein. Du kannst dich dann in Ruhe mit Urgroßmamas Tagebuch beschäftigen und mir die pikanten Stellen vorlesen. Und nach dem Lunch reiten wir direkt rüber nach Mulberrie Farm. Amabelle sagt, es gibt dort einen Knecht, der die Pferde für uns bewegen kann, während wir Bridge spielen und mit ihr plaudern – er soll sie ruhig ordentlich müde machen. Wenn wir zu spät zurückkommen, können wir sagen, dass wir bei Major Stanworth in Woodford Manor Halt gemacht haben, um Squash zu spielen und Tee zu trinken. Mutter wird begeistert sein. Paul, alter Junge, dank dir habe ich die besten Ferien seit Jahren vor mir.« Und damit warf Bobby sich aufs Sofa, wo er im Handumdrehen einschlief.

Paul wandte sich wieder dem Tagebuch zu und war bald in die ausgesprochen lange und äußerst detaillierte Schilderung der letzten Wochen und Stunden im Leben von Sir Josiah Bobbin vertieft, der im Alter von einundsechzig Jahren offenbar an chronischer Völlerei gestorben war.

6. Aug. 1878
Heute viele glückliche Stunden im Krankenzimmer meines geliebten Gatten verbracht. Eine Zeit lang las ich ihm aus *Idylls of the King* vor, einem Werk, das eine interessante Erzählung mit solch noblen Empfindungen verquickt (sowohl Josiahs als auch meiner Meinung nach ein *sine qua non* wahrhaft großer Dichtkunst), dass die Lektüre fürwahr ein erbaulicher Genuss ist. Welch himmelweiter Unterschied zu so vielem, was heutzutage geschrieben wird! Mein Liebling hat die meiste Zeit geschlafen. Trotz seiner Krankheit hat er noch immer einen gesunden Appetit, wofür ich wahrlich dankbar bin, und nur indem wir ihn fortwährend mit nahrhaften Speisen verköstigen, können wir seine unentbehrliche Leibeskraft erhalten. Jetzt ist es sehr spät, fast schon Mitternacht, die Stunde, die ich stets meinem Tagebuch widme. Ach, ihr geduldigen Seiten, wie viele Sorgen habe ich euch schon anvertraut in der sicheren Gewissheit, dass zumindest ihr meine Worte nicht fehldeuten, meine Geheimnisse niemals der grausamen, verständnislosen Welt ausplaudern werdet. Einmal mehr werde ich euch heute Nacht mein Herz ausschütten, während ich hier am Bett meines Liebsten sitze. Denn der Tag, der eben anbricht, ist der Todestag meiner liebsten Mama, die entschlief, als ich noch ein Kindlein von vier Monaten war. Oh, grausames Schicksal, welches neun Kleinen so früh ihren Leitstern entriss, sodass sie ohne die Liebe und Fürsorge einer Mutter heranwachsen mussten.

In solch heiligen Momenten frage ich mich zuweilen, ob ich selbst eine bessere Gattin, eine fürsorglichere Mutter hätte sein können, wenn ich mich weniger meiner Kunst gewidmet hätte. Ach Gott! Wäre es möglich? Wären Arthur, George, Edward, Albert, Frederick und William, Alice, Julia, Maud, Eva, Louise und Beatrice bessere Menschen geworden, wenn ich das Schreiben aufgegeben hätte? Allein der Gedanke ist ein Messerstich ins Herz! Wäre ich meinem lieben Josiah eine noch vortrefflichere Gefährtin gewesen, wenn ich meiner Begabung nicht nachgegangen wäre? Das Messer dreht sich herum! Aber ich tröste mich mit dem Gedanken, dass die Natur uns eine andere und, so hoffe ich, wahrhaftigere Lehre mitgibt. Auch wenn die sanfte Nachtigall die Wälder mit ihrem silbrigen Gesang verzaubert, erfüllt sie zu anderer Zeit ihre häuslichen Pflichten; die fröhliche Lerche, die über den Feldern aufsteigt, das kecke Rotkehlchen, das von Zweig zu Zweig hüpft, sie alle singen ihre Weisen und sind dennoch keine pflichtvergessenen Mütter! So ist es doch sicherlich auch bei mir gewesen? Ich habe doch gewiss keinen Grund, mir solch grauenhafte Vorwürfe zu machen? Ich *weiß*, dass es so ist, denn wie könnte ich sonst in dieser schweren Zeit auch nur einen Augenblick länger leben? Bisweilen überkommt mich die Angst, dass ich nun bald Witwe werde. Witwe! Verhasstes Wort, wie kann meine Hand dich niederschreiben? Kann nicht dieser grausame Todesstoß mir noch eine Weile erspart bleiben? Aber es lag heute bange Ahnung im Blick des Arztes, als er zu mir sagte: »Geben Sie Sir Josiah, was immer er essen möchte, wir dürfen ihn jetzt nicht verärgern.« Mich schauderte beim Wort »jetzt«, und ich wagte nicht zu fragen, was es bedeuten sollte.

Oh, lass, mein Liebster, mich noch nicht allein
allhier auf dieser grauen, tristen Erde,

dass nicht mein armes Herz in Seelenpein
getrennt von dir verzagt und mutlos werde.

Vergiss die böse Krankheit, die dich quält,
vergiss des Lebens Mühsal, Last und Sorgen.
Denk an den Tag, an dem wir uns vermählt,
an jenen strahlend schönen Sommermorgen.

Der Glockenklang, die Blumen am Altar!
Wie froh und glücklich unsere Herzen bebten!
Wie schön die Zeit der Flitterwochen war,
die wir im hübschen Tunbridge Wells verlebten.

Gemeinsam wandelten wir Jahr um Jahr
durch Freud und Leid in unserem Eheleben,
umgeben von der frohen Kinderschar,
der Pflichterfüllung freudig stets ergeben.

Doch wenn dein armes Herz es nunmehr drängt,
dem Jammertal auf Erden zu entfliehen,
so möge, wenn auch Trauer mich umfängt,
die liebe Seele dein gen Himmel ziehen!

Das holde Lied der Nachtigall erschallt
am Kirchhof dir als Grabgesang. Voll Schmerzen
bleib ich zurück in Einsamkeit, doch bald
vereint der Herr aufs Neue unsere Herzen.

Paul erkannte die ersten Strophen von »An des Ehegatten Totenbett oder der Heimgang des Geliebten«, das später eines von Lady Marias bekanntesten und beliebtesten Gedichten werden sollte. Sie hatte es kurz nach Sir Josiahs Tod veröffentlicht, und ihr Schwiegersohn, Lord Otto

Pulman, hatte es vertont. Dann kam Paul zum folgenden Eintrag:

26. Aug. 1878
Es ist vorbei. Alles ist vorbei, und ich bin Witwe. Als ich noch in einer Art traurigem Dämmerzustand neben den sterblichen Überresten des Geliebten saß, kam der kleine Hudson zu mir.

»Großmama«, lispelte er mit seinem hellen Stimmchen, »was ist eine Witwe, Großmama?«

»Ach, mein Liebling! Ich bin eine Witwe«, erwiderte ich.

»Und Großmama«, fuhr der unschuldige kleine Knabe fort, »was ist eine Leiche, Großmama?«

»Sieh dort«, sagte ich traurig und wies auf das Bett.

»Aber Großmama, ich möchte eine Leiche sehen. Das ist doch nur Großpapa, der eingeschlafen ist.«

Da war es um mich geschehen, und ich glaube, die Tränen taten mir wohl. Jetzt muss ich meine Gedanken sammeln und alles aufschreiben, was sich zugetragen hat, als es auf das Ende zuging, solange es mir noch frisch in Erinnerung ist.

Um vier Uhr oder vielleicht ein paar Minuten früher zog ich mich in mein Zimmer zurück, um vor dem Tee ein wenig auszuruhen. Ich legte mich auf das Sofa und muss wohl eine kurze Weile geschlummert haben, denn ich erinnere mich an nichts mehr, bis mir plötzlich der Schreck in die Glieder fuhr, weil die liebe Alice neben mir stand und mit der Hand gen Himmel zeigte. Diese bedeutungsvolle, schauerliche Geste machte mir sogleich klar, dass das Ende nah sein musste, und so warf ich mir hastig ein Tuch um die Schultern und kehrte an seine Bettstatt zurück, um welche alle meine Lieben, Arthur, George, Edward, Albert, Frederick, William, Julia, Maud, Eva, Louise und Beatrice in wundervoller, frommer Resignation standen. Als ich mich meinem liebsten Josiah näherte, drehte er sich mit einem erwartungsfrohen Lächeln auf den Lippen zu mir und sprach einige schwer verständliche Worte. In meiner Erregung verstand ich zunächst »Bewahrt mir den Kloß da«, denn für diese Speise hatte er stets eine große Schwäche, aber wie der liebe Edward später bemerkte, muss er natürlich gesagt haben: »Begrabt mich im Kloster.« Ein merkwürdiger Einfall, da es hier in der Gegend gar kein Kloster gibt. Anschließend trat ein langes Schweigen ein, welches mein Geliebter schließlich selbst brach. Er blickte mich beschwörend an, sprach sehr laut: »Likör, mein Engel« und ließ den Kopf leblos auf das Kissen sinken. Sofort sagte Edward leise, aber eindringlich: »Ja, die Chöre der Engel, nun geleiten sie dich in den Himmel.« Da nahm die liebe Alice mir ehrfürchtig das blaue Tuch von den Schultern und tauschte es gegen ein schwarzes aus. Erst in diesem Moment begriff ich, dass alles vorbei und ich wahrhaftig eine Witwe war. Der *beste*, der *edelmütigste* Mann, den je eine Frau gehabt hat … Ich kann nicht weiterschreiben.

31. Aug. 1878

Soeben kehrte ich von der Beerdigung meines Engels nach Hause zurück. Welch ein langer und herrlicher Gottesdienst, wie sehr hätte er sich daran erfreut, hätte er nur daran teilhaben können. Anschließend schickte ich nach Mr Brawn, unserem Bediensteten, und sprach mit ihm über jenes Vorhaben, das jetzt wie kein zweites mein armes verwitwetes Herz erfüllt, nämlich auf dem Kirchhof als Denkmal für den Geliebten einen gotischen Kreuzgang zu errichten. Dies war sein letzter Wunsch. Glücklicherweise ist Mr Brawn hocherfreut über diese Idee und hat mir auch schon einen oder zwei sehr einfühlsame Vorschläge unterbreitet. Er meint, und damit erweist er sich als Mann von wahrer Empfindsamkeit, der Kreuzgang solle vierzehn Bögen bekommen, einen für meinen geliebten Josiah, einen für mich und jeweils einen für jedes unserer lieben Kinder. In der Mitte wird sich dann die Grabstätte des Geliebten befinden.

Die Kinder sind sehr gütig und fürsorglich, ebenso die Armen, die aus einem Umkreis von vielen Meilen herbeigeeilt sind und kleine Blumengeschenke gebracht haben, eine rührende Geste. Das einzige lächelnde Gesicht, das ich in diesen Tagen sehe, ist das des kleinen Hudson. Ich würde es nicht anders wollen; es ist eine Gnade, dass er noch zu jung ist, um den schrecklichen Schmerz zu empfinden, der ihn sonst angesichts des Verlusts eines solchen Großvaters quälen würde.

Paul verbrachte den gesamten Rest des Tages mit Lesen. (Es goss wie aus Kübeln, und beim Lunch räumte selbst Lady Bobbin ein, dass sie den ersten Ausritt lieber verschieben sollten, bis das Wetter ein wenig passabler wäre. Bobby und Philadelphia fuhren stattdessen nach Oxford, um Weihnachtseinkäufe zu erledigen und Lord Lewes abzuholen, der telefonisch mitgeteilt hatte, dass sein Auto eine Panne hatte.)

Nach dem Tod ihres Mannes war Lady Maria Bobbin in ein kleines Witwenhaus im Park gezogen, wo sie einige Jahre zusammen mit ihrer einzigen unverheirateten Tochter Eva wohnte. Abgesehen von einigen kleinen Meinungsverschiedenheiten mit ihrer Schwiegertochter Lady Feodora Bobbin, die sie offensichtlich verabscheute, schien ihr Leben dort außerordentlich eintönig verlaufen zu sein. Aber dann stieß Paul auf den folgenden Eintrag aus dem Jahr 1888:

3. Juni 1888

Heute Nachmittag ereignete sich etwas gänzlich Unerhörtes und Schockierendes. Ein Mensch namens Hardysides wurde bei mir vorstellig und hielt um Evas Hand an. Selbstverständlich teilte ich ihm mit, dass sein Vorhaben völlig ausgeschlossen sei, und wünschte ihm einen guten Tag, aber die Sache hat mich fürchterlich aus der Fassung gebracht. Angenommen, Eva würde tatsächlich eines Tages heiraten? Natürlich nicht Hardysides, die Vorstellung ist lächerlich, aber angenommen (was Gott sei Dank aufgrund unseres sehr zurückgezogenen Lebens unwahrscheinlich ist), ein junger Mann aus guter und vermögender Familie würde ihr einen Antrag machen? Was würde ich sagen? Ich bin sehr auf Eva angewiesen. Wer sollte meine Gedichte für den Verleger ins Reine schreiben, wenn sie mich verlassen würde? Wer sollte die Lebensmittel bestellen, die Blumen arrangieren, sich um die Wäsche kümmern und mit Freuden die hundert anderen kleinen Gefälligkeiten erledigen, zu denen eine Tochter ihrer Mutter gegenüber naturgemäß verpflichtet ist? Ich bin außerstande zu glauben, dass die liebe Eva dermaßen *niederträchtig* und *selbstsüchtig* sein könnte, mich in den wenigen Jahren, die mir noch bleiben, bevor der Himmel mich wieder mit meinem geliebten Josiah vereint, allein zu lassen. Wer sind diese Hardysides? Die Familie ist mir nicht bekannt. Ich will doch sehr hoffen, dass zu dieser Angelegenheit *nichts mehr* gesagt wird, diese Schocks sind äußerst schädlich für meine Gesundheit.

4. Juni 1888
Die liebe Eva selbst hat zu der Zeit, die ich meiner Korrespondenz zu widmen pflege, das Thema Mr Hardysides (den sie im Gespräch auf *höchst* unangemessene Weise mit seinem Vornamen Horace bezeichnet) zur Sprache gebracht. Ich erklärte ihr freundlich, aber sehr bestimmt, aus welchen Gründen ich dieser Heirat nicht zustimmen kann, *absurd*, *grotesk*, *undenkbar*, und gab dem lieben Kind zu verstehen,

dass ich ihr sehr verbunden wäre, wenn sie in Zukunft davon absehen könnte, meine kostbare Zeit mit derlei Torheiten zu vergeuden. Die Sache hat mich sehr angegriffen und ermüdet, aber ich bin dankbar zu wissen, dass so etwas von nun an nicht mehr vorkommen wird. (Wie es aussieht, ist Mr Hardysides ein Künstler, ein Bekannter der guten Feodora, und war unlängst mehrmals in Compton Bobbin zu Gast. Darüber muss ich unbedingt mit meinem lieben Edward sprechen.)

8. Juni 1888

Ich bin so aufgewühlt, dass ich kaum den Stift halten kann, um meine Gefühle auf diesen ehrwürdigen Seiten festzuhalten. Dass eines meiner Kinder eine solche Undankbarkeit, Selbstsucht und Rücksichtslosigkeit an den Tag legt und dazu noch jegliche Scham und Selbstbeherrschung vermissen lässt, fällt mir schwer, hier niederzuschreiben. Ich habe diesem kleinen Büchlein schon viele Sorgen und auch einige Freuden anvertraut, aber noch nie musste ich von einer so unsäglichen Tat berichten. Mögen die Ereignisse für sich sprechen, denn wer bin ich, eine andere Sünderin zu verurteilen?

Heute Morgen, ich war gerade mit den Druckfahnen meiner *Bauernkinder am Mount Snowdon* beschäftigt, betrat Eva mein Tageszimmer, bekleidet, wie ich überrascht feststellte, mit einer neuen Haube und einem neuen Umhängetuch.

»Gehst du aus, liebes Kind?«, fragte ich in der Absicht, ihr eine oder zwei kleine Besorgungen im Dorf aufzutragen.

»Ja, liebe Mama«, erwiderte sie, und eine schuldbewusste Röte überzog (weiß Gott nicht ohne Grund!) ihre für gewöhnlich eher bleichen Wangen. »Ich möchte dir mitteilen, dass ich ausgehe, um mit einer Sondergenehmigung Horace Hardysides zu heiraten.«

Mit einigem Stolz kann ich sagen, dass ich diese unverfrorene Ankündigung mit bemerkenswerter Selbstbeherrschung zur Kenntnis nahm.

»So geh!«, sagte ich mit Grabesstimme, und ich fürchte, meine Worte werden der armen Eva bis zur Stunde ihres Todes in den Ohren hallen. »Geh! Und wage es nicht zurückzukehren! Wenn dein Hardysides sich als falsch und treulos erwiesen hat, wirst du unter *diesem* Dach keine Zuflucht mehr finden!«

»Mama!«, rief sie flehentlich, und zweifellos wurde ihr in diesem Moment erstmals die ganze Schwere ihrer Schuld bewusst.

»Geh!«, wiederholte ich. »Ich bitte dich, geh!«

Zögernd wandte sie sich um und ging.

Ohne ein weiteres Wort, ja sogar ohne einen letzten Blick verließ sie ihre einsame, *verwitwete* Mutter, um sich in die Arme eines Fremden zu stürzen. Möge sie so etwas niemals selbst erleben! Wie es schärfer nagt als Schlangenzahn –

Hastig ließ ich nach dem lieben Edward schicken und trug ihm auf, auch Arthur, George, Albert, Frederick und William, Alice, Julia, Maud und Louise zu holen. (Die liebe Beatrice erwartet ein freudiges Ereignis, und ich scheute mich, ihr von der Sache zu berichten; der Schock könnte *katastrophale* Auswirkungen haben und das neue Leben gefährden.) Zweifellos werden sie alle wie stets sehr lieb zu mir sein, aber ach! wie sehne ich mich in solchen Momenten nach dem Beistand und der Weisheit meines Engels Josiah – ich kann nur hoffen, dass wir bald wieder vereint sind – in himmlischen Gefilden! Dieser glückliche und zugleich schreckliche Gedanke ließ mich darüber nachsinnen, wie wohl Eva ihrem Vater unter die Augen treten soll, wenn ihre Zeit gekommen ist – falls einem so selbstsüchtigen und verlogenen Menschen überhaupt Eingang in die himmlischen Sphären gewährt wird. Armes, armes, törichtes Kind!

Später.
Soeben war der liebe Edward bei mir. Er ist sehr beunruhigt, nicht nur um meinetwillen, obwohl mir natürlich seine größte Sorge in dieser Angelegenheit gilt, aber auch aufgrund der Schande, die der fürchterliche Entschluss der armen Eva über die gesamte Familie bringt. Die gute Feodora ist maßlos erschüttert (sagt er), und das wundert mich nicht, ist sie doch keineswegs unschuldig an den Ereignissen. Wie es aussieht, hat sie diesen Mr Hardysides in London kennengelernt und nach Compton Bobbin eingeladen, damit er ein Gemälde von ihr und den fünf ältesten Kindern anfertige. Das Bild ist unvollendet geblieben, da Edward sich inzwischen in London einige Arbeiten des Künstlers angesehen hatte und feststellen musste, dass sie nicht nur entsetzlich profan und wenig erbaulich waren, sondern überdies auch nicht die geringste Begabung erkennen ließen, weder in Komposition noch in Stil und Ausführung; außerdem erfuhr er, dass Mr Hardysides in einem äußerst *üblen* und *unmoralischen* Ruf steht, und er stellte ihn umgehend von seiner Aufgabe frei. Aber anscheinend hielt der Schurke sich weiter in der Gegend auf, um die schon begonnene Verführung der armen Eva zu vollenden. Ich bin traurig und fassungslos und kann für heute nichts mehr schreiben.

9

Lord Lewes, der an diesem Abend eintraf, war ein typischer »junger Mann« im diplomatischen Dienst. (Aus irgendeinem Grund bleibt man im diplomatischen Dienst länger als in jedem anderen Beruf ein »junger Mann«.) Er war groß gewachsen, hatte ein schmales, blasses, trauriges Gesicht und einen sehr gepflegten Kleidungsstil, der eher auf Geld als auf Fantasie schließen ließ. Seine korrekte, leicht hochgestochene Art und die Tatsache, dass er keine Ausdrücke wie »Okay, Herzchen«, »saukomisch«, »lass gut sein«, »mies«, »große Klasse«, »Schätzchen« oder »ich krieg zu viel« benutzte, machte den Abstand von einer halben Generation zwischen ihm auf der einen und Paul und Bobby auf der anderen Seite deutlich, ein Abstand, der so oft einem echten Verständnis oder sogar einer Freundschaft zwischen jungen und nur fast jungen Leuten im Wege steht.

Er schien jedoch auf ganz ungekünstelte Weise einen Sinn für Kultur zu besitzen und hatte in Kairo ein Interesse für die Ägyptologie entwickelt. So erzählte er Paul, dass er zuletzt viel Zeit und Geld auf Ausgrabungen verwendet hatte und kurz vor seiner Abreise mit der Entdeckung der Grabstätte eines frühen (er sagte nicht »vorsintflutlichen«), unbekannten Hirtenkönigs belohnt worden war. Die Ausgrabung hatte unter Ägyptologen für einiges Aufsehen gesorgt.

»Bringt es nicht angeblich Unglück, Gräber zu öffnen?«, fragte Philadelphia, die Michaels Ausführungen nebenher gelauscht hatte.

»Von wem stammte doch gleich der Ausspruch, dass nur oberflächliche Menschen an das Glück glauben?«, erwiderte er mit einem traurigen Lächeln. »Ich meine, das war Emerson. Falls so etwas wie Glück existiert, habe zumindest ich bisher sehr wenig davon abbekommen, sowohl vor als auch nach der Ausgrabung des armen, alten Papuachnas. Außerdem habe ich keines der Fundstücke behalten, nicht einen einzigen Skarabäus, damit bin ich doch wohl auf der sicheren Seite, meinst du nicht?«

Paul, der ein praktisch veranlagter Mensch war, dachte bei sich, dass er eine Glücklosigkeit, die mit einem Adelstitel, einem prächtigen Haus in der Adam Street und fünfzehntausend Pfund im Jahr einherging, durchaus ertragen könnte. Er war sicher, dass Michael Lewes immer noch glaubte, in Mrs Fortescue verliebt zu sein: Zweifellos hielt sich dieser Mann für einen unglücklichen, vom Schicksal schwer geprüften Menschen.

»Es ist erstaunlich«, fuhr Lord Lewes fort, »wie sehr die Ägyptologie die Menschen fesselt. Fast jeder scheint sich mehr oder weniger dafür zu interessieren, ich glaube sogar, mehr als für jede andere Epoche des Altertums, das antike Griechenland eingeschlossen. Die erstaunlichsten Leute wollten meine kleine Sammlung in Kairo sehen, Debütantinnen aus London mit ihren Müttern zum Beispiel, Menschen, von denen man nicht erwarten würde, dass sie Sinn für solche Dinge haben.«

»Es ist das Interesse an der menschlichen Natur«, sagte Paul. »Nicht nur bei den Debütantinnen. Ich glaube, die meisten Leute besitzen es. Die Vorstellung von diesen Gräbern, unberührt seit Anbeginn der Zeiten und voller Kunstschätze und Juwelen, ist natürlich sehr romantisch, und schon verwandelt sich die Mühsal der historischen Forschung in das primitive und allseits beliebte Vergnügen einer Schatzsuche.

Ich habe den Eindruck, dass sich eher die Fantasiebegabten als die Intellektuellen zum alten Ägypten hingezogen fühlen. Während der Philhellene zum Beispiel weniger daran interessiert ist, wie die Griechen lebten, als daran, wie sie *dachten*, scheint der durchschnittliche Ägyptologe so sehr von den kleinen Alltagsobjekten, die er gefunden hat, fasziniert zu sein und rekonstruieren zu wollen, wofür sie benutzt wurden, dass es ihm gar nicht darum geht, unter dieser Oberfläche den Geist jener Zeit, in der sie hergestellt wurden, zu durchdringen.«

»Alles in allem mögen Sie recht haben«, sagte Lord Lewes. »Man muss jedoch nach diesem Geist nicht lange suchen, er umgibt einen im Land überall. Die Ägypter waren hervorragende Künstler.«

»Ah! Aber nur während einer kurzen Zeitspanne, verglichen mit der Dauer ihrer Zivilisation. Ich gebe zu, dass die streng formalisierte ägyptische Kunst gut, fast schon großartig ist. Aber unter Echnaton – korrigieren Sie mich, wenn ich mich irre – entwickelte sich eine naturalistische Darstellungsweise. Das war meiner Meinung nach das Ende der ägyptischen Kunst.«

»In diesem Punkt, fürchte ich, kann ich Ihnen keinesfalls zustimmen«, erwiderte Lord Lewes mit einem charmanten Lächeln. »Für mich waren Echnaton und seine Künstler hervorragende Erneuerer, und ihre Kunst gehört zum Größten, was die Menschheit je geschaffen hat.«

»Ja, sehen Sie, da sind wir unterschiedlicher Meinung. Eine rein gegenständliche Kunst hat für mich keinen Wert«, sagte Paul und dachte, dass er kaum jemanden kannte, der so tolerant und umgänglich war wie Lord Lewes. Zum ersten Mal seit seiner Ankunft in Compton Bobbin wünschte er, er wäre unter etwas redlicheren Umständen hier. Wenn Michael Lewes die Wahrheit herausfände, würde er Paul vermutlich als einen gewöhnlichen Dieb betrachten, denn er schien ein einigermaßen humorloser Mensch zu sein. Lord Lewes unterbrach diese Grübeleien, nachdem er eine Weile über Pauls Äußerungen nachgedacht hatte. »Wissen Sie, ich glaube, die Ägypter waren tatsächlich menschlicher als die Griechen, die stets dieselbe kalte Perfektion zu besitzen scheinen wie ihre Statuen, sodass man sie sich kaum als gewöhnliche Menschen aus Fleisch und Blut vorstellen kann. ›Mein Hellas! Trümmerstätt' entschwund'ner Schöne!‹«, fügte er schwermütig hinzu. »›Tot, doch unsterblich! Groß, obwohl entweiht!‹«

Paul sah ihn staunend an. Seit seiner Zeit in Oxford hatte er niemanden getroffen, der es so sehr liebte zu zitieren.

»Und vermutlich«, fuhr Lord Lewes fort, »empfinden es die Byzantinisten ebenso, anders kann ich mir ihre Existenz nicht erklären. Vom Archipel in höchstem Maße angezogen, vermutlich aber abgestoßen von der absoluten Perfektion der Kunst, die sie dort finden, müssen sie nach etwas anderem suchen, dem sie ihre tiefe Bewunderung schenken können. Das führt natürlich dazu, dass sie alles Byzantinische vergöttern und viel mehr wertschätzen, als es dies eigentlich verdient hätte.«

Paul, selbst leidenschaftlicher Byzantinist und daher bei diesem Thema sehr empfindlich, war empört von diesen Äußerungen, die seiner Meinung nach von einer fürchterlichen intellektuellen Verlogenheit zeugten. Er war drauf und dran, Lord Lewes zu informieren, dass er der Autor einer kleinen, im Selbstverlag veröffentlichten Monografie mit dem Titel *Die byzantinische Spaltung* war, als ihm zum zweiten Mal an diesem Abend einfiel, dass er hier im Haus eine Rolle spielte, die nicht ganz der Wahrheit entsprach, und dass er nicht mehr Fotheringay hieß, sondern Fisher. Zu wütend, um die Diskussion noch fortzusetzen, verließ er hastig das Zimmer und sagte im Hinausgehen zu Philadelphia: »Ich hole das

Buch, das ich Ihnen leihen wollte. Es interessiert mich sehr, was Sie davon halten.«

»Er ist wirklich nett«, sagte Michael, als Paul gegangen war.

»Ein sehr lieber Kerl«, stimmte Bobby zu.

»Ich finde, er ist ein Engel«, meinte Philadelphia träumerisch.

Später sagte Lord Lewes zu seiner Tante Gloria: »Was für ein charmanter und kultivierter junger Mann, dieser Mr Fisher. Ich freue mich, seine Bekanntschaft gemacht zu haben. Den hast du sehr gut ausgesucht. Er ist genau der Richtige für Bobby, intelligent und trotzdem sehr menschlich.«

»Ja, er scheint in Ordnung zu sein«, erwiderte Lady Bobbin. »Er wurde mir wärmstens empfohlen. Ich hoffe nur, dass er den Jungen an die frische Luft bekommt und sich auch bei Brenda Chadlingtons Blagen nützlich macht. Sie hat heute verkündet, dass sie sie schon wieder mitbringt, was ich wirklich sehr rücksichtslos und unhöflich finde, aber was will man machen ...!«

Beim Gedanken an seinen ersten Ausritt kam bei Paul keine Freude auf. Ganz im Gegenteil, er hatte fürchterliche Angst davor. Bobby, dem Pauls Abneigung gegenüber dem Reitsport schon aufgefallen war, versuchte ihn mit den Hinweisen zu beruhigen, dass Mulberrie Farm nicht einmal drei Meilen entfernt sei, dass es nicht nötig sein werde, sich in einer waghalsigeren Geschwindigkeit als im Schritttempo zu bewegen, und dass die ihm zugewiesene Stute Boadicea sanft wie eine alte Kuh sei, aber vergeblich. Tags zuvor hatte Paul zufälligerweise mitangesehen, wie das besagte Tier geritten wurde, und dies war seinem Seelenfrieden nicht zuträglich gewesen, denn die Stute hatte ein ganz anderes Verhalten an den Tag gelegt als das uralte Mietpferd, auf dem er im Hyde Park so viele qualvolle Stunden auf und ab getrottet war. Diese Stute mit einer alten Kuh zu vergleichen, war nichts als Unsinn. Es war nur zu offensichtlich, dass man es hier mit einem stolzen Tier von edler Abstammung zu tun hatte, welches es mit ziemlicher Sicherheit als Ehrensache betrachten würde, ein zitterndes Greenhorn in hohem Bogen abzuwerfen. Paul wusste, dass dies in seinem Fall mühelos zu bewerkstelligen wäre; der kleinste Ruck, nein, allein der Übergang vom Trab in den Galopp reichte oft schon aus, um ihn aus dem Sattel zu katapultieren. Schaudernd malte er sich den grauenvollen Augenblick aus, in dem er den Halt verlor, das Universum schwarz wurde und sich mehrmals um ihn drehte, während die Erde sich plötzlich erhob und ihn mit Wucht in die Nieren boxte. Genauso war es auf den hübschen, weichen Reitwegen im Hyde Park geschehen, und schon dort war es außerordentlich schmerzhaft gewesen. Wie würde es sich erst auf der harten schwarzen Asphaltstraße zwischen Compton Bobbin und Mulberrie Farm anfühlen? Eine schlaflose Nacht lang grübelte der arme Paul über die Sache nach, bis er am Morgen zum Schluss kam, dass er lieber nach London zurückkehren würde als einen so plötzlichen und unangenehmen Abgang zu riskieren.

Nach dem Frühstück jedoch fühlte er sich wieder ein wenig mannhafter, und der Anblick der kostbaren Bücher im roten Maroquin hinter der Heizung im Schulzimmer verlieh ihm neuen Mut. Außerdem wäre es jammerschade, Philadelphia nicht mehr zu sehen. Er war doch sehr gespannt auf ihr Urteil über *Kuriose Kapriolen*, das er ihr mit der Erklärung, ein Freund habe es geschrieben, zum Lesen gegeben hatte. Philadelphia war ungebildet, aber intelligent, und vielleicht war sie ja die erste Person, die es richtig verstand. Möglich wäre es, wenn auch unwahrscheinlich. Sollte auch sie darüber lachen, würde ihn das weit mehr verletzen als bei Marcella, die schon immer ein gefühl- und fantasieloses Geschöpf mit einem Hirn wie ein Tennisball gewesen war. Beim Lunch bekam er vor Nervosität keinen Bissen hinunter, und so erwartete er fastend sein Martyrium.

Ein höchst unglücklicher Zufall wollte es, dass Lady Bobbin gerade mit dem Stallburschen gesprochen hatte, als Paul und Bobby zu den Pferden kamen, und noch blieb, um ihnen beim Aufsitzen zuzusehen. Paul war sich des jungfräulichen Zustands seiner Reitkleidung schmerzlich bewusst – der herzlose Bobby war bei seinem Anblick in lautes Lachen ausgebrochen –, und zweifellos sah er aus wie ein jämmerlicher Tölpel, als er nun zitternd darauf wartete, dass man ihm Boadicea aus ihrer dunklen, stinkenden Höhle brachte.

»Ziemlich kalt heute«, sagte er mit klappernden Zähnen zu Lady Bobbin, die seine Bemerkung vollkommen ignorierte. In diesem Augenblick wurde die schnaubende Stute herausgeführt. Scheinbar rasend vor Wut warf sie den Kopf hin und her und ließ in alle Richtungen kleine Schaumflöckchen regnen. Aber Pauls irrationale Angst vor Pferden wurde jetzt sogar noch übertroffen von seiner irrationalen Angst vor Lady Bobbin, die mit ihrem stechenden Blick seine geheimsten Gedanken zu lesen schien. Er beschloss, dass dies eine der wenigen Situationen im Leben eines Mannes war, in welcher der Tod der Schmach vorzuziehen ist, und ging forschen Schritts zum Aufsitzblock, ein Abbild, so hoffte er, eines französischen Marquis beim Gang zum Schafott. Kaum aber hatte er, wie er es gelernt hatte, die Zügel und den Sattelknauf gepackt und den linken Fuß in den Steigbügel gestellt, geschah, was er befürchtet hatte: Das Tier wackelte mit der Hinterhand von ihm weg. Im Hyde Park hatte er in diesem Fall stets den Fuß wieder aus dem Steigbügel genommen und noch einmal von vorne begonnen. Jetzt aber, da vermutlich (er wagte nicht, sich umzusehen) nicht nur Lady Bobbin ihn anstarrte, sondern auch der Stallbursche, zwei Pferdeknechte, der Laufbursche, Bobby sowie zwei weitere Männer, die Pferdemist wegkarrten, verlor er die Nerven und sprang mit dem Mut der Verzweiflung dem entschwindenden Hinterteil der Stute hinterher. Zu seinem immensen Erstaunen war dieses Bravourstück von Erfolg gekrönt, und unversehens fand er sich in tadelloser Haltung im Sattel wieder, während ein Pferdeknecht ihm den anderen Fuß in den vorgesehenen Steigbügel steckte. Leider blieb ihm keine Zeit, seinen Triumph auszukosten, denn kaum hatte der Pferdeknecht die Stute losgelassen, trabte sie schon, unbeeindruckt von seinem hektischen Gezerre an den Zügeln, in strammem Tempo vom Hof und schlitterte auf die Asphaltstraße, dass ihm schlecht wurde. Mit größter Mühe und indem er laut »eins-zwei, eins-zwei« zählte, gelang es Paul, in der erlernten Art im Sattel »aufzustehen«, bis er außer Sichtweite von Lady Bobbin war. Dann vergaß er allen Stolz, klammerte sich mit einer Hand am Sattel fest, zerrte mit der anderen an den Zügeln und japste zwischen kläglichen Schluchzern: »Stopp, stopp, liebe Boadicea, ho, Boadicea, ho, halt an, bitte halt an!« Aber die gefühllose Boadicea beachtete seine kläglichen Rufe nicht, sondern trabte weiter und warf mehrmals mit lautem, furchterregendem Schnauben unvermittelt den Kopf nach vorn, wodurch sie Paul fast abwarf. Als er am Ende seiner Kräfte – Zügel und Steigbügel hatte er schon lange losgelassen – nur noch nach einem weichen Fleckchen Gras Ausschau hielt, auf das er seine schmerzenden Knochen fallen lassen könnte, hörte er hinter sich ein zweites Pferd heranreiten. Bobby erschien neben ihm, griff nach seinen Zügeln und brachte Boadicea mit einem plötzlichen, schmerzhaften Ruck zum Stehen. Sofort begann sie am Straßenrand zu grasen, und an der Stelle, wo bisher ihr Kopf und Hals gewesen waren, klaffte auf einmal ein gähnender Abgrund. Das gab dem armen Paul den Rest.

»Ich kann nicht mehr, ich kann nicht mehr. Ich hab's gewusst, das ist nicht auszuhalten. Dieses blöde Pferd! Bitte, bitte lass mich absteigen, ich gehe zu Fuß. Oh, das ist die Hölle!«

»Beruhige dich«, sagte Bobby, der so heftig lachen musste, dass er kaum sprechen konnte. »Oh, du hast wirklich herrlich ausgesehen. Ich hoffe sehr, dass du mir das bald noch einmal vorführst. Nein, nein, nicht absitzen, sie geht jetzt ganz ruhig bis zu Amabelle. Außerdem musst du dich doch daran gewöhnen, oder nicht? Aber es war wirklich unglaublich, dass sie nicht gestürzt ist, so, wie ihr über den Asphalt gedonnert seid. Du hättest sie besser aufs Gras gelenkt.«

»Du hast gut reden!«, sagte Paul, dem immer noch die Tränen in den Augen standen. »Ich kann dieses Biest überhaupt nicht lenken, ich bin ja schon froh, wenn ich mich oben halten kann.«

»Mein Gott, das war wirklich zum Schießen.« Bobby lachte immer noch. »Ich würde alles geben, das noch einmal zu sehen.«

Paul, der angesichts der Tatsache, dass er soeben den Klauen des Todes entkommen war, von Bobby Mitleid erwartet hatte, hüllte sich eine Weile in würdevolles Schweigen.

Aber schon bald gewann sein Sinn für Humor die Oberhand, und er fing ebenfalls an zu kichern.

»Oje, was wird deine Mutter nur gedacht haben?«, fragte er nervös, als er wieder zu Atem gekommen war.

»Tja, das Schicksal war uns gnädig. Als du aufgestiegen bist, hat sie sich gerade die Fesseln eines anderen Pferds angesehen, und ich glaube, sie hat nicht viel mitbekommen. Sie hat nur gemurmelt: ›Wozu die Eile, kann der verdammte Idiot nicht einen Moment warten?‹ Aber das ist ganz normal für sie. Nein, du hast noch mal Glück gehabt, alter Junge. Glaub mir, wenn du dich mit Boadicea auf dem Asphalt langgelegt hättest, wäre es für dich mit Compton Bobbin und den Tagebüchern aus gewesen.«

10

»Ein Cœur.«

»Kontra.«

»Also wirklich, Sally, meine Süße, reitest du diese Konvention nicht langsam zu Tode? Du scheinst das für das einzig mögliche Gebot zu halten.«

»Ich möchte nun mal dieses Blatt nicht spielen. Es wäre besser, wenn du es spielen würdest, dann gäbe es wenigstens hinterher kein Genörgel.«

»Unter den gegebenen Umständen«, sagte Walter mit einem demonstrativen Blick auf den Punktestand, »würde ich es für sinnvoller halten, eine Farbe zu bieten.«

»Tja, ich habe es dir schon gesagt und ich sage es gerne noch einmal, ich kann kein Bridge und ich mag kein Bridge. Ich spiele nur mit, und das weißt du ganz genau, damit ihr zu viert seid. Ich hasse dieses Spiel, alle bekommen nur schlechte Laune und fangen an zu streiten – besonders du, mein Schatz, und das, obwohl du sonst ziemlich nett sein kannst«, fügte sie hinzu, denn selbst wenn Walter sie zur Weißglut trieb, konnte sie nicht unfreundlich zu ihm sein. »Gott sei Dank kommt morgen Jerome, dann kann ich endlich die Weihnachtszeit genießen.«

»Darling, jetzt sei doch nicht beleidigt. Bitte, mein Engel. Ich wollte doch nur andeuten, dass du dich beim Spielen vielleicht ein bisschen mehr konzentrieren könntest?«

»Konzentrieren! Ich habe schon Kopfschmerzen vom ganzen Konzentrieren, und zum Dank bekomme ich von dir nur ewig lange Vorträge, oder du sitzt mit vorwurfsvollem Blick da und schluckst jedes Mal, wenn ich eine Karte ausspiele, als wollte ich dich damit absichtlich ärgern.«

»Ich hatte ein Cœur gesagt«, murmelte Bobby, der ein hervorragendes Blatt hatte und endlich weitermachen wollte. Dieser Ehestreit machte ihn ganz nervös.

»Gut, dann soll ich jetzt also eine Farbe bieten, richtig?«, fragte Sally.

»Nein, nein! *Jetzt* natürlich nicht«, rief Walter mit der Ungeduld eines guten Bridgespielers, dem das Schicksal einen vollkommen inkompetenten Partner beschert hat. »Jetzt geht das nicht mehr. Du hast doch gerade kontriert. Dabei musst du bleiben. Was sagt Paul?«

»Zwei Cœur.«

»Zwei Pik«, sagte Walter. »Wenn Sally dann vielleicht mal eine Farbe bieten würde, statt einfach immer nur zu kontrieren ...«

»Oh, wenn du so weitermachst, biete ich dir gerne alle meine Karten«, sagte Sally. »Dann kannst du sehen, was du davon hast.«

»Vier Cœur«, sagte Bobby in einem Ton, der dem Ganzen ein Ende setzte.

»Hihi«, freute er sich, als Paul sein Blatt mit sechs Cœur inklusive Ass und Dame sowie einem weiteren Ass auf den Tisch legte. »Als hätte ich es geahnt. Vielen Dank, Paul, alter Junge – aber da hättest du eigentlich drei Cœur sagen müssen. Na ja, trotzdem ...«

»Das ist ein eher ungewöhnliches Ausspiel, Sally, mein Schatz. Bist du noch ganz bei Trost?«

»Aber in diesem blöden Büchlein, das du mir gegeben hast, stand: ›Spielen Sie keine Farbe mit Ass und Dame aus, spielen Sie keinen König aus, spielen Sie keine Farbe aus, in der Sie ein Double haben, das sind schlechte Ausspiele.‹ Soweit ich sehe, bleibt dann nur das hier übrig.«

»Alles klar«, sagte Bobby fröhlich, »erzähl ihm genau, was du auf der Hand hast, lass dich von mir nicht stören.«

Paul schlenderte zur Kaminecke, wo Amabelle es sich mit Elspeth Paula auf dem Schoß gemütlich gemacht hatte.

»Prima, meine Süße, das war ein feines Bäuerchen«, lobte sie die Kleine. »Da fühlt man sich gleich besser, was? Ist sie nicht niedlich? Sieh dir diese riesigen Kulleraugen an. Die Männer werden ihr später mal hinterherlaufen, das sage ich dir. Nicht wahr, mein Schätzchen? Buh!«

Vom Bridgetisch ertönte verwirrtes Gemurmel.

»Raus damit, Sally. Es gibt nur eine Karte, die du jetzt spielen kannst.«

»Das sagst du so. Ich habe sechs Karten auf der Hand, und ich kann jede davon ausspielen, nicht? Oje, ich wünschte, ich wüsste, was ich tun soll.«

»Denk doch mal nach! Du musst eine ganz bestimmte Karte spielen. Oh Gott, du spielst wirklich miserabel, Sally. Tja, umso besser für dich, Bobby, du gewinnst das Spiel und den Rub…«

In diesem Moment öffnete der Butler die Tür und verkündete: »Lord Lewes, Madam.«

Auf einen Schlag herrschte Totenstille, und Michael Lewes betrat das Zimmer. Amabelle, die sonst fast nie erkennen ließ, was in ihr vorging, wurde rot und hätte fast das Baby fallen gelassen. Paul, der sich fühlte wie ein Schuljunge, wenn er vom Lehrer im Kino erwischt wird, machte Anstalten, durch die Gartentür zu verschwinden, beschloss dann aber, dass er die Sache damit nur schlimmer machen würde und dass er lieber bleiben und den Stier bei den Hörnern packen sollte. Die Monteaths warfen sich über ihre Karten hinweg lange, vielsagende Blicke zu. Nur Bobby saß seelenruhig da und spielte rasch und geschäftsmäßig weiter. Seine Gegner waren so abgelenkt, dass er nicht nur die vier Cœurstiche und damit das Spiel und den Rubber gewann, sondern auch einen Kleinschlemm machte, worüber er anschließend laut lamentierte. (»Paul, wie gemein von dir, nur einen Stich mehr zu bieten. Du hattest so viel Cœur, dir musste doch klar sein, dass ich in den anderen Farben hoch war. So habe ich natürlich gedacht, du hättest weniger und wolltest, dass ich vier reize. Das ist wirklich nicht auszuhalten.«)

Ein ohrenbetäubender Rülpser von Elspeth Paula zerriss die Stille.

»Wie galant!«, murmelte Bobby. »Man könnte fast denken, ich wäre der Vater. Kein Karo mehr, Sally? Ja, ich dachte, du hättest – nein, nein, ist schon in Ordnung. Der Rest liegt ja auf dem Tisch. Das macht hundertzwanzig für das Spiel, hundert für Überstiche und fünfhundert für den Rubber.«

»Wie geht es dir, Michael?«, fragte Amabelle. »Würdest du bitte klingeln, Paul? Wie schön, dich zu sehen, mein Lieber. Ich weiß nicht, warum, aber ich dachte, du wärst noch im Ausland. Du kennst doch Mr Fotheringay?«

»Mr Fisher?«, fragte Lord Lewes.

»Was rede ich denn – natürlich, Mr Fisher. Und Walter und Sally kennst du auch. Und das hier ist die Erbin der Familie Monteath, Miss Elspeth Paula, die bei einer meiner Cocktailpartys auf die Welt gekommen ist.«

»Das stimmt doch gar nicht!«, rief Sally entrüstet.

»Na ja, es war knapper, als mir lieb war. Wenn dieses Taxi nicht rechtzeitig gekommen wäre …«

»Also wirklich, sie ist erst um vier Uhr morgens geboren worden.«

»Was für ein unangenehme Uhrzeit«, meinte Bobby. »So, meine Liebe, wir sind mit unserem kleinen Rubber fertig, und ich glaube, wir sollten uns jetzt auf den Weg machen. Bis morgen, und danke für den netten Nachmittag. Allez hopp, Paul, aufgesessen!«

»Und wo willst du hin, Sally?«

»Ich muss wohl mal das Baby ins Bettchen bringen. Na komm, meine Süße.«

»Ich begleite Paul zu seinem Pferd«, kicherte Walter. »Es klingt, als dürfte man das nicht verpassen.«

Amabelle seufzte. Offenbar gab es ein Komplott, um sie mit Lord Lewes allein zu lassen.

»Gut siehst du aus, mein Lieber«, sagte sie schnell, als die Tür sich hinter Walter und Sally geschlossen hatte. »Hast du die Zeit in Kairo genossen?«

»Nein.«

»Oh, wie schade. Für mich klang das alles sehr nett und interessant. Ich habe die Fotos von diesem viertausend Jahre alten Campinghocker gesehen, in *The Sphere*, glaube ich. Oder waren es vierhundert Jahre? Ich habe es nicht so mit Zahlen. Jedenfalls ein sehr interessanter alter Campinghocker, den du da ausgegraben hast. Ich habe mir gedacht, so einen hübschen alten Campinghocker zu finden, war bestimmt eine große Freude für dich«, sagte Amabelle nervös und stocherte im Kamin herum, bis die Flammen wild emporloderten.

»Ich kann mich über nichts auf dieser Welt freuen und werde keinen einzigen glücklichen Moment erleben, solange ich dich nicht überreden kann, mich zu heiraten, Amabelle.«

»Oje. Ich hatte so sehr gehofft … In Kairo muss es doch eine Menge netter junger Frauen geben. Das liest man jedenfalls immer. Konnte dich denn niemand umstimmen?«

»Wie kannst du nur auf so eine Idee kommen? Nein, ich habe jeden Tag und jede Sekunde an dich gedacht. Ich habe jede Nacht von dir geträumt. Ich bin keinem einzigen hübschen Mädchen begegnet, und falls doch, dann sah es für mich nur aus wie eine mit Sägemehl ausgestopfte Puppe. Hin und wieder habe ich Leute getroffen, die dich kannten, und wenn sie deinen Namen erwähnten, war es, als würde man mir ein glühendes Schwert durchs Herz stoßen. Wenn ich in einer Zeitschrift ein Bild von dir sah, fühlte ich mich tagelang noch elender als ohnehin schon. Schönes und Interessantes war unerträglich für mich, weil ich es nicht mit dir teilen konnte. Ich meine es ernst, Amabelle, du hast mir das Leben sehr schwer gemacht.«

»Mein lieber Michael«, sagte Amabelle und unterdrückte ein Gähnen.

Komisch, dachte sie, wie entsetzlich langweilig manche Leute sein konnten. Im Laufe der vergangenen drei Jahre hatte sie ganz vergessen, dass auch Michael zu diesen Menschen gehörte, aber sobald er den Mund aufgemacht hatte, war die hoffnungslose, niederschmetternde Langeweile wieder wie eine riesige Flutwelle über sie hereingebrochen.

»Es tut mir so leid, mein Lieber«, sagte sie.

»Aber ich bin nicht hier, um dir deswegen Vorwürfe zu machen. Ich bin hier, weil ich weiß oder zumindest ziemlich sicher bin, dass du mich im tiefsten Innern ebenfalls liebst, auch wenn du es nicht zugeben willst.«

Amabelle war überrascht. Hatte sie sich etwa so verhalten, dass er das ernsthaft glauben konnte? Oder war es nur seine Eitelkeit? »Ich fürchte, da ist der Wunsch der Vater des Gedankens«, sagte sie sanft.

»Es ist wahr, es muss wahr sein, ich weiß, dass es wahr ist. Du willst mich nur nicht heiraten, weil du ein Engel bist und glaubst – was aber nicht stimmt –, dass es mein Leben ruinieren würde, weil du älter bist und weil du –«

»Weil ich einen internationalen Ruf habe?« Frauen in Amabelles Alter dachten noch in diesen Kategorien. In ihrer Jugendzeit hatte eine Frau entweder einen guten oder einen internationalen Ruf, und obwohl Amabelle an sich sehr fortschrittlich war, bekam sie diese Schubladen des neunzehnten Jahrhunderts nicht völlig aus dem Kopf.

»Ja«, fuhr sie fort. »Ich gebe zu, dass das zum Teil der Grund ist. Wenn ich nicht fest davon überzeugt wäre, dass du nach kürzester Zeit sehr unglücklich wärst, würde ich mich vielleicht aufopfern und dich heiraten. Aber du wärst schnell unzufrieden, denn zum einen wäre deine Karriere ruiniert« (als Amabelle noch jung war, gingen ein internationaler Ruf und eine ruinierte Karriere Hand in Hand), »und zum anderen musst du unbedingt Kinder haben, und ich bin zwar in vielerlei Hinsicht eine bemerkenswerte Frau, aber ich bin nicht Sarah. Trotzdem muss dir doch klar sein, mein lieber Michael, dass ich mir wegen all dieser Dinge keine fünf Minuten lang Sorgen machen würde, wenn ich tatsächlich in dich verliebt wäre. Dafür bin ich viel zu egoistisch. Aber ich bin nicht in dich verliebt. Ich mag dich sehr gern, und wir haben viel gemeinsam. Deshalb glaubst du, ich wäre in dich verliebt, und ich muss dir jetzt ein für alle Mal begreiflich machen, dass das nicht stimmt. Ich liebe dich nicht. Ich habe die Liebe ohnehin gründlich satt. Du darfst nicht vergessen, dass sie jahrelang mein Handwerk war, mein Geschäft, mein Beruf. Jetzt habe ich mich zur Ruhe gesetzt, meine Praxis geschlossen oder wie immer du es nennen möchtest, und ich fange nicht noch einmal von vorne an. Es langweilt mich. Ich habe nicht mehr die Kraft für die Strapazen und den Trubel einer neuen Liebesbeziehung, von einer Ehe mit dir ganz zu schweigen. Deine Verwandten würden bei mir antanzen, um mich davon abzubringen, und das zu Recht, in den Zeitungen würde man mich verspotten und im Kreise meiner Freunde ebenso. Warum sollte ich all das in Kauf nehmen für eine Sache, die ich nicht einmal möchte? Du musst nämlich verstehen, Michael, von allen anderen Überlegungen mal ganz abgesehen, wenn ich dich heirate, dann erlange ich keine Position, sondern ich verliere eine. Ich wäre weder Fisch noch Fleisch. Im Fall von James Fortescue war das etwas anderes: Als er mich geheiratet hat, war er alt und ein Mann von Welt, und es war für uns beide ein gutes Geschäft. Er brauchte jemanden, der ihm den Haushalt führte, seine Freunde unterhielt und ihm selbst Gesellschaft leistete, ich brauchte ein Zuhause und einen Namen. Wir passten perfekt zueinander, waren sehr gute Freunde und, wie ich glaube, auch sehr glücklich. Ich zumindest war es. In deinem Fall aber ist es anders. Würde ich dich heiraten, so würden wir beide vieles verlieren, was uns das Leben erträglich macht, aber ich bin überzeugt, dass ich mehr verlieren würde als du. Trotzdem schwöre ich dir, Michael, keine einzige dieser profanen Überlegungen könnte mich davon abhalten, dich gleich morgen zu heiraten, wenn ich dich lieben würde, aber ich liebe dich nicht. Das ist die Wahrheit. Ich liebe dich nicht. Hast du das jetzt endlich verstanden?«

Nach dieser Ansprache sank Amabelle erschöpft aufs Sofa, und es entstand eine lange Stille.

Schließlich sagte Michael verbittert: »Aber was soll dann aus mir werden?«

»Oh, mein Lieber, das weiß ich nun wirklich nicht. Was wird aus Leuten, die unglücklich verliebt sind? Ich habe das nie erlebt, deshalb habe ich da keine Erfahrung, aber ich würde vermuten, dass sie sich früher oder später von jemand anderem angezogen fühlen, geistig oder körperlich, *et voilà! L'affaire est morte, vive l'affaire*. In deinem Fall hoffen wir mal, dass es sich um ein nettes, hübsches Mädchen handelt, das dich sehr, sehr glücklich machen wird.«

»Dass du so etwas sagst«, erwiderte Michael, »zeigt nur, dass du gar nicht weißt, was wahre Liebe ist. Manche Menschen lieben in ihrem ganzen Leben nur ein einziges Mal.«

»Ach was«, sagte Amabelle bestimmt. »Das funktioniert nur, wenn man sein Leben mit der Person verbringt, die man liebt. Zwischen Verheirateten kann es durchaus unvergängliche Liebe zu einem einzigen Menschen geben, aber niemand kann einer Person treu sein, die man nie sieht. Ich habe auch nicht an wahre Liebe geglaubt, bis ich Walter und Sally kennengelernt habe, aber inzwischen fürchte ich, dass sie in ihrem Fall tatsächlich existiert. Was mich wahnsinnig macht, denn es widerlegt alle meine Theorien über das Leben.«

»Du versprichst mir also, dass du mich überhaupt nicht liebst und dass ich dich weder mit Argumenten noch mit Überredungskunst dazu bewegen kann, mich zu heiraten?«

»Nein, Michael, ich liebe dich nicht. Ich habe dich nie geliebt und ich werde dich nie lieben, und nichts, was du sagst oder tust, wird mich je dazu bringen, dich zu heiraten. Und wenn du möchtest, dass wir Freunde bleiben, dann bitte ich dich von ganzem Herzen, dieses Thema nicht mehr anzusprechen.«

»Na gut. Ich werde schweigen. Keine Frau ist je so geliebt worden, wie ich dich geliebt habe, keine ist je so geehrt und geachtet worden, wie ich dich geehrt und geachtet hätte, wenn du mich geheiratet hättest. Aber das ist nun vorbei. Ich verspreche dir, dass ich es nie mehr erwähne, solange ich lebe, wenn du mir versprichst, dass wir Freunde bleiben können?«

»Ja, natürlich, Michael«, sagte Amabelle düster. Da hatte sie sich nun absichtlich möglichst weit von Lewes Park wegbegeben, weil sie genau diese langweilige Szene vermeiden wollte, nur um erfahren zu müssen, dass Michael im Haus nebenan wohnte.

»Du bist zu Besuch in Compton Bobbin?«

»Gestern angekommen.«

»Woher wusstest du, dass ich hier bin?«

»Das war Zufall. Als ich mit Bobby vor dem Lunch einen kleinen Spaziergang gemacht habe, fuhr auf der Stow Road ein großer, blauer Bentley vorbei, und Bobby sagte: ›Oh, sieh mal, da ist Amabelles Auto.‹ Normalerweise habe ich nicht solches Glück. Ich hätte drei Wochen lang hier sein können, ohne zu erfahren, dass du dich in der Nachbarschaft aufhältst.«

Amabelle starrte nachdenklich in den Kamin. Sie besaß keinen großen, blauen Bentley und hatte auch nie einen besessen. Ihr schossen ein paar bissige Bemerkungen durch den Kopf, mit denen sie Sir Roderick bedenken würde, wenn er das nächste Mal zum Bridge vorbeikam.

»Bobby ist ein sehr ungezogener Junge, er verdient eine ordentliche Tracht Prügel«, sagte sie.

»Er ist erstaunlich groß geworden, seit ich das letzte Mal in England war«, meinte Michael. »Na gut, es ist drei Jahre her, aber es kommt mir trotzdem vor wie ein Zaubertrick. Als ich wegging, war er ein kleiner Knirps, der jung aussah für sein Alter. Jetzt wirkt er beinahe wie ein Mann von dreißig Jahren.«

»Das liegt an Eton. Aber Bobby hat tatsächlich einen eigenartigen Charakter. Er muss der egoistischste Mensch seiner ganzen Generation sein. Und das ist ein Glück für ihn, denn so wird er sich nie langweilen. Solange er mit anderen Menschen zusammen ist, geht es ihm gut, er findet nämlich nichts spannender als zu beobachten, wie andere auf seine Persönlichkeit reagieren. Wenn sie ihn mögen, wunderbar; wenn nicht, steht er vor dem faszinierenden Problem, wie er sie dazu bekommen kann. Auf sich allein gestellt würde er zugrunde gehen, in Gesellschaft aber, egal in welcher, ist er zufrieden und amüsiert sich. Für ihn ist das perfekt, denn vermutlich wird er niemals allein sein müssen, und im Kampf gegen die seltenen, unvermeidbaren Momente der Einsamkeit besitzt er eine unschlagbare Waffe: Er ist jederzeit und überall in der Lage zu schlafen.«

»Ja, ich glaube, damit hast du seinen Charakter ganz gut umrissen«, meinte Michael, der seinen Cousin nicht besonders leiden konnte. »Und wo wir schon beim Thema Bobby sind, was hat es mit diesem Hauslehrer auf sich? Heißt er jetzt Fisher oder Fotheringay?«

»Ach ja, das muss ich dir unbedingt erklären, denn ich habe die Sache selbst eingefädelt. Er heißt Paul Fotheringay und ist ein guter Freund von mir. Er wollte unbedingt Lady Maria Bobbins Tagebücher lesen, um eine Biografie über sie zu schreiben. Also hat er deine Tante sehr höflich gebeten, ihm die Tagebücher auszuleihen, aber sie wollte nichts davon hören. Deshalb haben Bobby und ich ihn unter falschem Namen als Bobbys Lehrer eingeschmuggelt. Du wirst uns doch nicht verpfeifen, Michael, mein Lieber?«

»Also wirklich, Amabelle, wie kindisch. Bei jeder Gelegenheit musst du den Leuten Streiche spielen. Die arme Tante Gloria, was für eine Schande!«

»Ach komm, es schadet doch nichts. Wenn jemand einen guten Einfluss auf Bobby haben kann, dann ist es Paul. Außerdem wird das Buch über Lady Marias Leben und Werk sicherlich sehr gut und amüsant.«

»Amüsant bestimmt, wenn ich mich so an die Tagebücher erinnere«, sagte Michael, »aber vermutlich werden die Leser weniger *mit* meiner armen Urgroßmutter lachen als vielmehr *über* sie. Philadelphia ist übrigens erstaunlich hübsch geworden, seit ich sie zuletzt gesehen habe.«

»Paul hält sie für sehr intelligent. Es sagt, sie sei recht schweigsam, aber sie habe ›himmlische Instinkte‹. Ich glaube, er ist dabei, sich in sie zu verlieben.«

Bei diesen Worten machte Michael ein nachdenkliches Gesicht, und bald darauf verabschiedete er sich mit den Worten: »Auf Wiedersehen, meine liebe, liebe Freundin. Bitte erlaube mir, dich bald wieder zu besuchen. ›Freundschaft‹, hat Lord Byron gesagt, ›ist Liebe ohne Flügel‹, dieser Gedanke ist mir ein Trost.«

Als er fort war, ging Amabelle hinauf ins Kinderzimmer, wo Elspeth Paula gerade ihr Abendessen bekam.

»Du Kanaille«, sagte sie zu Sally, »wie konntest du mich so

im Stich lassen? Du musst doch gesehen haben, dass ich nicht mit ihm allein sein wollte. Du bist wirklich ein Scheusal, meine liebe Sally.«

»Früher oder später musste es passieren«, sagte Sally seelenruhig. »Und? Wie war es?«

»Oh, es war furchtbar langweilig. Immer wieder die gleichen Argumente, als würden wir eine Diskussion über Protektionismus versus Freihandel führen – jede Seite weiß genau, was die andere als Nächstes sagen wird, und keine hat auch nur im Geringsten die Absicht, sich überzeugen zu lassen. Der arme Michael, es ist eigentlich zum Lachen, denn wenn er es nur ein wenig schlauer angestellt hätte, hätte ich wahrscheinlich Ja gesagt. Aber statt es mir als vernünftiges Geschäftsangebot zu präsentieren, schwafelt er die ganze Zeit von Liebe, und diese Gefühlsduselei kann ich einfach nicht ausstehen. Sonst hätte ich ihn vermutlich schon vor Jahren geheiratet.«

»Obwohl er so langweilig ist?«

»Ja, ich glaube schon. Aber man weiß natürlich nie. Mich hat vor allem dieser ganze Unsinn über die Liebe abgeschreckt. Und er ist ja wirklich eine alte Schlaftablette.«

»Als ich jung war«, sagte Sally, »und Walter noch nicht kannte, da hatte ich mir einen festen Preis überlegt, ab dem ich bereit war, über einen langweiligen Charakter hinwegzusehen. Ich glaube, meine Grenze lag bei fünfundzwanzigtausend Pfund pro Jahr. Tja, es waren nicht mehr als zwölf im Angebot, also habe ich stattdessen Walter geheiratet.«

»Du warst immer schon sehr vernünftig«, lobte Amabelle. »Wenn ich eine Tochter hätte, würde ich ihr sagen: ›Wenn es geht, heirate aus Liebe. Das hält zwar nicht, aber es ist eine interessante Erfahrung und ein guter Anfang. Und wenn du dann später aus finanziellen Interessen heiratest, sieh zu, dass es ein hübsches Sümmchen ist. Andere Gründe fürs Heiraten gibt es nicht.‹«

Michael Lewes ging in sehr sonderbarer Gemütsverfassung durch den mondhellen Abend zurück nach Compton Bobbin. In den drei Jahren im Ausland hatte er sich eingeredet, dass Amabelle ihn im Grunde ihres Herzens doch heiraten wollte. Gleichzeitig war er fest davon überzeugt gewesen, dass er versucht wäre, sich umzubringen, falls er sich täuschen sollte (ein furchtbarer und unerträglicher Gedanke) und sie ihn so unzweideutig abweisen würde, dass ihm keine Hoffnung mehr blieb. Er hatte wirklich geglaubt, ein Leben ohne sie nicht ertragen zu können. Jetzt aber hatte er merkwürdigerweise fast das Gefühl, er wäre von einer Last befreit worden. Er war so glücklich und unbeschwert wie seit Monaten nicht mehr.

In Wahrheit hatte sich nämlich das Bild, das er in seiner Vorstellung von Amabelle hatte, immer weiter von ihrer wahren Person entfernt, je länger er von zu Hause fort war. Und nun hatte er während seines hoffnungsvollen ersten Gesprächs feststellen müssen, dass neben ihm eine Fremde saß, und sein Bild von Amabelle war zerbrochen. Die Worte, die er an sie gerichtet hatte, waren bedeutungslos geworden, es hatte keine Überzeugung mehr dahintergesteckt. Er hatte diese Sätze drei Jahre lang einstudiert, und aus einer Art Gewohnheit, einer Art Loyalität zu seinem früheren Ich hatte er sie ihr vorgetragen. Ihre eindeutige und endgültige Zurückweisung hatte er ohne besondere Empfindung, höchstens mit Erleichterung, entgegengenommen. Und nun stand ihm sein weiterer Lebensweg wunderbar klar vor Augen. Nach dem Abschied aus dem diplomatischen Dienst, den er herzlich leid war, würde er sich in Lewes Park niederlassen, seinen Sitz im House of Lords wahrnehmen und ein hübsches und sympathisches Mädchen aus gutem Hause heiraten, vielleicht sogar eines wie seine Cousine Philadelphia Bobbin. Er summte beim Gehen eine kleine Melodie.

11

Lady Bobbin legte großen Wert darauf, das Weihnachtsfest mit ihrer Familie und ihren Bediensteten in Compton Bobbin auf, wie sie es nannte, »die gute altmodische Art« zu feiern. Dieser Ausdruck bezeichnete in ihrer recht verworrenen Vorstellung eine Mixtur aus einerseits den Weihnachtsbräuchen, die der selige Prinzgemahl einst aus Deutschland in seine Wahlheimat gebracht hatte, und andererseits jenen, die sich die modernen römisch-katholischen Humoristen in Sussex ausgedacht hatten – im verzweifelten Versuch, die fröhliche Gemütlichkeit wiederzubeleben, die ihrer Meinung nach in Merry Old England an der Tagesordnung gewesen war, bevor die sauertöpfischen Protestanten ans Ruder kamen. Das war ein wenig merkwürdig, denn normalerweise hasste Lady Bobbin sowohl die Deutschen als auch die Katholiken wie die Pest. Nichtsdestotrotz war sie eine glühende Verehrerin von Merry Old England. Den Maibaum auf dem Dorfanger (beziehungsweise im Gemeindesaal, denn meistens goss es in Strömen), Nachtwanderungen zu den nahen Druidensteinen, um die Sonne über dem Altarstein aufgehen zu sehen (obwohl sie nur in den seltensten Fällen geneigt war, diese Galavorstellung tatsächlich durchzuführen), Maskenspiele im Sommer, Madrigale im Winter und Morristänze das ganze Jahr über, lauter solche Dinge organisierte und leitete Lady Bobbin mit einer Energie, die sie sehr gut auch für bessere Zwecke hätte einsetzen können. Aber das lag eben an ihrem wolkigen Ideal von Merry Old England, einer mythischen Vergangenheit, in der viel gejagt worden war, es aber keine

Autos und vor allem das Schreckgespenst des Sozialismus noch nicht gegeben hatte. All das verlieh jener imaginären Zeit in ihren Augen eine Aura der Vollkommenheit.

Jede Jahreszeit besaß ihre eigenen kleinen Merry-Old-England-Riten, aber erst zur Weihnachtszeit legten Lady Bobbin und ihre Jünger aus der Nachbarschaft so richtig los, hatten doch alle Aktivitäten der vorangegangenen Monate der nun folgenden Orgie weihnachtlicher Gemütlichkeit lediglich den Weg bereitet. Als ersten Schritt zitierte Lady Bobbin jedes Jahr mindestens dreißig Mitglieder des riesigen Bobbin-Clans herbei, damit sie das Fest im Hause ihrer Vorfahren feiern konnten, und von diesen dreißig leisteten in aller Regel etwa knapp zwanzig der Einladung Folge. Selbst wer gerade in Arabien oder im schönen Kaschmir weilte und vermutlich eher nicht zusagen würde, erhielt wie in jedem Jahr seine Einladung. Diese Vorgehensweise nannte sich »die gute Familiensitte«. Wenn Lady Bobbin dann alle verfügbaren Verwandten ihres verstorbenen Mannes um sich versammelt hatte (ihre eigenen waren durch die Strapazen des Teeanbaus in den Tropen größtenteils schon in jungen Jahren aus dem Leben geschieden), bemühte sie sich, ihren Gästen ein heiteres Fest zu bereiten. Dabei erhielt sie umfangreiche Unterstützung von ihrem Schwager, Lord Leamington Spa, selbst ein begeisterter Merry-Old-Engländer, der seinen Landsitz tragischerweise aus Geldnot hatte aufgeben müssen und gezwungen war, das ganze Jahr über am Eaton Square zu residieren, sodass er kaum Möglichkeiten hatte, sich in dieser Hinsicht zu betätigen. Jene aber, die Lady Bobbin in einer solchen Zeit Stab und Stütze hätten sein sollen – ihre eigenen Kinder –, betrachteten die ganze Sache mit einer Art fröhlicher Verachtung, was dic Gefühle ihrer Mutter sehr verletzte. Dennoch konnte nichts und niemand Lady Bobbins Elan bremsen, und so wurden in Compton Bobbin alle Jahre wieder die vorgesehenen deutschen und südenglischen Bräuche praktiziert. Der Weihnachtsbaum, ein emsiger Weihnachtsmann und der postalische Austausch einer Flut von Karten und Kalendern (deutsch), die Weihnachtsstrümpfe, die Mistel- und Stechpalmenzweige, die Truthähne, der Wildschweinkopf und eine beträchtliche Anzahl von Weihnachtssängern und Weihnachtsspiel-Aufführungen (südenglisch-katholisch), dazu das Angebot, sich rund um die Uhr den Bauch mit ungesundem Essen vollzuschlagen und das Ganze mit anständigem Bier hinunterzuspülen, was die Grundlage beider Denkschulen bildete, all diese Traditionen verquickte Lady Bobbin zu ihrer ganz speziellen Weihnachtsbescherung.

Und so trafen am Vorabend des Weihnachtstages aus allen Ecken der britischen Inseln zahlreiche Mitglieder der großen Bobbin-Familie ein. Die sieben Schwestern des seligen Sir Hudson, die, wie man sich erinnern wird, allesamt eine gute Partie gemacht hatten, brachten natürlich ihre Ehemänner und Kinder und oft auch ihre Hunde mit. Es fiel auf, dass die Schwester mit der schlechtesten dieser guten Partien als Erste eintraf, mit dem Zug, und dann im Laufe des Tages teure und immer teurere Autos, geschmückt mit großen und immer größeren Wappen, in imposanter Abfolge die Auffahrt heraufglitten, bis schließlich kurz vor dem Dinner der Rolls-Royce der St Neots mit der prächtigsten Rangkrone im Wappen das Ende dieser glanzvollen Prozession markierte.

Bobby, der schon eine ganze Weile in der Nähe der Haustür auf der Lauer gelegen hatte, begrüßte dieses Fahrzeug mit markerschütterndem Freudengeschrei und raste vor die Tür, um seiner Lieblingstante, der Herzogin von St Neots, und ihrer Tochter, seiner Lieblingscousine Miss Héloïse Potts, herauszuhelfen. (Die Herzogin war zum fünften Mal verheiratet, inzwischen erneut mit dem Herzog von St Neots, dem

Gatten ihrer Jugendjahre. Miss Potts war das Resultat eines dazwischenliegenden Projekts mit einem amerikanischen Millionär.)

Für Paul war dieser Tag ein nicht enden wollender Albtraum. Überall traf er auf neue und meist unsympathische Gesichter, was jedes Mal zu großer Verlegenheit auf beiden Seiten führte. Die in gesellschaftlichen Umgangsformen nicht sonderlich bewanderte Lady Bobbin stellte ihm niemanden vor, und Bobby hockte fast den ganzen Tag lang schmollend in seinem Zimmer. Seine Mutter hatte ihn nämlich angewiesen, zu Hause zu bleiben und die Gäste zu begrüßen, obwohl die meisten von ihnen seiner Meinung nach eine solche Aufmerksamkeit überhaupt nicht verdienten.

Das Unglück hatte schon am Morgen begonnen. Paul war zufälligerweise als Erster zum Frühstück hinuntergegangen, und als er mit einem gewaltigen Gähnen das Esszimmer betrat, sah er sich sechs hungrigen Mackintoshs gegenüber, die soeben mit dem Mitternachtsexpress aus Perth angekommen waren. Sie erinnerten ihn sehr an eine schottische Familie, die einmal in der Music Hall aufgetreten war, zwischen einer Nummer mit dressierten Seehunden und einer dünnen Frau, die Schauspieler und Schauspielerinnen imitierte, von denen Paul noch nie etwas gehört hatte. Die Kinder, ein etwa siebzehnjähriger Sohn und drei hässliche Mädchen zwischen zehn und vierzehn, trugen allesamt Wollstrümpfe und lange Kilts mit Schottenkaro, Lady Mackintosh ebenso. Die Spitzen von Sir Alexanders rötlichem Schnurrbart hingen in seine Porridgeschüssel, aus der er – Paul traute seinen Augen kaum – im Stehen aß. Paul machte ein paar höfliche Bemerkungen, erkundigte sich nach der Reise und erwähnte das schöne, frostfreie Wetter, eine Floskel, die er von Lady Bobbin aufgeschnappt hatte, aber die Familie schien nicht imstande, eine Unterhaltung zu führen, und so verfiel er schnell wieder in das Schweigen, das die Gäste so offensichtlich bevorzugten. Bald darauf kehrte Lady Bobbin von ihrem Morgenausritt zurück, und Paul konnte die Familie der gastfreundlichen Fürsorge der Hausherrin überlassen.

Als Nächstes trafen entferntere Verwandte von Bobby ein: Captain Chadlington, MP, seine Frau Lady Brenda, ihre Kinder Christopher Robin und Wendy sowie ein Rudel hässlicher braun-weißer Spaniels. Die gesamte Festgesellschaft gratulierte Captain Chadlington herzlich zu seiner Wahl zum Parlamentsabgeordneten. Paul, der beim Lunch einigen Ausführungen des Captains lauschte, hätte die Glückwünsche allerdings nicht auf dessen Wählerschaft ausdehnen wollen, denn sie schien eine recht unglückliche Entscheidung getroffen zu haben. Der Captain war offensichtlich ein junger Mann von fast barbarischer Dummheit, und Paul, der kaum konservative Parlamentsmitglieder kannte, war verblüfft, dass es so jemandem erlaubt war, sich auch nur einen Moment lang in einem Regierungsgebäude aufzuhalten. Er hatte noch nie jemanden auf diese Weise über das bolschewistische Russland reden hören – es war Paul stets selbstverständlich erschienen, dass der Kommunismus heutzutage allgemein als vielleicht langweiliges, aber dennoch hohes Ideal galt. Lady Bobbins Haltung dazu war gerade noch nachvollziehbar, schließlich hatte sie seit Jahren keinen Kontakt zur echten Welt mehr, aber wer jeden Tag von Menschen mit einem gewissen Mindestmaß an Intelligenz umgeben war und trotzdem Ansichten wie die von Captain Chadlington vertrat, konnte nur von ungeheuerlicher Dummheit und Ignoranz sein.

Lord und Lady Leamington Spa kamen mit ihrem Sohn Squibby Almanack, dessen Auftauchen Paul in Angst und Schrecken versetzte, da sie sich aus Schulzeiten kannten. Als er Bobby von dem Problem berichtete, holte dieser seinen Cousin ins Schulzimmer und erklärte ihm die Umstände von

Pauls Anwesenheit im Haus, woraufhin Squibby sich unter wieherndem Gelächter wagnerianischer Klangfülle den dicken Bauch hielt. Dann nahm er am Klavier Platz und klimperte ein paar gefällige Akkorde vor sich hin, bis es Zeit war, sich fürs Dinner umzuziehen.

Squibby Almanack gehörte einem kleinen, aber sehr engen Kreis von Freunden an, und jede noch so kurze Trennung von diesem Kreis stürzte ihn in einen Zustand erbärmlichster Verwirrung und Langeweile. In London sah man ihn stets in Begleitung von »Biggy« Lennox und »Bunch« Tarradale. Die drei bildeten sozusagen eine Art moderne Luxusausgabe der drei Musketiere. Hin und wieder vervollständigte der nonchalante Frauenheld Maydew Morris als Vierter die Bruderschaft, quasi ihr d'Artagnan, der zwar einen ganz anderen Charakter als die drei besaß, aber von ihrer Leidenschaft für deutsche Musik, die für sie das Höchste war, angezogen wurde. Squibby, Biggy und Bunch stand der Sinn einzig nach geistigen Abenteuern, während Maydews Abenteuer in London Stadtgespräch waren – Erstere waren Männer des Wortes, Letzterer in jeder Hinsicht ein Mann der Tat –, aber obwohl sie von so unterschiedlichem Naturell waren, verstanden die vier sich hervorragend, und es gab kaum ein klassisches Konzert und keine Aufführung einer deutschen Oper, bei der sie nicht in die Partitur vertieft nebeneinander im Publikum saßen. Überdies verband sie eine erstaunliche physische Ähnlichkeit. Sie waren alle vier recht wohlgenährt, hatten blonde Haare, blasse Haut und rosige Wangen, außerdem – hier war nur Maydew die Ausnahme – neigten sie zur Glatze und besaßen keine nennenswerten Augenbrauen. Sie hatten die gleiche seltsame Gangart, bei der sie ihre markanten Hinterteile schwangen wie hockeyspielende Schulmädchen, und sie lauschten der Musik (die – natürlich vorausgesetzt, sie stammte aus Deutschland – ihr Lebenselixier war) mit der gleichen regungslosen Konzentration.

Fast immer sah man sie allein, ohne weibliche Begleitung. Manchmal aber, nach vorheriger Absprache, erschienen sie mit hübschen Debütantinnen im Schlepptau, die sie mit übertriebener Höflichkeit zu ihren Plätzen lotsten, mit Programmheften versorgten und für den Rest des Abends ignorierten. Viele bedauernswerte Mädchen waren gezwungen, über Stunden ihre vollkommen natürliche Abneigung gegen anspruchsvolle Musik zu unterdrücken, nur damit sie die beglückende Nähe zu ihren Helden genießen, ehrfürchtig den heroischen Atemzügen lauschen und sogar, wenn sie Glück hatten, ab und zu die Hand ihres Idols streifen konnten. Maydew ging während der dunklen Szenen beim *Ring* manchmal auch einen Schritt weiter, aber die anderen drei pflegten ausschließlich platonische Freundschaften und brachten alle kuppelwütigen Mütter innerhalb kürzester Zeit zur Verzweiflung. Die Lage war tatsächlich schon so dramatisch, dass die besonders ehrgeizigen Mütter zukünftiger Debütantinnen ihre Töchter zur Ausbildung nicht mehr nach Paris schickten, sondern stattdessen München wählten, wo die jungen Damen lernen sollten, schweigend und manchmal sogar verständig klassische Musik über sich ergehen zu lassen. Denn Squibby, Biggy, Bunch und Maydew waren allesamt sehr begehrte Junggesellen. Im Anschluss an diese »gemischten« Abende übte jeder von ihnen strenge Kritik an den Mädchen der anderen. Sollte eine junge Dame gegähnt oder auch nur leise geseufzt haben, so wurde von ihrem Verehrer verlangt, sie umgehend von seiner Liste zu streichen, und auch zu häufiges Übereinanderschlagen der Beine führte zu erbitterten Beschwerden. Der arme Bunch, der stets eine unglücklichere Wahl traf als die anderen, weil er sich leichter von einem hübschen Gesicht blenden ließ, brachte an zwei aufeinanderfolgenden Abenden der Wagner-Saison unverbesserliche Bein-Hamplerinnen mit und handelte sich eine

Standpauke von Biggy ein, der auf der anderen Seite dieser Damen diverse Tritte und Stöße hatte einstecken müssen, was ihn während mehrerer bewegender Szenen stark vom Geschehen auf der Bühne abgelenkt hatte. Den Höhepunkt des Entsetzens allerdings rief eine Freundin von Maydew hervor, die während der Aufführung des *Rheingolds* in durchdringendem Flüsterton fragte, was die Haufen von Brennholz sollten, wovon die Geschichte überhaupt handele und ob es nicht bald eine Pause gebe. Aber in Herzensdingen mussten Maydew eben immer gewisse Zugeständnisse gemacht werden.

Nach der Vorstellung hofften die Mädchen umsonst auf Essen, Trinken und Vergnügungen. Sie wurden umgehend in ein oder zwei unromantisch voll besetzte Taxis verfrachtet, und schon ging es nach Hause. (Nur Maydews Mädchen wohnten aus irgendeinem Grund immer in einem anderen Stadtteil und mussten allein nach Hause gebracht werden.)

Anschließend versammelten Squibby, Biggy und Bunch sich in Biggys Wohnung, tranken Starkbier und diskutierten über Musik und Philosophie, und manchmal gesellte sich um einiges später – wenn überhaupt – noch ein zufriedener Maydew zu ihnen.

Diese Freunde waren so selten getrennt, dass sie das Weihnachtsfest, das Squibby, Biggy und Bunch aus Pflichtgefühl bei ihren adligen Familien verbrachten, als äußerst unmenschlich empfanden. Wie sehr beneideten sie insgeheim den unverbesserlichen Maydew, der mit einer Schönheit aus Balham nach Berlin gereist war, um sein Deutsch aufzubessern. Besonders Squibby graute es schon das ganze Jahr über vor den Weihnachtsfeierlichkeiten in Compton Bobbin. Nun aber stellte er fest, dass es dieses Mal ein wenig amüsanter werden könnte als in den Jahren zuvor, denn Paul hatte er schon in Eton gut leiden können, Bobby war erwachsen geworden und auch Michael Lewes hatte sich möglicherweise zum

Besseren gewandelt. Weniger niedergeschlagen als sonst klimperte er ein obskures Motiv aus *Siegfried*.

Die Anwesenheit dieser und vieler weiterer Menschen – zu zahlreich und zu langweilig, um sie alle aufzuzählen – führte dazu, dass Philadelphia, Paul und Michael in Compton Bobbin fürs Erste eine kleine Gemeinschaft bildeten. Alle drei hassten Lärm, Gedränge und organisierte Vergnügungen, und so hielten sie sich die meiste Zeit von der Festgesellschaft fern. Vormittags verschwanden sie zu langen Ausritten. Paul bestand darauf, ein uraltes, stämmiges Pony zu nehmen, das schon vor langer Zeit ausgemustert worden war und eigentlich nur noch in Frieden seinen Lebensabend auf der Obstwiese verbrachte, ihm aber sehr viel mehr zusagte als die aristokratische Boadicea. Nach dem Dinner zogen die drei sich einmütig ins Schulzimmer zurück, um sich vor den wilden Spielen wie Verstecken, Fangen und Mord im Dunkeln in Sicherheit zu bringen, mit denen die anderen die Abende verbrachten.

Bobby bekamen sie nur noch selten zu Gesicht, er saß meistens kichernd mit Miss Héloïse Potts in irgendeiner Ecke. Héloïse war eine hübsche, kleine Siebzehnjährige mit dunklen Augen, die jede normale Unterhaltung durch papageienhaftes Kreischen und laute Lachkrämpfe ersetzte, offenbar mit hervorragendem Erfolg, denn sie war ständig von einer großen Schar junger Männer umschwärmt. Sogar Squibby verließ oft sein geliebtes Klavier, um in ihrer Nähe zu sein, und während der Mahlzeiten drängten sich alle männlichen Mitglieder der Festgesellschaft, ob jung oder alt, an ihrem Ende des Tisches, mit Ausnahme von Paul und Michael. Diese beiden verstanden weder, warum Héloïse so attraktiv sein sollte, noch was sie redete (sie hatte die Angewohnheit, beim Sprechen hinter jedem Vokal die Silbe »lew« einzufügen, was den Sinn ihrer Äußerungen für in dieser Vorgehensweise Ungeübte stark verschleierte), und deshalb begaben sie sich in aller Ruhe zu den freien Plätzen in Philadelphias Nähe. Überall sonst war ihnen die Unterhaltung viel zu speziell. Héloïse, Bobby und ihre Bewunderer beendeten jeden Satz mit »ilewim Rilewitz«, was für Eingeweihte »im Ritz« bedeutete. Captain und Lady Brenda Chadlington, denen die Wahl des Captains ins Parlament ziemlich zu Kopf gestiegen war, redeten von nichts anderem als PM, SB, LG, FO, LCC, ILP und den anderen MPs. Die Mackintoshs machten sich in gefräßigem Schweigen über ihr Essen her und ließen nur ab und an eine Bemerkung über Geflügelkrankheiten fallen. Lady Bobbin sprach mit ihren Tischnachbarn über Pferde und Jagdhunde und so obskure Dinge wie die Baujagd, schnappende oder Einstreu fressende Pferde und die besten Wurmkuren, und selbst Squibby, der einigermaßen intelligent war, langweilte auf Dauer mit seinem Gerede über Musik oder nervte mit Theorien über bedingte Reflexe und mit philosophischen Bemerkungen.

Philadelphia dagegen hatte keinerlei Interessen, und daher fachsimpelte sie nicht, sondern saß nur still da und sah wunderschön und liebenswert aus, während Paul und Michael über sie hinweg eine kultivierte Unterhaltung führten und sich hin und wieder höflich nach ihrer Meinung erkundigten. Sie merkten beide, dass Philadelphia zwar vollkommen ungebildet, aber bei Weitem nicht dumm war. Da die wenigen Bücher, die sie gelesen hatte, allesamt aus dem vergangenen Jahrhundert stammten, waren ihre Ansichten leicht altmodisch, was Paul nach Marcellas geistloser, kalter Modernität äußerst erholsam fand.

Michael begann unterdessen ganz bewusst, sich in Philadelphia zu verlieben, denn es erschien ihm sehr vorteilhaft. Die ersten ein, zwei Tage nach dem Wiedersehen mit

Amabelle war er traurig und verzweifelt gewesen. Aber im Prinzip war das nur ein rückwirkendes Bedauern angesichts der Tatsache, dass seine Gefühle der letzten drei Jahre in Wirklichkeit nur ein Traum, nur eine Fantasie gewesen waren. Die Natur verabscheut ein Vakuum, und Michael war so romantisch veranlagt, dass er sich nicht vorstellen konnte, in niemanden verliebt zu sein. Daher wanderten seine Gedanken fast augenblicklich zu seiner Cousine Philadelphia, jung, hübsch, unverbildet und intelligent – ganz gewiss genau die Sorte Ehefrau, die ein Mann in seiner Position haben sollte.

»Ich werde für sie niemals das empfinden, was ich für Amabelle empfunden habe«, dachte er, denn wie so viele Menschen war er überzeugt, nur einmal wahrhaftig lieben zu können. »Aber sie wird eine bezaubernde Ehefrau sein, und ich werde sicherlich sehr glücklich mit ihr.«

Lady Bobbin, die mit ihrem Mutterblick klar erkannte, was vor sich ging, war derselben Meinung, und der junge Sir Roderick ebenso. Er hegte schon lange den Plan, dass seine Schwester dem Beispiel seiner Tanten folgen und eine gute Partie machen sollte, und war begeistert von der Entwicklung. Philadelphia selbst war glücklich über ihre neuen Freunde. Sie schätzte die Kultur und fühlte sich geehrt, dass sie in diese faszinierenden Unterhaltungen einbezogen wurde. Von den beiden Männern gab sie jedoch ganz klar Paul den Vorzug, denn Michael erschien ihr sehr erwachsen und ein wenig furchteinflößend.

12

Den Weihnachtstag selbst organisierte Lady Bobbin mit der Gründlichkeit und Präzision eines Generals vor der Schlacht. Keine einzige Sekunde des festlichen Vergnügens wurde dem Zufall oder gar der Spontanität ihrer Gäste überlassen. Diese erhielten am Vorabend ihren Marschbefehl, und wer sich nicht peinlich genau an die Vorschriften hielt, musste mit der Todesstrafe rechnen. Aber selbst eine Superfrau wie Lady Bobbin konnte an diesem Tag manchen Verdruss, viele verrenkte Mägen und eine Reihe unvorhergesehener Ereignisse nicht verhindern.

Eröffnet wurde die Schlacht mit den Weihnachtsstrümpfen. Sie bestanden aus dicker, fester Wolle und waren extra zu diesem Anlass gekauft worden. Kurz vorm Zubettgehen wurde jedem Gast ein Strumpf ausgehändigt mit der Anweisung, ihn mit einer ebenfalls zugeteilten riesigen Sicherheitsnadel am Bettpfosten zu befestigen. Als Lady Bobbin und ihr Verbündeter, Lord Leamington Spa, nach einer gewissen Wartezeit davon ausgehen konnten, dass alle Gäste in Morpheus' Arme gesunken waren, brachen sie gemeinsam zu einem nächtlichen Gang durchs Haus auf (er mit weißer Perücke, weißem Bart und weißen Augenbrauen sowie mit einem roten Schlafrock bekleidet, sie mit einem großen Korb voller schöner Geschenke), um gewissenhaft alle Strümpfe zu füllen. Zu den seltsamen und fabelhaften Dingen, die hier verteilt wurden – es waren jedes Jahr exakt die gleichen – gehörten Stofftaschentücher, astrologische Kalender, noch nicht aufgeblasene Luftballons, Mundharmonikas, Bindfadenrollen,

Taschenmesser, Hufauskratzer für Pferde, Witzebücher, Puzzles sowie, tief unten im wollenen Zeh des Strumpfs, kleine Schokoladenbabys, die stets in ziemlich fusseligem Zustand wieder ans Tageslicht kamen. Leider Gottes hätten die meisten von Lady Bobbins Gästen liebend gern auf diese entzückenden, aber preiswerten Gaben verzichtet, wenn sie dafür nicht in ihrer Nachtruhe gestört worden wären. Obwohl sie vorgewarnt waren, rief die furchterregende Schattengestalt von Lord Leamington Spa, der sich im flackernden Kerzenschein am Fußende ihres Bettes zu schaffen machte, bei den meisten einen solchen Schreck hervor, dass noch Stunden später an Schlaf nicht zu denken war.

Auf die Glücklichen, denen es doch gelang, noch einmal einzunicken, wartete jedoch bald ein weiterer gewaltiger Schock. Gegen fünf Uhr morgens zog Master Christopher Robin Chadlington durch sämtliche Schlafzimmer, weckte die Bewohner mit einer Fanfare auf seiner Mundharmonika und verkündete mit tieftrauriger Stimme, dass Tante Gloria in seinem Strumpf das Schokoladenbaby vergessen hatte. »Kann ich bitte ein Stückchen von deinem haben?« Mit diesem niedlichen Trick war Christopher Robin ungemein erfolgreich, und bald besaß er nicht weniger als vierzehn Schokoladenbabys, die er allesamt vor dem Frühstück aß. Die scheußlichen Folgen ereilten ihn unter dem Esszimmertisch, an dem alle anderen gerade in die Lektüre ihrer Weihnachtspost vertieft waren. Den Rest des Tages verbrachte der junge Master Chadlington geschwächt, aber fröhlich im Bett, wo er auf seiner Mundharmonika übte.

Schon um die Mittagszeit war jegliche Weihnachtsstimmung, die an diesem Tag nicht zuletzt durch den pflichtgemäß besuchten Gottesdienst aufgekommen sein mochte, wieder verflogen, und gegen Ende des Essens erhob sich ein wütender Streit unter den Erwachsenen. Die Herzogin fing an. Mit lauter Stimme, die zweifellos bis an Lady Bobbins Ohr dringen würde, verkündete sie:

»Die Zeit des Kapitalismus ist nun vorbei, und das ist ja wohl ein Glück.«

»Darf ich fragen«, erwiderte Lady Bobbin, die den Köder prompt schluckte und sich über den vorstehenden Bauch von Lord Leamington Spa beugte, »warum ausgerechnet du das für ein Glück hältst? Wohlgemerkt, damit will ich nicht sagen, dass das kapitalistische System tatsächlich am Ende ist, denn das ist es selbstverständlich nicht, aber warum solltest du dich freuen, wenn es so wäre? Das nenne ich Heuchelei.«

»Nein, liebe Gloria, das ist ganz und gar keine Heuchelei. Ich meine nur, wenn Leute wie wir in ein paar Jahren kein Geld mehr für Luxus haben, werden wir automatisch ein einfacheres und besseres Leben führen. Mehr frische Luft, mehr Schlaf, mehr Zeit zum Nachdenken und Lesen. Keine Nachtclubs, kein Ritz, keine Luxusreisen, keine Hektik. Wir werden alle viel glücklicher sein. Meinst du nicht auch?«

Lady Bobbin, in deren Leben Nachtclubs, das Ritz und Luxusreisen keine Rolle spielten und die mehr als genug Zeit zum Nachdenken und Lesen hatte, war nicht überzeugt. »Es ist noch nie notwendig gewesen, sich lächerlich zu machen, nur weil man zufällig Geld besitzt. Es gibt genügend vernünftige Menschen auf der Welt, nur leider hört man von ihnen nichts, weil sie sich nicht so in den Vordergrund spielen wie andere. Ich frage mich, Louisa, ob du immer noch so froh über das Ende des Kapitalismus bist, wenn es dir eines Tages an den lebensnotwendigen Dingen fehlt.«

»Damit ist nicht zu rechnen«, sagte die Herzogin selbstsicher. »Die Welt leidet zurzeit nicht an der Unterproduktion, sondern an der Überproduktion von lebensnotwendigen Dingen.«

»Gewiss, Herzogin«, schaltete sich Captain Chadlington

nachdenklich von seinem Ende des Tisches ein, denn wann, wenn nicht jetzt, war der Moment, um die so mühsam von PM, FO, ILP, SB, LG und seinen MP-Kollegen erhaschten Informationen einfließen zu lassen und sich als aufstrebender junger Politiker zu präsentieren. Die Herzogin nahm jedoch keine Notiz von ihm und fuhr fort, Lady Bobbin zu provozieren.

»Denk doch nur«, sagte sie, »welch positiven Effekt es auf den Charakter von Menschen unserer Schicht hätte, wenn wir gezwungen wären, ein einfaches, gesundes Leben zu führen, uns um unsere Kinder zu kümmern und selbst unser Brot zu verdienen. Und denk an all die fürchterlichen Dinge, die verschwinden würden, endlich würde man diese scheußlichen Landhäuser abreißen. Wir würden in hübschen kleinen, reinlichen Hütten wohnen –«

»Mein Haus«, unterbrach Lady Bobbin, die immer schnell beleidigt war, »ist ja wohl hoffentlich äußerst sauber. Willst du etwa andeuten –«

»Jetzt mach dich doch nicht lächerlich, meine Liebe. Ich spreche natürlich von spiritueller Reinheit.«

»Wenn du das so siehst, Louisa«, mischte sich Lord Leamington Spa mit kampfeslustig blitzenden Augen ein, »warum in aller Welt verhältst du dich dann nicht entsprechend? Warum gibst du Brackenhampton nicht auf und ziehst stattdessen in so ein Hüttchen? Nichts hält dich davon ab.«

»Nichts hält mich davon ab, soso!«, rief die Herzogin. Auf dieses Argument hatte sie gewartet wie die Katze vor dem Mauseloch. »Weit gefehlt – es sind fast hundert Seelen, die mich davon abhalten. Ist dir klar, dass wir im Haus und in den Gärten von Brackenhampton alles in allem achtundneunzig Menschen beschäftigen? Ich kann nicht vollkommen grundlos all diesen alten Freunden die Arbeit, das Essen, sogar das

Dach über dem Kopf wegnehmen. Das ist absolut undenkbar. Ich sage nur, wenn das ganze System, in dem wir momentan leben, geändert würde, dann wären wir alle erheblich glücklicher und in jeder Hinsicht bessere Menschen als jetzt.«

Mit einem lauten »Pah!« sprang Lady Bobbin auf und verließ bebend vor Wut den Tisch.

Der Nachmittag war ungewöhnlich nass und neblig, sodass die Hausherrin sich sehr gegen ihren Willen gezwungen sah, die geplante Schnitzeljagd abzusagen. Und so konnte die Festgesellschaft in aller Ruhe bis vier Uhr nachmittags das einzigartige Unbehagen genießen, das man nur bei einem Nickerchen im Lehnsessel nach einem viel zu reichhaltigen Essen empfindet. Pünktlich um vier versammelten sich alle im Ballsaal, wo die Woodforder Schulkinder ihr fast einstündiges Weihnachtsspiel zum Besten gaben. Es war das traurige Los der Woodforder Schulkinder, jedes Jahr das Weihnachtsspiel aufführen zu müssen; es war das traurige Los der Bewohner von Compton Bobbin, jedes Jahr das Weihnachtsspiel ansehen zu müssen. Beide Seiten trugen diese Bürde jedoch tapfer, und es ereigneten sich keine weiteren Unannehmlichkeiten bis nach dem Tee, als Lord Leamington Spa, der noch einmal in seinen Schlafrock und die Perücke geschlüpft war, aus den voll beladenen Zweigen des Weihnachtsbaums Geschenke hervorholte und verteilte. Dies stellte den Höhepunkt des Tages dar. Der Baum geriet natürlich sofort in Brand, aber das war nichts Ungewöhnliches, und der Butler hatte keine Schwierigkeiten, das Feuer schnell wieder zu löschen. Die wahre Krise trat ein, als Lady Bobbin das ziemlich große, rechteckige Geschenk mit der Aufschrift »Für Mummy in Liebe von ihrem kleinen Bobby« auspackte und zu ihrem Zorn und Entsetzen ein Buch mit dem Titel *Das Geschlechtsleben der Wilden in Nordmelanesien* in den Händen hielt. Der arme Bobby hatte diesen Klassiker für viel Geld als

Geschenk für Paul erstanden, das Buch aber aus Versehen mit *Halali! Die schönsten Lieder von der munteren Jagd* vertauscht, das er für seine Mutter vorgesehen hatte und das dummerweise von ähnlicher Größe und Form war. Bobby, der keine Sekunde lang die Fassung verlor, erklärte seiner Mutter und der gesamten Gesellschaft wortreich und äußerst bestürzt, der Buchladen müsse aus Versehen das falsche Buch geschickt haben, und diese Erklärung wurde, wenn auch einigermaßen ungnädig, akzeptiert. Sehr zu Bobbys Empörung jedoch warf Lady Bobbin *Das Geschlechtsleben der Wilden in Nordmelanesien* unverzüglich ins Schürloch des Ofens.

In der verbleibenden Zeit vor dem Dinner, das besonders früh stattfand, damit die Kinder dabei sein konnten, rannten Bobby und Héloïse wie aufgescheuchte Hühner durchs ganze Haus. Paul vermutete – sehr zu Recht, wie sich zeigen sollte –, dass diese überbordende Fröhlichkeit nichts Gutes verhieß. Wer wie er mit dem Wesen der Jugend vertraut war, erkannte leicht, dass hier ein Streich ausgeheckt wurde. Nervös fragte er sich, wann und gegen wen der Schlag erfolgen würde.

Er erfolgte beim Dinner. Captain Chadlington erklärte gerade Lady Bobbin, was der PM ihm über die Schweinezucht in Westengland berichtet hatte, als unter seinem Stuhl ein lautes Surren ertönte. Überrascht blickte er nach unten, wurde kreidebleich, sprang auf und sagte mit unnatürlich ruhiger Stimme: »Frauen und Kinder verlassen bitte umgehend den Raum. Unter meinem Stuhl befindet sich eine Höllenmaschine.« Sofort kam Panik auf. Bobby und Héloïse reagierten fast zu schnell, rannten zur Tür und schrien: »Eine Bombe, eine Bombe, wir fliegen alle in die Luft«, während die anderen gelähmt vor Angst auf das kleine schwarze Kästchen unter Captain Chadlingtons Stuhl starrten, als überlegten sie noch, was jetzt zu tun sei. Einzig Paul blieb vollkommen ruhig. Geistesgegenwärtig beugte er sich hinunter, hob das

Kästchen auf und trug es zur Spüle, wo er den Hahn aufdrehte und kaltes Wasser darüberlaufen ließ. Diese geniale Tat machte ihn gemeinsam mit Captain Chadlington zum Helden der Stunde. Lady Bobbin schüttelte ihm die Hand und nannte ihn einen sehr mutigen jungen Mann, der ihnen allen das Leben gerettet habe, und von allen Seiten wurde er mit Dank und Lob überhäuft. Auch Captain Chadlington, so lautete die einhellige Meinung, habe erstaunliche Tapferkeit an den Tag gelegt, indem er Frauen und Kinder aus dem Raum geschickt hatte, bevor er die Gefahr, die für ihn selbst bestand, überhaupt erst erwähnte. Nur Bobby und Héloïse erhielten kein Lob für ihr Benehmen, sondern wurden für den Rest des Abends mehr oder weniger in die Wüste geschickt.

Captain Chadlington, der insgeheim entzückt darüber war, dass aufgrund seiner großen politischen Bedeutung schon Anschläge auf sein Leben verübt wurden (er zweifelte keinen Augenblick daran, dass es das Werk bolschewistischer Agenten war), verließ den Raum, um die Polizei anzurufen. Bobby und Héloïse, die ihn hinter einer Ecke belauschten, hörten ihn sagen: »Hallo, ist dort die Polizei in Woodford? Hier spricht Captain Chadlington, MP, ich befinde mich in Compton Bobbin. Hier ist soeben ein Mordanschlag auf mich verübt worden. Vermutlich die Bolschewisten. Eine Höllenmaschine unter meinem Stuhl, beim Dinner. Würden Sie bitte sofort jemanden vorbeischicken, um die Sache zu untersuchen, und Scotland Yard über den Vorfall in Kenntnis setzen?«

Lady Brenda sagte: »Seit Charlie in Moreton-in-Marsh seine Rede gegen den Bolschewismus gehalten hat, hatte ich Angst, dass so etwas passieren würde. Tja, wir können froh sein, dass wir mit dem Schrecken davongekommen sind.«

Lady Bobbin äußerte die Hoffnung, dass die Regierung vielleicht jetzt endlich etwas gegen die Bolschewisten unternehmen würde.

Lord Leamington Spa sagte, ihm gefalle das alles überhaupt nicht, was der Wahrheit entsprach, denn normalerweise gab er nach dem Weihnachtsdinner immer eine gefühlvolle Gesangsdarbietung, und jetzt sah es so aus, als wären alle viel zu abgelenkt von der Bombe, um ihm zuzuhören.

Michael Lewes und Squibby Almanack hegten den Verdacht, dass es sich gar nicht um eine Höllenmaschine handelte, aber diese Vermutung tauschten sie nur untereinander aus.

Die Herzogin bemerkte, so etwas sei natürlich hervorragende Publicity für Charlie Chadlington, und sie frage sich – aber dann fügte sie hinzu, vielleicht sei er doch zu dumm, um sich so eine Sache einfallen zu lassen.

Captain Chadlington verkündete, dass Männer des öffentlichen Lebens mit diesen Dingen rechnen müssten und dass er sich um sich selbst nicht sorge, aber natürlich sei es typisch für dieses feige Lumpenpack, auch Frauen und Kinder in die Luft jagen zu wollen.

Alle waren sich einig, dass der Hauslehrer bewundernswert gehandelt hatte.

»Woher habt ihr das Ding?«, fragte Paul Bobby, als er ihn kichernd mit Héloïse im Schulzimmer fand.

»Ein Junge aus der Schule hat es für mich gebaut. Er hat gesagt, niemand kann erkennen, dass es keine echte Bombe ist. Genau genommen *ist* es nämlich eine echte Bombe, das ist das Tolle daran. Der arme alte Charlie Chadlington, er findet die ganze Sache großartig, was? Stolziert mit den Polizisten herum wie ein alter Truthahn. Oh, das hat wirklich bestens geklappt, elewes walewar zulewum Tolewot-lalewa-chelewen, nilewicht?«

»Du bist fürchterlich«, erwiderte Paul, »und ich habe große Lust, dich bei deiner Mutter zu verpetzen.«

»Dann könntest du nur leider nicht mehr mit deiner heroischen Tat glänzen, alter Junge«, grinste Bobby zufrieden.

Wie Bobbys Freund vorhergesagt hatte, waren die örtlichen Polizeibeamten nicht in der Lage festzustellen, ob es sich bei dem Kästchen tatsächlich um eine Höllenmaschine handelte oder nicht. Bis zur Klärung dieses entscheidenden Sachverhalts wurden zwei menschliche Bulldoggen von Scotland Yard abkommandiert, die Captain Chadlington mit ihrem Leben beschützen sollten. Rasch wurde im Flur vor der Tür des Captains für einen dieser tatkräftigen Kerle ein Feldbett aufgestellt, während der andere die ganze Nacht lang bis an die Zähne bewaffnet durch das Haus und den Garten patrouillieren sollte.

»Schätzchen«, sagte die Herzogin zu Bobby, als sie nach diesem aufreibenden Tag die Treppe zu ihren Schlafzimmern hinaufstiegen, »hast du den stattlichen Mann gesehen, der direkt vor meinem Zimmer schläft? Ich weiß nicht, was deine Mutter sich dabei gedacht hat, ich bin schließlich auch nur aus Fleisch und Blut.«

»Um Gottes Willen, bitte vergiss nicht, dass du jetzt wieder eine Herzogin bist«, ermahnte Bobby seine Tante, gab ihr einen Gutenachtkuss und verabschiedete sich.

13

Die beiden Kinder von Captain und Lady Brenda Chadlington schlossen Paul sofort ins Herz, und obwohl er zunächst vollkommen entsetzt gewesen war, dass sie Christopher Robin und Wendy hießen, entschied er sich nach einem oder zwei Tagen, über diese Affektiertheit hinwegzusehen, schließlich konnten die beiden nichts dafür. Er nannte sie George und Mabel (ihre wahren Namen wollten ihm nicht über die Lippen kommen) und hatte sie bald sehr gern.

»Die armen Dinger haben sich diese Namen ja nicht ausgesucht«, meinte er zu Bobby, »und wenn ich ihnen zu ein wenig Selbstachtung verhelfen kann, will ich das gerne tun. Es ist tragisch, Kinder in einer solchen Atmosphäre intellektueller Verlogenheit aufwachsen zu sehen. George und Mabel können einem wirklich leidtun.«

»Wie meinst du das?«, fragte Bobby und gähnte. Er war gelangweilt und beleidigt, weil Héloïse einen Tagesausflug mit Squibby machte.

»Ihre Eltern«, fuhr Paul fort, »behandeln sie in jeder Hinsicht wie ausgemachte Trottel. Es ist wirklich schockierend. Sie haben mir erzählt«, fügte er angewidert hinzu, »dass sie ihr Haus in Sussex das ›Waldhäuschen‹ nennen. Also wirklich! Ich nenne es ihnen gegenüber immer nur die ›Zedernvilla‹. Meine Güte, ›Waldhäuschen‹, das ist ja schon fast so gut wie ›Mulberrie Farm‹. Wer denkt sich bloß solche Namen aus?«

»Ja, natürlich ist Brenda die Affektiertheit in Person, aber ihre Erziehungsmethoden scheinen mir ganz in Ordnung zu sein. Die beiden sind überhaupt nicht verwöhnt oder ungezogen.«

»Das vielleicht nicht. Aber ich sehe doch, dass dieses heuchlerische Getue ihren armen kleinen Verstand zugrunde richtet.«

»Damit meinst du vermutlich die Tatsache, dass sie ihre Gebete aufsagen müssen und ihre Eltern nicht nackt sehen dürfen?«, sagte Bobby und zündete sich eine Zigarette an. »Bei diesen Dingen bin ich persönlich auch eher altmodisch.«

»Es ist nicht zu fassen, wie sie behandelt werden. Nicht nur, dass ihr Hirn durch den ständigen Kontakt mit fantasieloser und genau genommen unmoralischer Kinderliteratur verdorben wird – Barrie, A. A. Milne, Kenneth Grahame, Kipling und so weiter –, nein, sie werden auch in jeder anderen Hinsicht massiv unterdrückt. In einem Alter, in dem sie sich dem Leben öffnen sollten, um neue Erfahrungen zu machen und alle Formen von Wahrheit und Schönheit schätzen zu lernen, werden sie fortwährend erniedrigt und ausgebremst. Jeder kleinste Instinkt wird bekämpft, sobald er hervorkommt. Wie sollen sie sich da entwickeln? Du hast doch gesehen, was dem armen George am Weihnachtsmorgen passiert ist!«

»Ich habe es nicht gesehen und das ist auch gut so«, sagte Bobby, der sich schon fragte, wann Héloïse wohl von ihrem Ausflug zurückkommen würde.

»Das arme Kind, diese Reaktion war doch ganz natürlich! Wie es scheint, hatte er zum ersten Mal in seinem verkorksten kleinen Leben die Gelegenheit, so viel Schokolade zu essen, wie er wollte. Dieser Vorfall spricht von skrupelloser Grausamkeit.«

»Von skrupelloser Gefräßigkeit, würde ich eher sagen. Das gierige kleine Ferkel.«

»Und Mabel wird den lieben langen Tag von Pontius zu Pilatus gehetzt, es ist wirklich tragisch. ›Hast du dir die Hände gewaschen, Wendy? Hast du dir die Zähne geputzt?

Zieh die Straßenschuhe aus. Mach mit deiner Strickarbeit weiter. Warum hast du dir nicht die Haare gekämmt? Zieh den Mantel an. Geh spazieren.‹ Und all das, wie du vielleicht gemerkt hast, zu einem Kind von nachdenklichem Charakter, einer künftigen Philosophin vermutlich. Wie soll sich ihr Wesen da richtig entfalten? Jedes Mal, wenn sie in Ruhe über ein schwieriges Problem oder eine neue Erfahrung nachdenken will, lässt man sie irgendeine langweilige und dumme Pflicht erledigen. Mabel tut mir entsetzlich leid.«

»Wendy ist die bequemste Göre, die ich kenne. Wenn man sie in Ruhe lassen würde, würde sie keinen Finger krumm machen. Sie ist nichts als eine Faulenzerin.«

»Da bin ich ganz anderer Meinung, Bobby. Das Kind ist mit seinen Gedanken und Empfindungen seinen Altersgenossen weit voraus, und das ist natürlich sehr anstrengend. Mabel braucht Zeit und Ruhe, um die Eindrücke aus ihrer Umwelt zu verarbeiten. Eine weitere traurige Sache ist, dass ihr Gefühlsleben stark gefährdet ist.«

»Was meinst du damit?«

»Das arme Kind hat eine ausgeprägte Vaterfixierung, ist dir das nicht aufgefallen? Es ist ganz eindeutig.«

»Ach, Unsinn, Paul. Wie kommst du auf so eine verrückte Idee?«

»Unsinn, meinst du wirklich? Mein lieber Bobby, achte doch mal darauf, wie sie ihn in allem nachahmt – sie sitzt, geht, isst und spricht genau wie er. Wenn das so weitergeht, wird sie in ein oder zwei Jahren sein vollkommenes Ebenbild sein, und das ist immer ein Zeichen krankhafter Zuneigung.«

»Ach, wie überraschend. Ich nehme an, mit Vererbung kann das nichts zu tun haben?«, fragte Bobby sarkastisch.

»Oh, nein, nicht das Geringste. Heutzutage glaubt doch niemand mehr an Vererbung. Nein, das liegt alles an der krankhaften Leidenschaft, die sie für ihren Vater empfindet, unterbewusst natürlich. Sehr gefährlich.«

»Tja«, meinte Bobby, »du musst es ja wissen. Und hier ist auch schon eines der lieben kleinen Engelchen.«

»Mr Fisher«, sagte Christopher Robin, der den Kopf zur Tür des Schulzimmers hereingesteckt hatte, »bitte, kommen Sie mit uns? Mutter sagt, wir müssen vor dem Lunch einmal bis zum Ende der Einfahrt und zurück laufen.«

»Müssen, müssen, immer dieses Wort ›müssen‹«, seufzte Paul. »So ungesund, so erdrückend. Ja, ich komme gerne mit euch nach draußen, George. Wo ist denn Mabel?«

»Sie sucht in der *Times* nach Totgeburten«, sagte Christopher Robin. »Ich hole sie – oh, da kommt sie ja schon.« Wendy Chadlington las jeden Tag die Geburtsanzeigen in der *Times* und trug die Anzahl der Totgeburten in ein kleines rotes Notizbuch ein. Dieses düstere Hobby schien ihr großes Vergnügen zu bereiten. »Fündig geworden?«, fragte Christopher Robin beiläufig.

»Heute nicht. Aber einmal Drillinge. Für die habe ich eine Extraseite, und gestern gab es zwei Totgeburten. Man darf nicht zu viel erwarten, weißt du.«

»Also, George und Mabel«, sagte Paul. »Seid ihr fertig? Dann gehen wir los. Wir haben nicht mehr allzu viel Zeit vor dem Lunch.«

Wendy und Christopher Robin sahen sich an und kicherten. Sie hatten sich noch nicht an ihre neuen Namen gewöhnt, und auch wenn sie Paul nett und unterhaltsam fanden, war er doch zweifellos ein wenig verrückt.

Sorgsam verstaute Paul einen Band von Lady Marias Tagebuch hinter dem Heizkörper, eine eigentlich unnötige Vorsichtsmaßnahme, da Lady Bobbin, zu deren Täuschung sie gedacht war, nie auch nur in die Nähe des Schulzimmers kam.

»Welche Geschichte erzählen Sie uns heute?«, fragte Wendy, als sie losgingen.

»Bitte, Mr Fisher, erzählen Sie uns eine Geschichte über Tiere.«

»Eine wahre Geschichte über Tiere, bitte, Mr Fisher.«

Die »Geschichte« des vorherigen Tages, ein Sermon über den Lebenszyklus von Aalen, hatte keine große Begeisterung hervorgerufen, und die Kinder meinten, eine wahre Geschichte wäre bestimmt besser als dieser Blödsinn, den Paul ganz klar erfunden hatte.

»Hm, ich muss mal überlegen«, sagte Paul. »Ich kenne nicht so viele Tiergeschichten. Was für ein Tier soll es denn sein?«

»Das ist egal. *Bitte*, Mr Fisher. Gestern haben Sie uns so eine schöne Geschichte erzählt«, sagte Christopher Robin aufmunternd.

»Aber mir fällt wirklich nichts ein«, sagte Paul, der mit seinem Latein am Ende war. »Es sei denn, ihr wollt die Geschichte hören, die ich neulich in *Country Life* gelesen habe. Die ist angeblich wahr.«

»Was ist *Country Life*?«

»Eine Zeitschrift, die eure Tante Gloria abonniert hat.«

»*Ich* weiß das«, sagte Wendy blasiert und fügte in einem unüberhörbaren Flüstern hinzu: »Christopher Robin kann nämlich nicht lesen, deshalb interessiert er sich natürlich nicht für Zeitschriften.«

»Du Schaf«, sagte Christopher Robin. »Ich kann sehr wohl lesen. Und außerdem, *du* –«

Paul hatte schon genügend Zankereien wie diese erlebt und sagte schnell: »Gut, dann erzähle ich euch die Geschichte, wenn ihr still seid. Ein Mann ging über einen Bauernhof –«

»Ein Bauer?«, fragte Wendy. »Oder ein Arbeiter?«

»Wenn ihr mich unterbrecht, erzähle ich nicht weiter. Der

Mann, der diese Geschichte an *Country Life* geschickt hat – ich weiß nicht, wer das war – ging über einen Bauernhof, als ihm plötzlich zwei Ratten über den Weg liefen. Er warf einen Stock nach der ersten Ratte und schlug sie damit tot. Aber zu seiner großen Überraschung lief die zweite Ratte nicht weg, sondern blieb wie erstarrt stehen, als würde sie auf etwas warten. Das kam dem Mann so komisch vor, dass er näher heranging, und da sah er, dass die Ratte stockblind war und einen Strohhalm im Maul hielt. Sie war nämlich von der Ratte, die er getötet hatte, an diesem Strohhalm geführt worden, müsst ihr wissen, und die arme blinde Ratte dachte, die andere hätte nur kurz angehalten, um etwas zu trinken oder so, und jetzt wartete sie geduldig darauf, dass es weiterging.«

»Und?«, fragte Wendy nach einer Pause.

»Das ist das Ende der Geschichte.«

»Aber was hat der Mann mit der blinden Ratte gemacht?«

»Das weiß ich nicht. Das stand nicht in *Country Life*.«

»Er hätte sie als Haustier behalten sollen«, sagte Christopher Robin, »und sie am Strohhalm durch die Gegend führen.«

»Ich hätte auch gerne eine süße kleine blinde Ratte«, sagte Wendy und fügte nachdenklich hinzu: »Manchmal wünschte ich mir, ich wäre blind, dann müsste ich nicht sehen, was ich nach dem Zähneputzen ausspucke.«

»Ich weiß was«, sagte Christopher Robin. »Wir spielen, dass du eine blinde Ratte bist, Wendy. Du machst die Augen zu und nimmst den Strohhalm hier in den Mund, und dann nehme ich das andere Ende in meinen und führe dich daran herum.«

An diesem Abend sagte Lady Brenda zu Paul: »Es ist wirklich freundlich von Ihnen, dass Sie mit meinen Kleinen spazieren gehen, dabei ist das bestimmt schrecklich langweilig für Sie, aber – bitte verzeihen Sie, dass ich das sage – meinen Sie nicht, dieses Spiel mit dem Strohhalm, das Sie ihnen beigebracht haben, ist ein klein wenig unhygienisch? Wenn man den Strohhalm sterilisieren würde, hätte ich selbstverständlich nichts dagegen, aber wissen Sie, man weiß ja nie, wo diese Dinger herkommen, und ich habe immer solche Angst vor Tuberkulose. Deshalb habe ich den Kindern das Spiel strengstens verboten. Ich hoffe, Sie sind deswegen nicht böse, es ist so nett von Ihnen, dass Sie sich um die Kinder kümmern.« Und mit einem vagen Lächeln entschwand sie wieder.

Héloïse Potts führte Squibby Almanack an der Nase herum. Eigentlich ging es ihr bei dem Ausflug nämlich nur darum, Bobby zu ärgern, und ihr war schon klar, dass Squibby sie zu Tode langweilen würde. Im schwarzen Rolls-Royce der Herzogin besuchten sie Bunch Tarradale, dessen Familiensitz Cracklesford Castle sich etwa dreißig Meilen entfernt in Warwickshire befand.

Bunch war hocherfreut, sie zu sehen, und verschwand augenblicklich mit Squibby ins Badezimmer im Untergeschoss, um den neuesten Klatsch mit ihm auszutauschen.

»Hast du schon von Biggy gehört?«, fragte Bunch mit einer gehörigen Portion Schadenfreude. »Er ist wieder verliebt.«

»Nicht schon wieder! Wer ist es diesmal?«

»Ein Mädchen namens Susan Alveston. Aber zum Glück hat sie ihn abblitzen lassen. Sie ist angeblich sehr hässlich und dumm und außerdem erst sechzehn.«

»Biggy liebt das junge Gemüse, was? Woher weißt du, dass sie hässlich und dumm ist?«

»Er hat mir einen Brief geschrieben. Darin stand: ›Man kann sie vielleicht nicht wunderschön nennen, aber ihr Gesicht ist sehr faszinierend und ausdrucksvoll.‹ Das heißt ja wohl, dass sie hässlich ist, und alle Sechzehnjährigen sind dumm. Zumindest alle, die ich kenne. Außerdem muss sie es sein, wenn sie Biggy abblitzen lässt.«

»Du scheinst zu glauben, dass alle Mädchen nur eines im Kopf haben, nämlich so schnell wie möglich einen Lord zu heiraten.«

»Ja, stimmt das denn nicht?«

»Also, ich habe noch Ideale«, erwiderte Squibby.

»Und hast du von Maydew gehört?«, fuhr Bunch fort. »Ich habe eine Postkarte von ihm bekommen, auf der er schreibt, dass alles sehr zu seiner Zufriedenheit verläuft.«

»Ich auch. Balham muss ein Erfolg gewesen sein. Wie vernünftig Maydew ist, dass er sich so gar nicht von Gefühlen bremsen lässt. Es muss wunderbar sein, ein solches Wesen zu haben.« Er seufzte tief. »Na ja, ich bin jedenfalls sehr froh, was den armen alten Biggy angeht, aber er sollte unbedingt vorsichtiger sein. Sonst wird einer seiner Anträge eines Tages angenommen, und das würde ihn bestimmt sehr ärgern.«

»Und uns auch. Meinst du, meine Mutter hat das nervige Geschwätz deiner Cousine jetzt lange genug ertragen? Sollen wir sie erlösen?«

»Einen Moment noch. Ich wollte dich noch etwas anderes fragen. Was höre ich da für einen Unsinn von einer Quintett-Gesellschaft?«

»Ah! Dir hat Biggy also auch davon geschrieben? Ich finde das an sich keine schlechte Idee, ich fürchte nur, wenn Biggy beteiligt ist, wird die Sache ein Reinfall. Aber wir werden wohl trotzdem mitmachen müssen, was?«

»Ich denke schon. Wir müssen den armen alten Jungen ja unterstützen, obwohl ich ehrlich gesagt glaube, dass es für ihn eine Zeit- und für uns eine Geldverschwendung sein wird. Typisch Biggy, oder? Immer heckt er solche unpraktischen Pläne aus. Als gäbe es nicht schon genug gute Konzerte. Außerdem hasse ich es, Musik in einem Salon zu hören. Ständig muss man den Leuten in die Augen sehen.«

»Er hat gesagt, wir dürfen die Schuhe ausziehen.«

»Das mache ich sowieso.«

Aber als sie wieder nach oben gingen, murmelte Squibby mürrisch: »Na ja, es stimmt schon, eigentlich ist die Idee nicht schlecht.« So sehr die Freunde sich auch mochten, besaßen sie doch alle eine gewisse Galligkeit, die sie ab und zu ein wenig gehässig werden ließ, ohne dass sie es wirklich böse meinten; ähnlich wie Geschwister gaben sie sich bei den Vorhaben der anderen immer erst einmal skeptisch.

Auf dem Nachhauseweg machte Miss Héloïse Potts sich die Dunkelheit und Kälte zunutze und kuschelte sich sehr eng an den armen Squibby, der von dieser Nähe und von den Küssen, die alsbald auf seinen Lippen landeten, so überwältigt war, dass er ihr auf der Stelle einen Heiratsantrag machte.

»Nein, danke, mein Lieber«, erwiderte Héloïse. »Ich bin noch nicht alt genug, um zu heiraten. Und wenn ich erwachsen bin, werde ich entweder Herzogin wie Mummy oder Freudenmädchen wie Amabelle. Dazwischen gibt es für mich nichts. Allerdings«, fügte sie munter hinzu, »laufen nicht sehr viele heiratsfähige Herzöge herum, es sieht also fast danach aus –«

14

Meine liebe Evelyn,

wie süß von dir, mir solche wunderschönen Manschettenknöpfe zu schenken – auch wenn sich das wirklich nicht gehört! Zumindest vermute ich, dass du sie mir geschickt hast? Bei Cartier haben sie dummerweise vergessen, eine Karte beizulegen, aber ich kenne sonst niemanden, der auf so eine göttliche Idee kommen würde. Ich kann dir gar nicht sagen, wie sehr ich diese Manschettenknöpfe liebe. Ich sehe sie den ganzen Tag an und denke an dich – du bist ein Engel, und ich habe ein ganz schlechtes Gewissen, dass ich dir nicht einmal eine Weihnachtskarte geschickt habe! Aber ich habe nicht vergessen, wann du Geburtstag hast, meine liebe Evelyn. Mein Weihnachtsfest war fantastisch. Ich hoffe, deines auch. Amabelle hat mir eine Armbanduhr geschenkt (aus Platin und mit Diamanten besetzt), und Tante Loudie St Neots zwei goldene Haarbürsten, ziemlich schickimicki, aber trotzdem sehr hübsch, außerdem habe ich Geldgeschenke von insgesamt sechzig Pfund bekommen. Aber mit Abstand das beste Geschenk sind deine edlen Manschettenknöpfe. Ich hoffe, wir sehen uns bald. Gegen Ende der Ferien bin ich vielleicht ein paar Tage in London, da könnten wir uns doch zum Lunch treffen oder so? Und komm auf jeden Fall nächstes Halbjahr mal in Eton vorbei, ja?
Nochmals vielen Dank für die wunderbare Überraschung.

Alles Liebe,
Dein Bobby

Bobby faltete diesen Brief, steckte ihn in einen Umschlag, adressierte ihn und legte ihn auf einen Stapel von ungefähr sechs weiteren mit identischem Wortlaut.

»Nenn mir noch ein paar Leute, an die ich schreiben kann«, bat er Paul, der ins Tagebuch vertieft war.

»Was für Leute denn?«, fragte Paul abwesend.

»Leute, die auf so einen Brief hereinfallen und ordentlich was springen lassen.« Er las Paul den Brief vor.

»Das ist eine gute Idee«, sagte Paul. »Ich wünschte, ich wäre dreist genug für so etwas.«

»Aber jetzt fällt mir niemand mehr ein. Weißt du, es muss jemand sein, der reich ist und gerne Geschenke verteilt. Ich mache mir ja nicht diese ganze Mühe, wenn dann nur eine Neujahrskarte dabei herausspringt.«

»Ich bekomme nie etwas zu Weihnachten«, klagte Paul. »Und wenn mir doch mal jemand etwas schenkt, kommt seine Mutter und schmeißt es ins Schürloch. Es ist nicht auszuhalten – *Das Geschlechtsleben der Wilden in Nordmelanesien* hatte ich mir schon lange gewünscht.«

»Du kannst *Halali! Die schönsten Lieder von der munteren Jagd* haben, alter Junge. Hier ist es, falls du es möchtest. Ich frage mich immer noch, wie diese Verwechslung passieren konnte. Glaubst du, die gute Héloïse hat etwas damit zu tun?«

»Genau das vermute ich. Dem Himmel sei Dank, dass diese Quasselstrippe jetzt weg ist. Sie geht mir auf die Nerven mit ihrem Gekreische und ihrem ewigen ille-wille.«

Es war Neujahr, und die ganze Festgesellschaft war am Morgen ausgegangen. Nur Lord Lewes lungerte noch im Haus herum, bleich und einsam, und bereitete sich darauf vor, seiner Cousine Philadelphia baldmöglichst seine Adelskrone, seine Ländereien und sich selbst zu Füßen zu legen.

»Mag sein, dass sie eine Quasselstrippe ist«, sagte Bobby

beleidigt, »aber du kannst nicht leugnen, dass sie von überirdischer Schönheit ist.«

»Das kann ich sehr wohl.«

»Und in vielen, vielen Jahren werde ich sie vielleicht einmal heiraten«, fuhr Bobby fort, ohne von Pauls Erwiderung Notiz zu nehmen. »Wir sind nämlich verlobt, wenn du es genau wissen willst, aber natürlich heimlich.«

»Sie wird verheiratet sein und Kinder haben, bevor du aus den Windeln bist, mein Lieber.«

»Oh, ich werde natürlich nicht ihr erster Ehemann. Und weißt du, je mehr ich darüber nachdenke, vielleicht heirate ich doch lieber Tante Loudie. Die ist eigentlich viel eher mein Fall, und jetzt, wo es gesetzlich erlaubt ist, denke ich ernsthaft darüber nach.«

»Deine Mutter hat ausdrücklich gesagt, dass Tanten nicht erlaubt sind. Nur Onkel, das hat sie zumindest behauptet.«

»Ach, Mutter! Die denkt sich doch die Regeln so aus, wie sie ihr in den Kram passen. Ich wette, sie hat meine heimliche Leidenschaft für Tante Loudie erahnt und glaubt, sie kann die Sache im Keim ersticken. Aber wenn das eine erlaubt ist, muss das andere auch erlaubt sein. Wo steckt eigentlich Delphie?«

»Ich glaube, sie ist mit Michael weggegangen – wahrscheinlich machen sie einen Spaziergang.«

»Na, das ist prima. Hervorragend. Das gefällt mir.«

»Das gefällt dir? Darf ich fragen, warum?«

»Selbstverständlich gefällt es mir, wenn Delphie mit Michael unterwegs ist. Ich bin dabei, ihre Hochzeit einzufädeln.«

»Tatsächlich? Ich dachte, er liebt Amabelle?«

»Liebe«, sagte Bobby aufgeblasen, »hat mit einer ehelichen Verbindung so gut wie nichts zu tun. Wir Bobbins heiraten nicht, wir schließen Ehebündnisse, und für ein erfolgreiches

Bündnis braucht man nichts als gegenseitigen Respekt. Zugegeben, Michael ist ein sentimentaler Kerl, und er bildet sich gerne ein, dass sein Herz auf ewig gebrochen ist, ich vermute, das gibt ihm einen Kick. Aber das muss ihn ja nicht davon abhalten, zu heiraten und eine Familie zu gründen. Natürlich *liebt* er Delphie nicht, ich persönlich kann mir auch nicht vorstellen, dass irgendjemand das könnte, aber sie wäre die ideale Frau für ihn, gesund, aus guter Familie, ausreichend gebildet für diese Position und so weiter. Genau das, wonach er suchen dürfte.«

»Du Mistkerl«, sagte Paul.

»Was ist denn jetzt los?«

»Tja, weißt du, ich bin zufälligerweise selbst in sie verliebt.«

»Oh nein! Ehrlich? Wie aufregend. Ich wünschte, ich würde verstehen, was ihr alle in ihr seht. Aber das passt perfekt. Ich hoffe, dass Michael es bemerkt hat, das dürfte ihn ordentlich anstacheln. Ein bisschen Konkurrenz. Ich muss ihm mal einen dezenten Hinweis geben.«

»Jetzt sei doch wenigstens einmal ernst, Bobby.«

»Das bin ich, ich meine es todernst.«

»Ich möchte sie heiraten.«

»Du willst sie heiraten? Armer alter Junge, ich fürchte, das ist nicht drin. Egal, was passiert, Delphie muss eine gute Partie machen. Das machen wir Bobbins immer. Nicht, dass ich dich nicht gern als Schwager hätte, wenn die Dinge ein kleines bisschen anders liegen würden, aber – du verstehst?«

»Du bist ein materialistisches kleines Biest, Bobby«, sagte Paul geknickt, aber ohne Groll.

»Ja, nicht wahr? Das zahlt sich nun mal aus. Es tut mir ernsthaft leid, wenn du wegen dieser Sache niedergeschlagen bist, mein Lieber. Ich habe dich sehr gern, ob du es mir glaubst oder nicht. So, jetzt schicke ich die Briefe ab – hoffentlich bringen sie mir ordentlich was ein –, und dann könnten wir zu Amabelle reiten, einverstanden? Es ist schon spät, aber wir sagen einfach, dass wir auf dem Rückweg Halt gemacht haben, um eine Runde Squash zu spielen.«

In diesem Moment schlenderte Philadelphia ins Zimmer und fragte die beiden, was sie vorhatten.

»Wo steckt denn Michael?«, fragte Bobby zurück.

»Ich habe keine Ahnung. Ach ja, wollte er nicht mit Mummy das alte Hügelgrab ansehen, das er ausgraben will?«

»Warum bist du nicht mitgegangen?«

»Das ist doch bestimmt langweilig.«

»Hügelgräber«, sagte Bobby ernst, »sind ganz und gar nicht langweilig, darauf kannst du Gift nehmen. Es wäre gut, wenn du mehr Interesse für solche Dinge zeigen würdest. Du läufst ja durchs Leben wie eine Schlafwandlerin.«

»Und was macht ihr? Kann ich nicht mit euch kommen?«

»Wir reiten nur nach Woodford zum Squashspielen.«

»Ich komme mit und sehe euch zu.«

»Na gut, meinetwegen«, seufzte Bobby genervt. »Aber ich warne dich, es gibt nicht viel zu sehen. Die Squashpartien und die Ausritte sind nämlich nur ein Vorwand. In Wirklichkeit besuchen wir Amabelle Fortescue in Mulberrie Farm.«

»Oh, wie aufregend. Ich habe gehört, wie Mutter mit Tante Loudie über sie geredet hat, und danach hat sie mir verboten, mich Mulberrie Farm auch nur zu nähern.«

»Na, dann komm mit«, sagte Paul. »Amabelle möchte dich unbedingt kennenlernen, und das ist eine ausgezeichnete Gelegenheit.«

Auf dem Weg zu den Ställen zog Bobby Paul beiseite und sagte: »Jetzt müssen wir versuchen, ihr das Hügelgrab schmackhaft zu machen. Gemeinsame Interessen sind der Grundpfeiler einer glücklichen Ehe.«

»Du Mistkerl«, sagte Paul noch einmal.

Als sie nach Mulberrie Farm kamen, fanden sie die Bewohner in verschiedenen Ecken des Salons vor, wo sie in einem Zustand todesähnlicher Erschöpfung vor sich hindämmerten.

»Ihr Lieben, wir sind heute sehr angeschlagen«, sagte Amabelle, »aber es ist immer schön, euch zu sehen, und ich freue mich, dass du endlich deine Schwester mitgebracht hast, Bobby, mein Herzchen.« Sie hatte sich auf einem Knole-Sofa zusammengerollt und schien fast nicht in der Lage, die Augen offenzuhalten. Ihre Stimme war nur ein Flüstern, ihr Gesicht eine graue Maske, auf der das Rouge grell leuchtete. Ihre Wimpern, die sie immer dunkelblau tuschte, waren heute nicht dunkler als die Schatten unter ihren Augen. Selbst der taktvolle Bobby konnte kaum verbergen, welchen Schrecken ihr Anblick ihm einjagte. Sally und Jerome lagen auf anderen Sofas, die verquollenen Gesichter halb in den Kissen verborgen. Walter war nirgends zu sehen.

»Was um Himmels willen ist denn mit euch los?«, fragte Bobby, nachdem er die Szenerie einige Minuten lang stumm betrachtet hatte. Dann sagte er vorwurfsvoll: »Jetzt weiß ich es, ihr habt ein Saufgelage veranstaltet.«

Amabelle, die wieder eingenickt war, schreckte hoch und sagte: »Das stimmt, wie hast du das erraten? Wir sind erst heute früh um halb neun ins Bett gegangen, wenn du es genau wissen willst, und dort wären wir auch immer noch, wenn wir nicht Sallys vollkommen idiotischer Theorie gefolgt wären, nach der man sich angeblich besser fühlt, wenn man zum Tee aufsteht. Also, ich merke noch nichts davon. Im Gegenteil, es geht mir schlechter denn je.«

»Was in aller Welt habt ihr gemacht, dass ihr bis halb neun aufgeblieben seid, und warum habt ihr mich zu dem Ball nicht mitgenommen?«

»Wir waren auf der Neujahrsparty in der Albert Hall. Sally hat das gestern Abend beim Dinner vorgeschlagen, und dann haben wir uns in Schale geworfen und sind mit dem Auto nach London geflitzt. Oh, hätten wir das doch bloß nicht getan!«

»Wie gemein!«, rief Bobby, und ihm stiegen tatsächlich die Tränen in die Augen. Es machte ihn immer richtig traurig, wenn er eine Party verpasste. Er war wütend und gekränkt.

Amabelle spürte das sofort, schließlich kannte sie ihren kleinen Bobby. »Herzchen, du machst dir ja keine Vorstellung, wie gern wir dich dabeigehabt hätten«, sagte sie schnell. »Aber ich konnte dich nicht mitnehmen, zu deinem eigenen Besten. Denk daran, es ist das Risiko nicht wert, am Ast zu sägen, auf dem man sitzt: Du solltest dich mit deiner Mummy gut stellen, besonders, wenn du nicht nach Sandhurst geschickt werden willst, hm? Also guck nicht so traurig, mein Schätzchen.«

»Ja, wahrscheinlich hast du recht. Andererseits hätte sie bestimmt nichts davon gemerkt, aber gut, jetzt ist es sowieso zu spät. War es schön?«

»Oh ja«, sagte Sally, setzte sich mit großer Mühe auf und puderte sich die Nase. »Einfach großartig. Ich habe mit einem Kohlekumpel aus Lancashire angebandelt, der mit dem Sozialfonds seiner Gemeinde durchgebrannt ist und das Geld in London auf den Kopf gehauen hat. Ein sehr witziger Kerl, er hat gesagt, weibliche Krocketspieler nennt man Kroketten – solche Sachen. Köstlich. Und er hat gesagt: ›Jetzt weiß ich wieder, wo wir uns schon einmal getroffen haben, in der Villa von Lady Alistair Grayson in Antibes‹, worauf ich meinte: ›Das kann nicht sein, die alte Schachtel kenne ich gar nicht‹, und da hat er gesagt: ›Ich natürlich auch nicht. Aber ich lese immer in der Zeitung von ihren Partys.‹ Der Mann war wirklich schwer in Ordnung. Wir haben herrlich geflirtet. Mit wem Walter angebandelt hat, weiß allerdings niemand, er war nämlich plötzlich verschwunden, als die Party noch in vollem Gange war, und ist bis jetzt noch nicht wieder aufgetaucht. Er muss sich prächtig amüsiert haben.«

Sally erhob sich schwankend und torkelte die Treppe hinauf.

»Die arme Sally«, sagte Amabelle. »Sie hält sich so tapfer in solchen Situationen. Bewundernswert. Es ist wirklich dreist, dass Walter sie nicht einmal anruft. Er muss doch wissen, dass sie sich Sorgen macht.«

»Da ist dein Stallbursche«, sagte Bobby, der sich nicht gerne mit den Problemen anderer Menschen beschäftigte und ans Fenster geschlendert war. »Er galoppiert auf Pauls Pferd Runde um Runde über das Feld. Ein großartiger Mann. Fielden, unser Stallmeister, hat Mutter erzählt, ich hätte noch nie so viel Interesse am Reiten gehabt und die Pferde so viel bewegt wie in diesen Ferien. Das alte Mädchen führt das natürlich alles auf Pauls guten Einfluss zurück. Erzähl uns noch was von der Party, zu der du mich so nett eingeladen hattest.«

»Es war eine Party wie jede andere. Unangenehm und langweilig und aus unerfindlichen Gründen trotzdem ein Riesenspaß. Engländer sind ja nicht besonders oft in Feierlaune. Und dann auch noch in der Albert Hall, mit ihrem Flair von Sonntagnachmittagskonzerten, das ist in der Tat erstaunlich.«

»Wer war denn da?«

»Alle Welt. Die unanständige Herzogin zum Beispiel.«

»Mit Héloïse?«

»Die habe ich nicht gesehen, aber vielleicht war sie nur gut verkleidet. Jane und Albert waren da, frisch zurückgekehrt aus Paris.«

»Tatsächlich?«, fragte Paul interessiert. »Wie geht es ihnen? Sind sie glücklich?«

»Kreuzunglücklich, nehme ich an. Aber was haben sie erwartet? Eines ist sicher, diese Ehe war eine dumme Idee.«

»Oje«, sagte Paul trübsinnig, »das ist ja ganz schön ernüchternd. Diejenigen meiner Freunde, die wegen des Geldes geheiratet haben, sind unglücklich, und bei denen, die es aus Liebe getan haben, ist es noch viel schlimmer. Ich frage mich, was der richtige Grund ist, um zu heiraten?«

»Das Problem ist«, sagte Amabelle mit einem Blick auf Philadelphia, die sie überraschend hübsch fand, »dass die Leute anscheinend die Erwartung haben, glücklich zu werden. Ich habe keine Ahnung, warum, aber so ist es. Bevor sie heiraten, sind sie unglücklich, und sie gehen davon aus, dass der Grund für ihr Unglück verschwindet, sobald sie verheiratet sind. Wenn das nicht eintritt, geben sie ihrer besseren Hälfte die Schuld, was natürlich vollkommen absurd ist. Ich glaube, damit fängt der ganze Ärger an.«

»Wahrscheinlich hast du recht«, seufzte Paul.

»Wie dem auch sei«, fuhr Amabelle fort, »je älter ich werde, desto mehr bin ich überzeugt, dass es fatal ist, aus Liebe zu heiraten. Im Gegenteil, in jemanden verliebt zu sein, ist meiner Meinung nach ein sehr guter Grund, diese Person nicht zu heiraten. Es macht einen nur unglücklich. Sieh dir Sally an. Sobald Walter auch nur für eine halbe Stunde das Haus verlässt, hat sie Angst, er könnte vom Bus überfahren werden, und wie sehr sie in einer Situation wie heute leiden muss, mag man sich gar nicht vorstellen. Wenn sie ihn aber nicht lieben würde, dann würde sie sich jetzt zwar genauso grässlich fühlen wie ich, aber sie wäre nicht obendrein auch noch furchtbar unglücklich, und unter normalen Umständen könnte sie in Frieden ihr Leben genießen. Bobby, was meinst du dazu?«

Bobby sagte zu Paul: »Siehst du, genau was ich dir auch gesagt habe«, und antwortete dann Amabelle: »Ich meine immer noch, dass es gemein von dir war, mich gestern nicht mitzunehmen. Darüber werde ich nie hinwegkommen. Was die Ehe angeht, habe ich mir fest vorgenommen, dich zu heiraten, Darling, wenn ich ein bisschen älter bin und mich ausgetobt habe. Und dann ziehen wir irgendwohin, wo es heiß ist, einverstanden? Wir adoptieren vier Kinder und leben glücklich und zufrieden.«

»Du bist ein Dummkopf, Bobby. Ich bin sehr froh, dass du endlich deine hübsche Schwester mitgebracht hast«, sagte Amabelle. Philadelphia wurde rot. Sie war es nicht gewohnt, dass jemand sie schön fand. »Sie muss bald wiederkommen, wenn wir nicht alle so müde und niedergeschlagen sind. Wo steckt eigentlich Michael? Noch in Compton Bobbin?«

»Oh ja«, sagte Bobby. »Ich glaube, er läuft herum und sucht ein Hügelgrab zum Ausbuddeln.«

»Meine Güte! Wie langweilig.«

»Nein, nein, das ist überhaupt nicht langweilig. Hügelgräber auszugraben ist eine faszinierende Tätigkeit.«

»Kommt da ein Auto?«, fragte Amabelle matt. Es wurde schon dunkel, und draußen leuchteten Scheinwerfer auf.

»Ja. Ein großer Daimler, und darin sitzt Walter. Haha, das ist lustig, der alte Junge ist immer noch verkleidet.«

Im Matrosenkostüm vom Vorabend betrat ein kleinlauter Walter den Salon und borgte sich Geld von Jerome, um den gemieteten Wagen zu bezahlen. Als das erledigt war, kam er wieder herein, zündete sich eine Zigarette an und fragte übertrieben beiläufig: »Mit Sally alles in Ordnung?«

»Ich denke schon. Wahrscheinlich schläft sie noch. Hast du dich gut amüsiert?«

»Nein, überhaupt nicht. Warum seid ihr einfach ohne mich weggegangen?« Und damit stürzte Walter wieder aus dem Zimmer.

»Der große Zampano«, sagte Amabelle. »Er plustert sich ja

ganz schön auf. Na ja, wenigstens wissen wir jetzt Bescheid. Wie viel hast du ihm geliehen, Jerome?«

»Einen Fünfer«, sagte Jerome, der sich inzwischen aufgesetzt hatte und in der *Times* las.

»Ich gebe dir das Geld. Vermutlich war es nicht besonders nett, dass wir ohne ihn losgefahren sind. Aber mal ehrlich, halb sieben, und seit Mitternacht hatte ihn keiner mehr gesehen.«

»Es gibt Züge«, sagte Jerome, der sich seine eigenen Gedanken machte, »und Busse.«

»In diesem Aufzug? Ich glaube nicht.«

»Er hatte einen Mantel. Ihm muss doch klar sein, dass er es sich nicht leisten kann, einen Daimler zu mieten. Das wäre wenigstens ehrlich gewesen.«

»So etwas würde Walter nie tun. Wie läuft's mit dem Tagebuch, Paul?«

»Großartig. Ich lese gerade den ersten Band. Heute Morgen bin ich bis zu der Stelle gekommen, wo sie schreibt: ›Die liebe Mama hat mir netterweise erlaubt, mit Sir Josiah Bobbin ein wenig ins Gebüsch zu gehen, und dort hat er mir eröffnet, dass es ihn sehr glücklich machen würde, wenn ich seine Frau würde. Mein armes Herz klopfte, und mit einiger Erregung erwiderte ich, die Entscheidung über meine Zukunft liege bei meiner lieben Mama und meinem guten Papa; daraufhin erklärte er mir zu meiner unermesslichen Freude, dass er um ihre Erlaubnis schon nachgesucht und sie auch erhalten habe. Daraufhin kehrten wir in den Salon zurück, wo die liebe Mama, der gute Papa und alle meine lieben Geschwister mich umarmten und auch die arme Tante Agatha, und alle wünschten mir Glück. Es war ein so berührender Moment, dass ich im Überschwang freudiger Gefühle der Ohnmacht nahe war.‹ Ist das nicht fantastisch?«, sagte Paul begeistert. »Die Beschreibung ihrer Hochzeit ist ebenso herrlich. Ich kann die Stelle nicht auswendig, aber ich bringe sie bei Gelegenheit mit. Amabelle, ich glaube, nach dieser Lektüre werde ich etwas ungewöhnlich Gutes schreiben können, und das verdanke ich natürlich nur dir und Bobby.«

»Keine Ursache, alter Junge«, sagte Bobby. »Erwähn mich einfach in der Widmung. ›Für meinen Freund Sir Roderick Bobbin, Baronet, Urenkel von Lady Maria, ohne dessen Hilfe, Zuspruch und beständige Anteilnahme ich dieses Buch kaum hätte schreiben können.‹ So etwas in der Art.«

Paul schwieg. Er beabsichtigte, die Biographie jemand anderem zu widmen: Philadelphia Bobbin.

15

Kurz nach Neujahr verschwand die Maul- und Klauenseuche aus den Viehställen Gloucestershires, und bei den Bobbins konnte man die Jagd wieder aufnehmen. Lady Bobbin erschien gestiefelt und gespornt zum Frühstück, verdrückte riesige Mengen Fleisch und ward dann nicht mehr gesehen bis zum Tee, bei dem sie Philadelphia, Paul und Michael lautstark und ausführlich von ihren Erlebnissen berichtete. Dabei beklagte sie sich bitterlich über die jungen Damen, die ihrer Schilderung zufolge zur Jagd in voller Abendgarderobe und mit der einzigen Absicht erschienen waren, ihre männlichen Freunde von dieser ernst zu nehmenden Angelegenheit abzulenken.

»Maisie Critchley ist in einer rosa Bluse und mit einem weißen Satinhalstuch aufgetaucht – ich weiß, es ist kaum zu glauben –, geschminkt wie ein Püppchen und mit einem Bowlerhut, unter dem ihr die struppigen Haare in alle Richtungen abstanden. Vollkommen abscheulich. Ich verstehe nicht, warum sie überhaupt aufs Pferd steigt, sie ist vollkommen unfähig zu reiten und plappert die ganze Zeit nur mit dem jungen Walters. Der ist natürlich so sehr damit beschäftigt, ihr Pferd festzuhalten, während sie sich schminkt, dass er zu gar nichts kommt. Was ist heutzutage bloß mit den jungen Leuten los? Zum Glück muss mein armer Vater das nicht mehr erleben, das kann ich euch sagen. Diese Zustände hätten ihm das Herz gebrochen.«

In der Hoffnung, einen Blick auf ein paar herausgeputzte Sirenen werfen zu können, kam auch Paul ein- oder zweimal zum Sammelplatz, aber die Damen, jung wie alt, hatten starre, wettergegerbte und mit keinerlei künstlichen Hilfsmitteln verschönerte Gesichter und erschienen ihm alle gleichermaßen reizlos. Er konnte nur vermuten, dass Lady Bobbin im Rausch der Jagd Satinhalstücher und hübsch geschminkte Gesichter halluziniert hatte.

Bobby, der gegen seinen Willen zugeben musste, dass er Spaß an der Jagd hatte, begleitete seine Mutter für gewöhnlich und war deshalb tagsüber die meiste Zeit nicht da. Philadelphia dagegen weigerte sich, auf ein Pferd zu steigen, seit in ihrer Kindheit ihr Pony bei der Jagd auf Jungfüchse beim Sprung über eine Steinmauer gestürzt war und sie sich fast sämtliche Knochen gebrochen hatte. Sie und Paul verbrachten die Zeit entweder in Mulberrie Farm, denn sowohl Sally als auch Amabelle hatten Philadelphia ins Herz geschlossen, oder am Hügelgrab, wo Michael, unterstützt von vier Arbeitslosen aus dem Dorf, mit seinen Ausgrabungen beschäftigt war.

»Dieses Buch, das Sie mir geliehen haben«, sagte Philadelphia eines Morgens, als sie mit Paul zum Hügelgrab spazierte, »das habe ich gestern Abend im Bett zu Ende gelesen. Es war sehr traurig.«

Vollkommen hingerissen starrte Paul sie an.

»Meinen Sie das ernst?«, fragte er ungläubig.

»Ja, natürlich. Es war schrecklich – am Schluss habe ich sogar geweint.«

»Wirklich, Philadelphia?«

»Ja. Finden Sie es denn nicht traurig?«

»Doch! Aber niemand sonst empfindet das so. Niemand hat es verstanden, die Kritiker haben alle geglaubt, es soll komisch sein.«

»Wie können sie das denken? Das ist doch absurd. Es ist so schrecklich und gleichzeitig so wunderbar geschrieben. Der arme Leander Belmont, wissen Sie noch, wie glücklich er in Oxford war? Und wie traurig er dann ist, als er beim Pfandleiher arbeitet. Solche jungen Männer gibt es bestimmt auch in Wirklichkeit. Ich bin sicher, dass viele an der Universität glücklich sind und später nie wieder.«

»Allerdings«, sagte Paul begeistert, »Sie haben absolut recht. Bei mir war es auch so. Ich glaube, ich werde nie wieder so glücklich sein, wie ich es in Oxford war.«

»Für Mädchen ist es natürlich anders. Meine Kindheit war grässlich, ich war nichts als ein Häufchen Elend. Ich habe mir so gewünscht, endlich erwachsen zu sein!«

»Und ist es jetzt, wo Sie erwachsen sind, besser?«

»Bisher nicht. Vor ungefähr drei Jahren war ich zu meiner ersten Ballsaison in London, und ich habe diese Partys gehasst. Ich konnte die Leute dort nicht leiden und sie mich auch nicht. Seitdem habe ich hier vor mich hingelebt, ohne Beschäftigung und ohne Freunde, und war sogar noch trauriger als früher. Aber ich habe immer daran geglaubt, dass es irgendwo auf der Welt nette Menschen gibt, mit denen ich mich gut verstehen würde, und jetzt weiß ich, dass ich recht hatte.« Sie schwieg einen Moment und sagte dann: »Jetzt, wo Sie und Sally und Amabelle und Michael in mein Leben getreten sind, bin ich sehr glücklich. Ich weiß gar nicht, was ich machen soll, wenn Sie alle wieder weg sind.« Ihre Augen füllten sich mit Tränen.

Paul ärgerte sich ein wenig, dass ihre Aufzählung herausragender Menschen auch Michael einschloss.

»Ich verrate Ihnen ein Geheimnis«, sagte er.

»Ja? Was denn?«

»*Kuriose Kapriolen* habe ich geschrieben.«

»Sie? Wie aufregend, Paul! Jetzt kenne ich endlich einen echten Schriftsteller. Wie klug Sie sein müssen, so klug wie Michael wahrscheinlich oder sogar noch klüger. Das Buch ist toll. Aber ich verstehe nicht, warum Sie es unter einem anderen Namen veröffentlicht haben. Wenn ich so etwas Wunderbares geschrieben hätte, sollten alle wissen, dass es von mir ist.«

»Mein echter Name«, sagte Paul, »ist tatsächlich Fotheringay. Fisher war der Name meiner Mutter.« Dann erzählte er ihr, warum er nach Compton Bobbin gekommen war. »Und ich danke Gott, dass ich hier bin«, fügte er mit einem Blick in ihr hübsches Gesicht hinzu.

Nach dieser Unterhaltung sah Philadelphia Paul in einem neuen Licht. Sie hatte schon vorher das Gefühl gehabt, sie könnte sich in ihn verlieben, jetzt wusste sie, dass es geschehen war. Ein Schriftsteller, der inkognito unterwegs ist, ist nun mal eine sehr viel heldenhaftere Gestalt als ein Hauslehrer.

Als sie zum Grabhügel kamen, stand Michael mit hochgekrempelten Hemdärmeln in einem etwa fünf Fuß tiefen Loch, das die Arbeiter gegraben hatten, und kratzte in der Erde herum.

»Wir können jeden Moment auf den Schatz stoßen«, rief er heiser vor Aufregung. »Jeden Moment können wir hier die verbrannten Knochen des großen Wikingers und seiner Frauen finden, menschliche Überreste, umgeben von großartigen Speeren und Schilden und glänzendem Goldschmuck, bemalten Tonscherben und Juwelenhalsbändern.«

Mitgerissen von seinem Enthusiasmus sprangen Paul und Philadelphia in die Grube und begannen ebenfalls fieberhaft zu graben.

»Vorsicht!«, rief Michael entsetzt. »Die Erde muss sorgfältig gesiebt werden. Das solltet ihr lieber mir überlassen. Ihr könnt von da oben zusehen.«

Da es aber am Rand der Grube im schneidenden Ostwind schnell kühl wurde, gingen Paul und Philadelphia bald wieder nach Hause.

Als sie am Nachmittag von einem Besuch in Mulberrie Farm zurückkehrten, begrüßte Michael sie mit aufgeregtem Rufen: »Kommt schnell, das müsst ihr euch ansehen! Ich habe ihn gefunden! Ich habe den Wikinger gefunden und all seinen Schmuck, bemalte Tonscherben, goldene Brustpanzer –«

»Wo – wo denn?«

»Auf dem Billardtisch.«

Sie eilten ins Billardzimmer, wo sie auf ausgebreitetem Zeitungspapier einen Haufen erdverkrusteter Objekte vorfanden. Ein Stückchen Knochen, eine etwa sechs Quadratzentimeter große Scherbe, die aussah wie von einem zerbrochenen Blumentopf, mehrere unscheinbare Metallreste und ein winziger goldener Draht. Hierbei handelte es sich um das bedeutende Skelett, die Tonscherben, den Speer und die Schilde sowie die Juwelenhalsbänder, die aufzufinden Michael weder Kosten noch Mühen gescheut hatte. Denn so groß ist die archäologische Vorstellungskraft, dass Michael, der aus diesen Bruchstücken natürlich rekonstruieren konnte, von welchen Objekten sie (vielleicht) ursprünglich stammten, die Fundstücke als interessanten und sehr wertvollen Gewinn für die Wissenschaft betrachtete. Und als das ehrwürdige British Museum, dem er den Schatz zuschickte, diesen gnädig annahm, kannte seine Dankbarkeit keine Grenzen. (Das Knochenstück jedoch stammte, wie sich bei der Prüfung durch einen Experten herausstellte, nicht von einem Wikinger, sondern von einem Schwein.)

16

Das Querfeldein-Rennen der South-Cotswold-Jagd fand auf Major Stanworths Feldern statt. Amabelle richtete zur Feier des Tages eine Lunchparty aus, zu der die Monteaths, Major Stanworth, sein kleiner Sohn Adolphus und Paul erschienen. Bobby, der natürlich auch eingeladen war, musste zu seinem großen Verdruss der Pflicht gehorchen und seinen Lunch gemeinsam mit den anderen Gutsbesitzern in einem großen, feuchten und stinkenden Zelt an der Rennstrecke einnehmen. Ohne sein fröhliches Geplauder war die Stimmung am Tisch der Mulberrie Farm äußerst gedrückt. Sally versuchte erst gar nicht, ihre Verzweiflung zu verbergen, und weinte in einem fort. Der Grund für diese Gefühlsaufwallung war die Tatsache, dass Major Stanworth Walter ein Pferd für das Rennen geliehen hatte, obwohl Sally alles getan hatte, um dies zu verhindern. Niemand wollte ihr in ihrem unübersehbaren Kummer mit einer fröhlichen Bemerkung zu nahe treten, und auch wenn ihr die Tränen nur still und leise über die Wangen liefen und nicht in ungehemmtem Schwall hervorsprudelten, hatten sie doch einen sehr deprimierenden Effekt auf die allgemeine Gemütslage. Major Stanworth, ein liebenswürdiger und nicht unsensibler Mensch, merkte sehr wohl, dass die arme Sally ihn für einen niederträchtigen Mörder der finstersten Sorte hielt, und startete klägliche Versuche, die sture Niobe zu beruhigen.

»Wirklich, Mrs Monteath«, sagte er nervös, »ich versichere Ihnen, Sie brauchen sich keine Sorgen zu machen. Old Foxtall hat noch nie im Leben einen Fuß danebengesetzt. Bitte glauben Sie mir. Er ist vielleicht nicht der Schnellste, aber es gibt im ganzen Land kein Pferd, auf dem man so gefahrlos reiten kann. Ihnen ist doch sicherlich klar, dass ich Walter niemals auf eines meiner Pferde setzen würde, wenn ich nicht wüsste, dass ihm nichts passieren kann – nicht wahr, Mrs Fortescue?«

»Selbstverständlich, mein Lieber«, sagte Amabelle und sah ihn zärtlich an, »aber für meine arme Sally ist es trotzdem schrecklich, und wir anderen singen auch nicht unbedingt Ihr Loblied, denn jetzt müssen wir bei diesem scheußlichen Ostwind nach draußen, um uns Walters Ritt auf Leben und Tod anzusehen, während wir anderenfalls mit einem Glas Kirschlikör am Kamin gesessen und uns einfach vorgestellt hätten, wir wären beim Rennen. Übrigens, Walter, mein Lieber, bevor ich es vergesse, ich habe vor, fünf Shilling auf dich zu setzen. Nicht dass ich auch nur ansatzweise damit rechne, etwas zu gewinnen, aber um der alten Zeiten willen.«

»Platz und Sieg oder nur auf Sieg?«, fragte Walter mit Kennermiene. »Sally, wenn du nicht langsam aufhörst zu weinen, reiche ich die Scheidung ein – ich wünschte, du hättest dich in solchen Situationen ein bisschen besser unter Kontrolle, denk doch mal an die Frauen von Sparta.« Dann wandte er sich wieder an Amabelle: »Das hat entscheidenden Einfluss auf meine Taktik vor dem letzten Hindernis. Wenn du auf Sieg wettest, fühle ich mich eventuell verpflichtet, ein wenig zu drängeln und zu schubsen, ansonsten würde ich auf Nummer sicher gehen und einen bequemen dritten Platz ansteuern. Also, überleg es dir und sag mir Bescheid, ja?«

»Ach, komm, alter Junge«, sagte Paul. »Es darf ruhig ein dreckiges Rennen werden. Du musst vor allem zusehen, dass du Captain Chadlington ausbremst. Er reitet ein Pferd namens Strammer Unionist, ein Nachkomme von Schluckspecht aus der Rechtsaußen, und wenn er gewinnt, überlebe ich das nicht.«

»Oh, er ist also wieder da?«

»Ja, er ist gestern Abend extra für das Jagdrennen zurückgekommen.«

»Was gibt's Neues von der Höllenmaschine?«

»Sie hat Eindruck gemacht. Er wird die Sache im Parlament zur Sprache bringen.«

»Ich glaube, wir müssen jetzt los«, sagte Amabelle, »obwohl ich mir bei diesem Wetter kaum etwas Unangenehmeres vorstellen kann. Hört doch nur, wie der Wind im Kamin heult – igitt! Komm, Sally, meine arme Kleine, ich leihe dir einen Pelzmantel und ein schönes, großes Taschentuch, und vielleicht binden wir uns Wärmflaschen vor den Bauch, was hältst du davon? Dann sehen wir auch hübsch schwanger aus.« Damit führte sie die weinende Sally aus dem Zimmer.

»Du bist bald blau, alter Junge«, bemerkte Paul, als Walter sich ungewöhnlich großzügig das Glas füllte.

»Das ist ja der Sinn der Sache«, erwiderte Walter. »Ich habe Todesangst«, fügte er leise hinzu, als Major Stanworth das Zimmer verlassen hatte. »Ich habe mich in meinem ganzen Leben noch nie so gefürchtet. Aber wenn man besoffen ist, tut alles nicht so weh. Ich habe einmal einen Betrunkenen fast zehn Meter tief fallen sehen, und er ist auch noch auf Steinpflaster gelandet, aber er hat sich überhaupt nichts getan. Na komm, auf geht's.«

Als sie aus dem Haus traten, sagte er: »Sind alle bereit für meinen spektakulären Tod? Kopf hoch, Sally, Darling, denk an die Frauen im alten Rom. Außerdem bist du hübsch genug, um noch einige Ehemänner zu ergattern, obwohl ich natürlich bezweifle, dass du noch mal etwas in meiner Güteklasse findest. Haben wir im Auto genug Kirschlikör?«

Der Parcours für das Jagdrennen befand sich auf der Windseite eines Hügels, und die Kälte, die Amabelle und ihren

Freunden bei der Ankunft in die Knochen kroch, war schlimmer als alles, was man sich vorstellen kann, wenn man noch nie die Freuden eines englischen Winters auf dem Lande erlebt hat. Walter, inzwischen reichlich betrunken, stieg aus dem Auto und marschierte im Reitmantel mit Major Stanworth, Paul und Bobby herum. Er begutachtete den Wassergraben, diskutierte mit Major Stanworths Stallburschen und tat in jeder Hinsicht sehr professionell. Amabelle und Sally kuschelten sich im Rolls-Royce gegen die Kälte aneinander, hielten unzählige Wärmflaschen umklammert und weigerten sich auszusteigen, bevor Walters Rennen begann. Es war das dritte Rennen des Tages. Schon beim ersten ereigneten sich viele Unfälle, und Sally blickte noch bedrückter als zuvor dem Krankenwagen hinterher, der sich mit seiner stöhnenden Fracht von der Rennstrecke entfernte. Ein letzter Rest Stolz hielt sie jedoch davon ab, noch weitere Szenen zu machen, und als es für Walter Zeit war, aufs Pferd zu steigen, begab sie sich mit vergleichsweise heiterer Miene zur Koppel. Da Amabelle sich nach wie vor standhaft weigerte, das Auto zu verlassen, nahm Paul Sally unter seine Fittiche. Er zeigte ihr Captain Chadlington, dessen normalerweise rotes Gesicht vor Kälte lila angelaufen war, was ganz und gar nicht mit seiner schwarzen Rennkleidung, seiner kirschroten Kappe und den altgoldenen Ärmeln harmonierte. Nicht weit entfernt stand Lady Brenda in teurem Tweed und mit einem Jagdstock aus braunem Leder in der Hand. Sie plauderte mit Freunden, und es schien Sally, dass sie der drohenden Gefahr für ihren Mann mit unnatürlicher Ruhe entgegensah.

»Wenn du möchtest, kannst du auf die Koppel gehen, Sally«, sagte Bobby, der sich in Begleitung einer hübschen, kleinen, dünnbeinigen jungen Dame mit einem gepunkteten Schal befand.

»Oh, das traue ich mich nicht«, sagte Sally zitternd. »Deine

Mutter sieht heute viel zu furchteinflößend aus. Und außerdem ist auch noch Lady Prague da.«

Schließlich war der schreckliche Moment gekommen, und das Publikum am Rand der Koppel trat zurück, um Platz für die Pferde zu machen, die mit viel Kopfgeschüttel und Trensengeklimper in Richtung Start trabten. Sally erhaschte einen letzten Blick auf Walter, der in unkontrolliertem Galopp das Feld anführte, während er mit dem linken Fuß wie wild in der Luft nach dem Steigbügel angelte, dann verschwanden die Reiter über die Hügelkuppe.

»So«, sagte Paul und nahm mit väterlicher Geste Sallys Arm, »wohin möchtest du? Sollen wir uns das Rennen vom Zielpfosten aus ansehen oder möchtest du lieber an einem der Hindernisse stehen?«

»An welcher Stelle wird er denn voraussichtlich sterben?«, fragte Sally mit klappernden Zähnen. Sie hatte sich inzwischen vollkommen in ihr Schicksal gefügt und betrachtete sich schon als Witwe, aber sie wollte doch gerne zugegen sein, um Walter die Augen schließen und gegebenenfalls seine letzten Worte hören zu können.

»Sally, mein Liebe, jetzt sei nicht albern. Walter ist in Oxford schon viele Rennen geritten, das weiß ich genau«, log Paul, »und er hat nie auch nur einen Kratzer abbekommen. Ich verspreche dir, dass ihm nichts passiert – mach dir keine Sorgen. Komm, wir gehen zum letzten Hindernis, ja? Giles Stanworth meint, von dort können wir den größten Teil der Rennstrecke und das Ziel sehen.«

»Wie du möchtest«, sagte Sally tonlos. Sie begann zu überlegen, welchen ihrer männlichen Bekannten sie sich durchringen könnte zu heiraten, wenn Walter sterben sollte.

In diesem Moment lief ein Raunen über die Rennstrecke, jemand im Publikum sagte: »Sie sind los«, und aus der Ferne ertönte das Donnern der Hufe.

»Na bitte«, sagte Paul triumphierend. »Was habe ich dir gesagt? Sie sind alle über das erste Hindernis. Walter ist unter den ersten dreien, kannst du es sehen? Möchtest du das Fernglas haben?«

»Nein, danke«, winkte Sally ab. »Damit sehe ich immer nur Himmel.«

»Ich glaube, Walter gewinnt. Sie sind schon über das zweite Hindernis, und er liegt immer noch in Führung. Ist das nicht großartig? Kopf hoch, Sally, bald ist es vorbei. Jetzt geht es hinten um den Hügel, da sind sie ein, zwei Minuten außer Sicht.«

Hinter sich in der Menge hörten sie eine Stimme raunen: »Hier, Fotograf – ich bin Sir Roderick Bobbin, und da drüben mit dem beigen Hut ist meine Cousine Lady Brenda Chadlington. Wenn Sie uns fotografieren, werden Sie vermutlich befördert.« Und einen Moment später: »Oh, sieh nur, Brenda, wir sind fotografiert worden! Nein, natürlich nenne ich dem Fotografen unsere Namen nicht, wenn du das nicht möchtest.«

»Da kommen sie«, sagte Paul aufgeregt. »Walter liegt immer noch vorn, ist das nicht aufregend? Über den Wassergraben, das ist das vorletzte Hindernis – und hopp – da kommen sie – na los, Walter – los, alter Junge –«

Die Pferde donnerten auf sie zu. Walter hatte einen komfortablen Vorsprung. Sie näherten sich dem letzten Hindernis, das Pferd sprang, und dann verlor Walter aus irgendeinem Grund das Gleichgewicht und fiel wie ein Stein zu Boden. In rascher Folge landeten sechs Pferde in seinem Kreuz und liefen weiter.

»Seht ihr«, sagte Walter am Abend, als sie sich zu einer Partie Bridge an den Tisch setzten, »das ist der große Vorteil, sich vor dem Jagdrennen volllaufen zu lassen. Nüchtern hätte ich das nicht überlebt, aber so tut mir nur das linke Knie ein bisschen weh, ansonsten geht es mir blendend.«

»Die Sache ist nur die«, wandte Amabelle ein, »wenn du einen Hauch weniger betrunken gewesen wärst, hättest du das Rennen locker gewonnen, statt so achtlos meine fünf Shilling in den Sand zu setzen.«

»Jedenfalls habe ich es niemandem der Anwesenden zu verdanken, dass ich heute nicht Witwe geworden bin«, bemerkte Sally kühl. Dem guten Major Stanworth, der inzwischen fast jeden Abend in Mulberrie Farm war und der diese Äußerung nicht ganz zu Unrecht auf sich bezog, wurde ziemlich unbehaglich zumute.

17

In Philadelphia Bobbins Leben schienen sich viel zu viele Dinge gleichzeitig zu ereignen. Sie hatte kaum Zeit, einen neuen Eindruck zu verarbeiten, bevor schon der nächste auf sie einstürmte, jeder noch seltsamer, unwahrscheinlicher und überwältigender als der vorhergehende. Insgeheim grollte sie dem Schicksal, das so viele aufregende Ereignisse in nur drei Wochen ihres sonst so eintönigen Lebens gezwängt hatte. Wie viel schöner wäre es gewesen, wenn diese Ereignisse sich über die Monate und Jahre der Langeweile, die sie bislang in Compton Bobbin hatte ertragen müssen, verteilt hätten. So aber hatte sie sich innerhalb von nur drei Wochen verliebt, einen Heiratsantrag bekommen, sich unversehens in Gesellschaft der merkwürdigen und faszinierenden Amabelle wiedergefunden und sich voll leidenschaftlicher Begeisterung mit Sally Monteath angefreundet – ihrer neuen »besten Freundin«, eine Bezeichnung, aus der Mädchen ihres Alters normalerweise schon herausgewachsen waren.

Jedes einzelne dieser Ereignisse hätte normalerweise dafür gesorgt, dass Philadelphia monatelang glücklich und beschäftigt gewesen wäre, da sie aber so geballt auftraten, erschienen sie ihr vollkommen unwirklich, als wäre das alles nur ein Theaterstück in einem Traum, in dem sie die Hauptrolle spielte.

Philadelphia war einundzwanzig. Bisher hatte sie das eintönige, geistlose Leben vieler Mädchen ihres Alters geführt: unterrichtet von einer Gouvernante (aus einem Grund, der ihr selbst nicht ganz klar war, hielt Lady Bobbin nichts von Mädchenschulen), mit derselben Gouvernante für ein halbes

Jahr nach Paris und Florenz geschickt und anschließend als Debütantin in die Londoner Gesellschaft eingeführt. Für diese erste Saison hatte ihre Mutter ein Haus am Eaton Place gemietet und Philadelphia fast jeden Abend zu Bällen in der Pont Street, am Chesham Place, in Cadogan Gardens, Queen's Gate und manchmal auch Hyde Park Gardens oder am Sussex Square begleitet. Außerdem hatte sie selbst einen Ball für Philadelphia gegeben und zu diesem Anlass, da das Haus am Eaton Place zu klein war, eine große, dreckige Villa am Belgrave Square gemietet.

All diese Veranstaltungen waren vollkommen identisch gewesen und zu einem einzigen, langen Ball ineinandergeflossen. Verlegen und unglücklich hatte Philadelphia in einem Kleid aus bedrucktem Chiffon, rosa Taft oder weißem, glitzerndem Georgette gesteckt, die Haare zu stark gelockt, die Nase zu stark gepudert und das Korsett viel zu eng geschnürt (ihr wunderschöner, runder Körper machte ihr fortwährend Sorgen), und so war sie Lady Bobbin oder einer anderen Anstandsdame eine völlig überfüllte Treppe hinauf in einen erdrückend heißen und lauten Ballsaal gefolgt. Hier sollte sie sich den jungen Männern, die mit ihr tanzten, von ihrer liebenswürdigsten Seite zeigen, damit diese bei vergleichbaren Zusammentreffen an den folgenden Abenden geneigt waren, das Ganze zu wiederholen. Sie merkte schnell, dass es nicht empfehlenswert war, zwischen den Tanzrunden schweigend in der Ecke zu sitzen – was sie am liebsten getan hätte –, da sie auf diese Weise als Mauerblümchen abgestempelt werden würde, und dieses Schicksal erschien ihr noch peinlicher und langweiliger als ihre meist vergeblichen Versuche, das Interesse der belanglosen Herren um sie herum zu wecken. Doch trotz all ihrer Bemühungen entkam sie dem befürchteten Schicksal nicht. Sie hatte in London keinen Erfolg; es gelang Lady Bobbin nicht, Philadelphias Schönheit so zur Geltung zu bringen, dass sie die Erben von Cadogan Place damit beeindruckt hätte, und auch ihr beständiges und teilnahmsloses Schweigen, das Paul und Michael später so faszinierend finden sollten, kam hier nicht gut an. So sehr Philadelphia es auch hasste, als offensichtliche Versagerin neben ihrer Mutter oder einer Freundin am Rand der Tanzfläche zu sitzen, sie war kaum glücklicher, wenn sie neben irgendeinem fremden Mann auf der Hintertreppe hockte oder am Esstisch saß. Nur das Tanzen gefiel ihr, und sie war eine großartige Tänzerin.

Wenn die Abende schon insgesamt recht deprimierend waren, so waren die Tage noch viel schrecklicher, denn ihre Mutter zwang sie, zu den Lunchpartys der anderen jungen Damen zu gehen. »Du musst ein paar nette Mädchen kennenlernen, und wenn wir schon in London sind, möchte ich, dass du alle Einladungen annimmst. Wir müssen auch nie wiederkommen.« Und so stand Philadelphia fast jeden Tag um halb zwei in bedrucktem Crêpe de Chine vor einer Haustür in der Pont Street, am Chesham Place, in Cadogan Gardens, Queen's Gate, Hyde Park Gardens oder am Sussex Square und drückte auf die Türklingel mit dem Schild »Besucher«. Dann ließ sie sich in einen leeren, L-förmigen Salon mit Wandschmuck aus der lange vergangenen Zeit der Holz-und-Landkarten-Mode führen, der immerhin etwas aufgepeppt worden war, indem man den einfachen grünen Papierkorb mit einem nostalgischen Druck beklebt und unter einem Plissee-Lampenschirm einige Lalique-Objekte platziert hatte.

»Ich melde Miss Joan (oder Lady Felicity), dass Sie hier sind, Miss.« Philadelphia gehörte nämlich dank ihrer langjährigen Schulung zu jenen unglücklichen Menschen, die immer ein wenig zu früh eintrafen.

Und schon erschien Lady Joan (oder Miss Felicity), gefolgt von mehreren hübsch ausstaffierten Mädchen in bedrucktem Crêpe de Chine, und dann setzten sich alle zusammen an den

Tisch und aßen Pastete mit Tomatensauce, Koteletts mit einer Papiermanschette um den Knochen, harte kleine Erbsen und neue Kartoffeln und danach ein hellrosa Gelee, das in kleinen Gläsern und mit einem winzigen Sahnetupfer auf jeder Portion serviert wurde.

Die Unterhaltung lief in etwa so ab:

»Zu welchem Ball gehst du heute als Erstes?«

»Wahrscheinlich zu den Campbell-Parkers, denn dort bin ich mit Archie verabredet, ich habe ihn für den fünften und sechsten Tanz eingetragen. Außerdem ist es bei Lady Millicent Freke-Williams anfangs bestimmt fürchterlich voll.«

»Angeblich kommen dreißig Dinnergesellschaften.«

»Ich weiß. Aber später wird es bestimmt ein großer Spaß. Wohin gehst du?«

»Tja, ich bin zum Dinner bei Freke-Williams, deshalb muss ich wohl erst einmal dableiben. War es gestern Abend schön? Ich hätte so gerne eine Einladung gehabt.«

»Ja, es war herrlich, aber es ist etwas Schreckliches passiert. Teddy hatte mich um Nummer vier gebeten, und ich hatte Ja gesagt, aber dann ist Claud gekommen und hat mich gefragt, ob er die drei oder vier haben kann, weil er danach wegmuss. Den dritten hatte ich schon Johnny versprochen, und den lasse ich nie sitzen. Deshalb habe ich gesagt: ›Gut, Nummer vier. Aber wir treffen uns unten am Büfett, damit ich Teddy nicht in die Arme laufe.‹ Als der vierte Tanz anfing, stand ich da und habe eine Ewigkeit gewartet, aber Claud ist nicht aufgetaucht, und dann hat Angela gesagt, dass er gerade mit Rosemary weggegangen ist, und da bin ich natürlich nach oben gerast, aber Teddy hatte sich schon Leila für den Tanz geschnappt, und dann, stell dir vor, musste ich den blöden kleinen Jamie Trent-Pomeroy nehmen. Es war mir so peinlich, mit ihm gesehen zu werden. Aber ist das nicht gemein von Claud –«

Währenddessen saß Philadelphia in eisigem Schweigen da, ebenso gelangweilt wie langweilig, und nachdem sie gegangen war, sagte Lady Joan oder Miss Felicity zu ihren Freundinnen: »Ist sie nicht schrecklich? Mummy hat mich gezwungen, sie einzuladen.«

Philadelphias erste Ballsaison in London erwies sich also in jeder Hinsicht als Reinfall, und zu ihrer großen Erleichterung gab es danach keine weitere. Lady Bobbin war von ihren zahlreichen Aktivitäten auf dem Land viel zu sehr in Anspruch genommen, um diese mehr als einmal für eine Tochter im Stich zu lassen, die ein solches Opfer weder würdigte noch belohnte. Sie war der Meinung, dass sie ihre Pflicht und Schuldigkeit für das Kind getan hatte und sich nun auf ihren Lorbeeren ausruhen konnte.

Philadelphia selbst hatte nicht das geringste Bedürfnis, diese spezielle Erfahrung zu wiederholen, aber trotzdem war sie in Compton Bobbin todunglücklich. Sie hatte keinerlei Beschäftigung oder Interessen, die Tage schleppten sich dahin, einer langweiliger als der nächste, und sie begann zu glauben, dass sie niemals die Menschen finden würde – von deren Existenz sie übrigens fest überzeugt war –, die besser zu ihr passten als jene, die sie als Debütantin kennengelernt hatte. Sie wünschte sich nichts sehnlicher als wenigstens eine verwandte Seele, die sie nicht für langweilig, dumm und zu schweigsam halten würde.

Und so war es kaum überraschend, dass sie mit ungläubigem Staunen reagierte, als Amabelle sie als Schönheit pries, Sally sie als Freundin ins Vertrauen zog, Paul sie als intellektuell ebenbürtig behandelte und Michael ihr einen Heiratsantrag machte, denn diese Menschen waren nicht nur weitaus intelligenter und interessanter als alle, die sie je zuvor getroffen hatte, sondern sogar noch aufregender als die Freunde, die sie sich in ihren Tagträumen ausgemalt hatte.

Die Aufmerksamkeit und Anerkennung, die Philadelphia jetzt erhielt, ließen sie von ganz allein gleich noch einmal so hübsch und anziehend wirken, und mit Sallys Hilfe eignete sie sich sogar einen gewissen Chic an.

»Du Glückliche, du hast ein Gesicht, aus dem man alles machen kann«, sagte Sally eines Tages, als sie sich in Elspeth Paulas Kinderzimmer unterhielten. »Wie ein weißes Blatt Papier, das nur darauf wartet, dass man darauf zeichnet – oder es besser gesagt ausmalt. Die Zeichnung ist schon da, du hast wunderschöne Gesichtszüge. Und dann noch von Natur aus platinblonde Haare, es ist unglaublich. In London wärst du eine Sensation.«

»Das war ich aber nicht, ich habe es ja probiert.«

»Natürlich nicht, mit all diesen fürchterlichen Debütantinnen. Ich meine, bei Leuten, die wahre Schönheit erkennen. Du musst uns mal in der Wohnung besuchen, wenn wir wieder in der Stadt sind. Wir können dir problemlos ein Bett im Badezimmer aufstellen, oder du wohnst bei Amabelle, und dann veranstalten wir ein paar Partys. Da kommt mir eine sehr gute Idee: Warum erzählst du nicht deiner Mutter, dass du Zeichenunterricht haben möchtest, und dann wohnst du bei uns zur Untermiete? Das wäre doch ein Riesenspaß.«

»Oh, Sally, du bist so unglaublich nett zu mir, aber weißt du, ich kann gar nicht zeichnen.«

»Das ist egal. Es ist ein erstklassiger Vorwand, um in London zu wohnen. Ich kann keinen einzigen geraden Strich malen, und ich war jahrelang an der Slade. Ich bin nämlich auch vom Land und musste da irgendwie wegkommen.«

»Mummy würde das nie erlauben.«

»Deine Mutter hat Bobby und dich ganz schön unter ihrer Fuchtel.«

»Ja, selbst Bobby hat Angst vor ihr, obwohl er das nie zugeben würde. Aber unser ganzes Geld kommt von ihr, und damit sitzt sie am längeren Hebel.«

»Natürlich, das verstehe ich.«

Um Philadelphia seinen Heiratsantrag zu machen, führte Michael sie auf einem Spaziergang zur Apollo-Statue. Wie alles, was Michael unternahm, war die Sache gründlich geplant, lange geprobt, höchst taktvoll ausgeführt und zutiefst fantasielos. Dennoch hätte Philadelphia sicherlich auf der Stelle Ja gesagt, wenn er nur drei Wochen früher in Compton Bobbin eingetroffen wäre, denn sie sehnte sich danach zu heiraten, um ihrem Zuhause, das sie als Gefängnis empfand, und ihrer Mutter, die sie verabscheute, zu entfliehen. Außerdem hatte sie unbewusst so viel von Bobbys ziemlich unverblümt zur Schau getragenem Snobismus verinnerlicht, dass sie sich durchaus vorstellen konnte, eine reiche Marquise zu werden. Und selbst jetzt wäre Michael wahrscheinlich noch erfolgreich gewesen, hätte er nur eine andere Herangehensweise gewählt; denn Philadelphias Gefühle für Paul waren zu diesem Zeitpunkt lange noch nicht so stark, dass sie die klaren Vorteile einer Heirat mit Michael überwogen hätten. Noch dazu mochte sie ihn sehr gut leiden.

Die beiden machten also einen langen Spaziergang, und er erzählte ihr in seiner gepflegten Diplomatensprache von seinem Leben in Ägypten und davor in Paris und von seinen Zukunftsplänen. Philadelphia, die alle Bildung und Kultur quasi blind verehrte, fand ihn außerordentlich charmant und war glücklich, endlich jemanden zu kennen, der beim Reden auf geradezu perfekte Weise – ganz beiläufig und niemals übertrieben – nette kleine Zitate von verschiedenen englischen Dichtern einflocht, die sie oft wiedererkannte, oder, wenn auch seltener, ein paar Worte Latein, Französisch oder Deutsch.

»Und deshalb«, sagte er, »verlasse ich jetzt den diplomatischen Dienst. Der Beruf war doch eine große Enttäuschung für mich, das muss ich zugeben.«

Da Philadelphias Vorstellung von der Arbeit eines Diplomaten sich ausschließlich aus den beliebten Werken Maurice Barings und Marion Crawfords speiste, erwiderte sie, ein solches Leben müsse doch eigentlich ungemein interessant sein.

»Theoretisch vielleicht«, sagte Michael, »denn theoretisch steht man täglich mit den wichtigsten, intelligentesten Menschen aller Nationen in Kontakt, und das wäre natürlich wunderbar. In der Realität aber beschränkt es sich auf höfliche Unterhaltungen mit älteren Damen mit Amethystbroschen, und das ist leider nicht ganz dasselbe. Nun, vermutlich hält jedes Leben so seine Amethystbroschen bereit. Dennoch möchte ich meines von jetzt an lieber wieder auf die englische Art verbringen, und deshalb werde ich mich in Lewes Park niederlassen, vielleicht mit einer Zweitwohnung in Westminster, von wo aus ich die Möglichkeit hätte, zu den Sitzungen im House of Lords zu gehen. Ich habe gehört, dass dort selbst heutzutage noch einiges an guter Arbeit geleistet wird, und natürlich ist es sehr wichtig, dass auch einige der jüngeren Adligen ihre Sitze einnehmen«, fügte er selbstgefällig hinzu.

Eine Weile gingen sie schweigend nebeneinanderher. Dann sagte Michael: »Hier ist die herrliche Apollo-Statue – ich hatte sie schon fast vergessen. Wie kultiviert, wie charmant, nicht wahr? Ich frage mich nur, warum Tante Gloria sie so fürchterlich zuwuchern lässt. Sie ist ein perfektes Beispiel französischer Bildhauerkunst des achtzehnten Jahrhunderts, und ich würde mich nicht wundern, wenn sich herausstellte, dass es sich um einen echten Bouchardon handelt. Wahrhaftig ein wundervoller Anblick.«

Es kostete ihn ein wenig Überwindung, den Blick von der Statue zu lösen und sich Philadelphia zuzuwenden, die bewundernd zu ihm aufsah.

»Ich möchte dich etwas fragen«, sagte er, »und bitte antworte mir nicht, bevor ich am Dienstag aus Lewes Park zurück bin. Ich vermute, du ahnst schon, worum es geht?«

»Nein«, sagte Philadelphia ehrlich.

»Ich möchte, dass du mich heiratest, meine Liebe.«

Philadelphia war starr vor Verwunderung. Das war die Gelegenheit für Michael. Hätte er ihr Erstaunen und ihre sichtbare Ergriffenheit ausgenutzt und ihr seine Liebe erklärt, so hätte Philadelphia, jung, hübsch und voller Sehnsucht, wahrscheinlich auf der Stelle Ja gesagt. Doch leider hatte er seinen Gefühlen zuvor bei der einzigen Frau freien Lauf gelassen, die man mit Liebesschwüren nur vergraulen konnte, und glaubte nun, diese Lektion ein für alle Mal gelernt zu haben. Frauen wollten offenbar nicht im Sturm erobert werden, sie brauchten Zeit zum Nachdenken, und Sentimentalität war ihnen eindeutig zuwider. Anstatt Philadelphia also ohne Umschweife in die Arme zu schließen, wie er es hätte tun sollen, sagte Michael kühl und ein wenig zaghaft: »Du musst mir jetzt noch nicht antworten. Denk in den nächsten Tagen in Ruhe darüber nach und gib mir eine Antwort, wenn ich zurückkomme. Ich bin sicher, du wirst feststellen, dass wir gut zusammenpassen, und ich würde natürlich alles tun, um dich glücklich zu machen.« Damit küsste er sie auf die Stirn, was sie sehr verlegen machte, und sie kehrten ins Haus zurück.

In der Eingangshalle verabschiedete Philadelphia sich von ihm und lief nach oben in ihr Zimmer. Sie war aufgeregt und verwirrt. Noch nie hatte ihr jemand einen Heiratsantrag gemacht, und zunächst beschäftigte es sie weniger, wie sie ihn beantworten würde, als vielmehr, was sie jetzt tun und wem sie die großartige Neuigkeit erzählen sollte. Während sie sich die Nase puderte, beschloss sie, dass es peinlich wäre, Michael vor seiner Abreise, die ja unmittelbar bevorstand, noch einmal zu sehen, und dass sie als Allererstes Sally davon berichten musste, und so schlich sie sich zur Hintertür hinaus, holte ihr kleines Auto aus der Garage und fuhr hinüber nach Mulberrie Farm.

Dort schob Sally gerade das Baby im Kinderwagen auf dem Kiesweg auf und ab. »Das kleine Monster hat den ganzen Nachmittag noch nicht geschlafen«, seufzte sie. »Nein, es hält sie nicht wach, wenn wir reden, im Gegenteil, sie schläft dann besser ein. Dein abscheulicher Bruder ist gerade da und verführt Walter dazu, Zeit und Geld beim Bridge zu verlieren. Das ist wirklich unverschämt! Walter hat immer noch nicht seinen wöchentlichen Artikel geschrieben, dabei hätte der spätestens mit der letzten Post rausgehen müssen. Ich wünschte, dieses Spiel wäre nie erfunden worden.«

»Wer ist denn der Vierte?«, fragte Philadelphia, denn sie wusste, dass außer an den Wochenenden, wenn Jerome aus London kam, die arme Sally dazu gezwungen wurde mitzuspielen.

»Giles Stanworth natürlich. Er ist inzwischen ständig hier, Tag und Nacht. Der arme Mann ist verrückt nach Amabelle, und jetzt verdient er sich seine Sporen, indem er Bridge lernt. Walter hat ihm schon einen Haufen Geld abgenommen.«

»Wie lustig. Major Stanworth kann ich mir gar nicht verliebt vorstellen.«

»Ach nein? Dann warte nur bis zum Tee, du wirst schon sehen, wie er sich aufführt. Es ist erbärmlich. Aber das Allerunglaublichste ist, dass Amabelle anscheinend ebenfalls für ihn schwärmt. Gestern Abend –« Sally hielt inne. Wenn es um gute Freundinnen ging, war sie sehr diskret, und sie beschloss, die Ereignisse des vergangenen Abends vorerst für sich zu behalten. »Ich sag's dir, das alte Mädchen wird noch zur Bauersfrau«, überspielte sie hastig ihren Ausrutscher. »Was gibt's Neues in Compton Bobbin?«

»Michael fährt nach dem Tee zurück nach Lewes.«

»Ach, tatsächlich? Na ja, kein großer Verlust. Ich glaube nicht, dass irgendjemand ihn vermissen wird – ich merke meist gar nicht, ob er überhaupt da ist, und du?«

»Nicht unbedingt«, sagte Philadelphia geknickt. Würde ihre Neuigkeit Sally überhaupt beeindrucken? Sie schwieg einen Moment, dann verkündete sie: »Bevor er losgefahren ist, hat er mir einen Heiratsantrag gemacht.«

»Delphie! Ist das wahr? Meine Liebe, das ist ja großartig! Wann werdet ihr es bekanntmachen? Oh, du Glückliche!«

»Na ja, ich habe nicht angenommen. Das heißt, ich habe ihm bisher noch keine Antwort gegeben. Ich soll darüber nachdenken, bis er zurückkommt.«

»Aber du sagst natürlich Ja, oder?«

»Ich glaube nicht. Ich liebe ihn nicht.«

»Delphie, mein Schatz, das darfst du nicht tun! Michael ist ein wunderbarer Mensch. Wir haben ihn alle wahnsinnig gern, er ist in jeder Hinsicht perfekt. Attraktiv, intelligent, alles, was man sich wünscht. Und dann das ganze Geld. Du könntest dir locker zehn Kinder leisten, wenn du willst.«

»Das wäre schön«, sagte Philadelphia zögernd, »aber es ist nun mal so, dass ich ihn nicht liebe.«

»Unsinn, natürlich liebst du ihn. Wenn ein so toller Mensch das möchte, dann kann man gar nicht anders. Außerdem liebt keine Frau ihren Mann vor der Hochzeit, außer mir, aber das ist die große Ausnahme. Normalerweise kommt das nicht vor. Ach herrje, du bist doch nicht etwa in jemand anderen verliebt?«

»Ich weiß nicht.«

»Natürlich nicht.« Sally sah erleichtert aus. »Das ist wirklich fantastisch, ich gratuliere dir. Wo ihr wohl heiraten werdet? Vielleicht in der Westminster Abbey. Sollen wir es den anderen sagen? Nein, nein, natürlich nur wenn du es möchtest, aber nachher verrate ich es Amabelle unter dem Siegel der Verschwiegenheit, darf ich? Und wenn du ein echter Schatz bist, dann lässt du es mich an die Presse verkaufen – wenn es alles abgemacht ist, natürlich –, für die Nachricht bekomme ich mindestens einen Zehner, bitte lass mich es machen und nicht Bobby. Das wäre so lieb von dir. Was für einen Ring er dir wohl schenken wird? Du bist ein Glückskind, Delphie, das muss ich schon sagen.«

Nachdem Sally sie auf diese Weise etwa eine halbe Stunde lang bearbeitet hatte, begann Philadelphia sich tatsächlich als die zukünftige Lady Lewes zu betrachten. Ihre Zweifel und Vorbehalte verschwanden, und so langsam bekam sie das herrliche Gefühl, ein sehr wichtiger Mensch zu sein. Wenn Sally, zu der sie in jeder Hinsicht aufsah, es für sinnvoll hielt, dass sie Michael heiratete, dann würde sie auch selbst nichts mehr dagegen einwenden. Damit hatte Sally erfolgreich Michaels Aufgabe übernommen, und als sie ausführlich alle Einzelheiten der Hochzeit besprachen, von der jubelnden Menge vor der Westminster Abbey bis zum Muster des Nachthemds für die Aussteuer, erwachten in Philadelphia sogar romantische Gefühle. Beim Tee hatte sie Mühe, nicht mit der Neuigkeit herauszuplatzen, und machte sogar ein paar kleine Andeutungen über ein Geheimnis, das nur ihr selbst bekannt war, aber niemand hörte ihr zu. Alle achteten nur darauf, wie die Situation zwischen Mrs Fortescue und Major Stanworth sich entwickelte.

Bei ihrer Rückkehr nach Compton Bobbin fand Philadelphia auf dem Tisch in der Eingangshalle eine Nachricht von Michael.

Meine liebste Philadelphia,

ich hätte mich gerne von dir verabschiedet, aber ich habe dich nirgendwo gefunden. Nun, ich komme in weniger als einer Woche zurück (spätestens nächsten Dienstag, so Gott will) und erwarte dann deine Antwort. Erwäge die Sache gründlich, meine Liebe, denn der Entschluss zur Ehe ist ein Entschluss fürs Leben. Ich muss wohl kaum erwähnen, wie sehr ich hoffe, dass du einwilligst, meine Frau zu werden, und ich bin überzeugt, dass du dein zukünftiges Glück getrost in meine Hände legen kannst. Vor meiner Abreise habe ich alles mit Tante Gloria besprochen. Solltest du bezüglich deiner Entscheidung noch Zweifel hegen, meine liebste Philadelphia, so denke daran, dass niemand dich so gut anleiten und dir raten kann wie deine eigene Mutter.

In Liebe,
Michael

Diese befremdliche Mitteilung erschien Philadelphia, die noch nie zuvor einen Liebesbrief bekommen hatte, wahrscheinlich weniger frostig, als sie auf die meisten anderen einundzwanzigjährigen Mädchen gewirkt hätte. Andererseits erweckte er in ihr auch nicht gerade die Gefühle, die die Handschrift des Geliebten üblicherweise hervorrufen sollte, und der Verweis auf Lady Bobbin ärgerte sie sehr.

In Lewes Park hatte Michael einige Dinge mit seinem Gutsverwalter zu klären. Das Ganze sollte weniger als eine Woche in Anspruch nehmen. Am Tag nach seiner Ankunft bekam er jedoch eine Gelbsucht, die ihn fast einen Monat lang ans Bett fesselte. Und dieser Umstand hätte um ein Haar sein Leben vollkommen anders verlaufen lassen als geplant.

Vor der Abreise aus Compton Bobbin hatte er seiner Tante Gloria von seinem Wunsch, Philadelphia zu heiraten, berichtet. Lady Bobbin war natürlich hocherfreut.

»Mein lieber Michael«, sagte sie fast schon gerührt, »das ist die schönste Neuigkeit, die du mir erzählen konntest. Auch der arme Hudson hätte sich darüber sehr gefreut. Die finanziellen Dinge besprechen wir ein andermal – ich muss gleich mit dem Jagdleiter wegen eines neuen Pferdes sprechen –, aber ich kann dir gerne schon mitteilen, dass ich vorhatte, Philadelphia für eine Ehe, die sie mit meiner Zustimmung eingeht, mit zweitausend Pfund pro Jahr auszustatten, und nach meinem Tod wird sie natürlich ohnehin recht wohlhabend sein. Ich muss mich jetzt beeilen, also auf Wiedersehen und bis Dienstag.«

»Sie hat zwar noch nicht ausdrücklich Ja gesagt«, erklärte Michael selbstzufrieden, »aber ich bezweifle kaum, dass alles gut ausgeht. Auf Wiedersehen, Tante Gloria, und vielen Dank für den schönen Besuch bei dir.«

Als Philadelphia von Mulberrie Farm zurückkehrte, stand ihr Entschluss fest. Sally hatte das Ganze als vollendete Tatsache behandelt, und diese Einstellung hatte Philadelphia übernommen, sodass sie sich jetzt nur wünschte, Michael wäre nicht abgereist und sie könnten sich noch am selben Abend in das aufregende Dasein als Verlobte stürzen, das Sally ihr so lebhaft beschrieben hatte. Sie beschloss, Michaels Brief sofort zu beantworten und ihn anzuflehen, so bald wie möglich zurückzukehren, aber auf dem Weg zum Schulzimmer lief sie ihrer Mutter in die Arme.

»Oh, Philadelphia, warte einen Moment. Ich möchte mit dir reden. Nun, mein Schatz, Michael hat mir die Neuigkeit berichtet, und ich muss wohl kaum sagen, dass ich mich sehr darüber freue. Das ist mit Abstand das Beste, was passieren konnte. Wir können deine Verlobung auf unserem

Ball bekanntgeben, am Tag, bevor Bobby nach Eton zurückfährt.«

Unglücklicherweise provozierte alles, was Lady Bobbin zu ihren Kindern sagte, unweigerlich deren Widerspruch.

»Aber ich habe nicht vor, Michael zu heiraten«, sagte Philadelphia trotzig. »Ja, er hat mir einen Antrag gemacht, aber ich habe ihn nicht angenommen.«

»Dann hoffe ich, dass du das umgehend tust«, erwiderte Lady Bobbin scharf. »Bei Michael klang es so, als wäre es abgemacht.«

»Für ihn ist es vielleicht abgemacht, aber nicht für mich.«

»Du bist wirklich ein dummes, störrisches Gör. Michael ist der perfekte Ehemann für dich. Und du magst ihn doch wohl leiden, oder nicht? Was hast du denn gegen ihn?«

»Ich mag ihn schon leiden, aber er ist ein ziemlich aufgeblasener alter Kerl.« Diesen Ausdruck hatte Philadelphia von Bobby.

»Unsinn. Michael ist sehr pflichtbewusst, er weiß um die Verantwortung, die seine Stellung in der Welt mit sich bringt, und das ist ein Glück. Du willst ja wohl keinen Clown oder Hanswurst als Mann. Außerdem wirst du, wenn du ihn nicht heiratest, wahrscheinlich eine alte Jungfer bleiben. Ich kann mir nicht vorstellen, dass du jemals auch nur einen halb so passenden und halb so netten Mann findest. Und wenn wir schon beim Thema sind, Philadelphia, dann kann ich dir auch gleich sagen, dass ich nicht verpflichtet bin, dir einen einzigen Penny zu geben, wenn du gegen meinen Willen heiratest.«

»Ist gut«, murrte Philadelphia, »ich denke darüber nach.« Sie schlich davon und riss beim Gehen Michaels Brief in kleine Fetzen.

Im Schulzimmer traf sie auf Paul, den sie den Tag über noch kaum gesehen hatte.

»Ihre Großmutter war eindeutig ein Genie«, sagte er und blickte vom Tagebuch auf. »Auch wenn ihr Charakter in mancherlei Hinsicht zu wünschen übrig ließ. Aber der literarische Wert ihrer Prosa scheint mir den ihrer Gedichte sogar noch zu übertreffen, und ihre metaphysischen Schlussfolgerungen sind tadellos. Hören Sie sich das an:

›Der menschliche Geist besitzt die sehr auffällige und merkwürdige Eigenart, sich stets dem Unwichtigen zuzuwenden und dabei nahezu alles andere auszublenden. Am deutlichsten geschieht dies im Traum. Letzte Nacht zum Beispiel träumte ich, dass ich im Kinderzimmer mit der kleinen Julia spielte, als sie sich plötzlich den Teddybären schnappte, den ich ihr gestern für vier Shilling und sechs Pence auf dem Baker Street Bazaar gekauft hatte, und sich mit ihm ins lodernde Kaminfeuer stürzte, wo sie zu Asche verbrannte. In diesem Traum (und das veranschaulicht meine These) bekümmerte mich der Tod der armen Julia viel weniger als der Verlust des Bären, und ich sagte voll Trauer: »Er hat mich vier Shilling und sechs Pence gekostet.«‹

Komisch, das gerade jetzt zu lesen«, fuhr Paul fort, »denn ich hatte letzte Nacht auch so einen Traum. Soll ich Ihnen davon erzählen?«

Philadelphia unterdrückte die Langeweile, die einen überkommt, sobald es um die Träume anderer Menschen geht, und sagte: »Gerne.«

»Also, es war ein wirklich sonderbarer Traum. Sie und ich sind mit Michael zur Hochzeit vom Prinzregenten und Mrs Fitzherbert nach Brighton gefahren. Wir hatten eine Hin- und Rückfahrkarte erster Klasse gekauft. Aber als wir am Royal Pavilion ankamen, wo die Hochzeit stattfinden sollte, waren dort nur Franzosen, und sie trugen alle Kleider aus der Zeit Ludwigs XIV. Darüber war Michael sehr erbost, und er hat entrüstet zu mir gesagt: ›Jetzt langt's aber. Erstens sind diese Leute keine Engländer, die meisten kennen den Prinzregenten nicht mal vom Sehen, und dann hätten sie ja wohl wenigstens den Anstand haben können, sich der korrekten historischen Epoche entsprechend zu kleiden. Außerdem ist Sheridan nicht da, und Mrs Fitzherbert ist wütend zur YWCA abgedampft. Das kann man ihr natürlich nicht verübeln, aber es ärgert mich schon sehr, dass wir völlig umsonst die lange Fahrt erster Klasse gemacht haben.‹ Dann sind wir alle zurück nach London gefahren, ebenfalls erster Klasse.

Der Traum war lang und sehr lebhaft, aber das Einzige, was sich mir wirklich eingeprägt hat, war, dass wir erster Klasse gereist sind. Beim Aufwachen hatte ich die Worte ›erster Klasse‹ auf den Lippen, und obwohl ich mich an den Rest des Traums nur noch vage erinnern kann, sehe ich den Erste-Klasse-Wagen mit den gepolsterten Sitzen und Armlehnen, den blütenweißen Spitzendeckchen und den kleinen Stadtansichten von Bath und Wells noch deutlich vor mir.«

»Sehr merkwürdig«, sagte Philadelphia, während sie die Fetzen von Michaels Brief ins Feuer warf. Als sie nach oben ging, um sich fürs Dinner umzuziehen, dachte sie, dass das Leben selbst allerdings noch merkwürdiger war als jeder Traum – und viel, viel verwirrender.

18

»Jerome«, sagte Amabelle.

Jerome blickte ein wenig verschämt von seiner wöchentlichen Lektüre des *Tatler* auf. »Ja, Amabelle?«

»Ich muss dir etwas erzählen.«

»Was denn, meine Liebe?«

»Ich werde Giles Stanworth heiraten.«

»Oh Gott«, sagte Jerome und vergrub das Gesicht in den Händen.

Eine Minute später fragte er: »Amabelle – das ist nicht wahr, oder? Du meinst das doch nicht ernst?«

»Oh doch, das ist wahr. Morgen wird in der Dorfkirche das Aufgebot bestellt – nicht hier im Dorf, denn Giles sagt, der Pfarrer ist ein Papist, sondern in Hogrush. Ist das nicht aufregend? Anfang Februar wollen wir hier heiraten. Ich trage dann natürlich einen Hut, und wir würden uns beide freuen, wenn du mich zum Altar führst.«

»Das kommt überhaupt nicht infrage.«

»Dann muss Bobby es machen.«

»Bist du verrückt geworden, Amabelle? So einen haarsträubenden Unsinn habe ich in meinem ganzen Leben noch nicht gehört. Du kannst doch den armen Mann nicht an den Portman Square zerren, wo er völlig fehl am Platze ist, unglücklich, gelangweilt –«

»Das habe ich auch nicht vor. Giles würde niemals seinen geliebten Hof verlassen, nicht mal für mich, und ich würde ihn nie darum bitten. Nein, ich werde auf dem Land leben, und darauf freue ich mich schon.«

»Meine Liebe, jetzt bist du aber ein wenig kindisch.«

»Nein, ganz und gar nicht. Ich glaube, ich muss dir mal deutlich machen, wie die Dinge stehen, vielleicht kannst du es dann besser nachvollziehen. Also, erstens habe ich Giles zufälligerweise sehr gerne, und in seinen kleinen Sohn bin ich auch vernarrt.«

»Wenn du unbedingt heiraten willst, warum dann nicht Michael?«

»Weil Michael mich zu Tode langweilt, und außerdem möchte ich nicht zum Gespött meiner Freunde und Bekannten werden. Die Leute lachen, wenn eine Frau einen fünfzehn Jahre jüngeren Mann heiratet, und das zu Recht.«

»Aber ich verstehe nicht, warum du überhaupt heiraten willst. Bist du denn nicht glücklich?«

»Wenn du mir mal eine Minute zuhören würdest –«

»Na gut, ich höre.«

»Der eigentliche Grund, mein Lieber, ist, dass ich fünfundvierzig bin. Das hast du nicht gewusst, was? Es ist aber so. Und was geschieht mit einer Frau wie mir, ungebunden, aber nicht unattraktiv, wenn sie dieses Alter erreicht hat? Es ist sehr vertrackt, das kann ich dir sagen. Sie wird nämlich irgendwann von Oxford-Studenten geangelt, die sich zwar gerne mit ihr zeigen, für die sie aber eigentlich nur eine Mischung aus Wahrsagerin, Kinderfrau und interessanter historischer Persönlichkeit ist, die es irgendwie geschafft hat, bis zum heutigen Tage am Leben zu bleiben. Ich habe das schon oft gesehen, und du auch, wenn du ehrlich bist. Und wenn man dann um die fünfundfünfzig ist, sagen die Leute: ›Amabelle sieht wirklich fantastisch aus für ihr Alter. Sie muss inzwischen weit über siebzig sein, sie war ja schon alt, als ich noch ein junges Mädchen war.‹ Es ist ein fürchterliches und, soweit ich sehe, unvermeidbares Schicksal, und deshalb möchte ich mich lieber würdevoll zur Ruhe setzen, bevor es mich ereilt.«

»Ich glaube, da täuschst du dich«, meinte Jerome. »Vermutlich bist du deprimiert – kein Wunder in diesem grässlichen Haus –, aber das ist noch lange kein Grund, so einen fürchterlichen Fehler zu begehen. Du wirst gelangweilt und unglücklich sein, wenn du hier lebst. Giles Stanworth ist natürlich sehr nett, er ist ein reizender Mensch, aber welche gemeinsamen Interessen habt ihr denn?«

»Leber-Egel zum Beispiel. Du glaubst gar nicht, wie brennend ich mich für Leber-Egel interessiere. Außerdem hat er mir von einer anderen faszinierenden Krankheit erzählt, die Pferde befallen kann, sie heißt Taumelkrankheit. Dann die Fruchtwechselwirtschaft –«

»Kannst du mal eine Minute lang ernst sein?«, rief Jerome verzweifelt. »Ich finde es nicht zum Lachen, dass du für eine verrückte Idee wie diese dein Lebensglück aufs Spiel setzt. Amabelle, wenn du unbedingt heiraten willst, dann heirate mich.«

»Ach, Jerome, wie süß von dir. Aber was würde Mrs Nickle dazu sagen?« Mrs Nickle war seit zwanzig Jahren Jeromes Haushälterin. »Nein, nein, mein Lieber, das geht nicht. Außerdem ist es mein ehrlicher Wunsch, Giles zu heiraten, auch wenn dir das vielleicht seltsam vorkommt. Und da nichts, was du sagst, mich davon abbringen wird, könntest du auch einfach ein fröhliches Gesicht machen und mir alles Gute wünschen.«

»Vielleicht bin ich ein wenig begriffsstutzig, aber ich verstehe immer noch nicht, was dich zu diesem Schritt bewegt. Und du brauchst jetzt nicht so zu tun, als wärst du bis über beide Ohren in Giles Stanworth verliebt oder so etwas Albernes.«

»Ich bin tatsächlich in ihn verliebt. Aber das tut nichts zur Sache. Der Grund ist, wie ich dir bereits gesagt habe, dass ich mich nicht von kleinen Oxford-Studenten aufgabeln lassen möchte.«

»Jetzt übertreibst du aber – so zudringlich und gefährlich, wie du vielleicht meinst, sind diese jungen Männer nicht.«

»Nein, das ist ja gerade das Dumme. Ich habe doch keine Lust, die keusche Tante zu spielen.«

»Du bist unverbesserlich, Amabelle.«

»Du meinst wohl dickköpfig. Trotzdem, du könntest mir alles Gute wünschen, alter Junge.«

»Das tue ich – das tue ich wirklich. Aber spätestens nach sechs Monaten auf dem Land wird du dich zu Tode langweilen.«

»Genau das hast du auch gesagt, als ich dieses Haus gemietet habe, falls du dich erinnerst. Und anfangs stimmte das auch, ich hatte ungefähr einen Tag lang fürchterliche Langeweile, aber seitdem amüsiere ich mich prächtig.«

»Ja, ein paar Wochen lang und in netter Gesellschaft. Aber stell dir vor, du müsstest Monate und Jahre auf diesem grauenhaften Hof verbringen.«

»Er ist überhaupt nicht grauenhaft. Das Häuschen ist sehr hübsch, und ich werde das bäuerliche Leben genießen. Ich habe vor, ein Destillierzimmer einzurichten und Gesichtscreme aus Kräutern herzustellen, außerdem hat Giles mir ein Buch über Syllabubs und Flummery Caudles und viele andere traditionelle Gerichte geliehen, und wusstest du schon: Wer Rhabarber verzehrt, bald den Lokus beehrt? Ich wette, nein.«

So wurde am folgenden Sonntag in der Kirche das Aufgebot verkündet, und die Nachricht von Amabelles Verlobung verbreitete sich wie ein Lauffeuer. Bobby kam in heller Aufregung vorbei, überhäufte Amabelle mit Küssen und sagte zu Major Stanworth: »In Wirklichkeit ist Amabelle natürlich schon immer in mich verliebt, und deswegen heiratet sie auch Sie, damit sie nämlich in der Nähe von Compton Bobbin wohnen kann. Meine Liebe, du hättest Mummys Gesicht in der Kirche sehen sollen! Hinterher hat sie zu Tante Loudie gesagt: ›Der arme Giles, ich hätte nie gedacht, dass er mal eine Frau aus der Halbwelt heiraten würde, aber er hat sich wohl in ihrem Netz verfangen wie so viele andere. Das wird sein Ende sein.‹«

Major Stanworth wurde dunkelrot. Obwohl er sich für einen außerordentlich aufgeschlossenen Menschen hielt, konnte er sich nicht recht daran gewöhnen, dass Amabelles Freunde so unbekümmert über ihre Vergangenheit sprachen.

Doch Bobby machte fröhlich weiter mit seinen taktlosen Bemerkungen. »Anscheinend hat Mutter erfahren, dass ich dich ziemlich gut kenne, und hat sich mit Tante Loudie darüber beraten, aber die hat wie immer einfach göttlich reagiert und meinte, bei Jungs sei das alles nicht so wild, und Mutter hat ihr mehr oder weniger zugestimmt, und am Schluss hat sie gesagt: ›Außerdem kostet es angeblich zehntausend Pfund, mit Mrs Fortescue zu schlafen, also ist es wohl ganz in Ordnung, wenn Bobby sie ab und zu besucht.‹«

»Deine Mutter weiß aber nicht besonders gut über die aktuelle Marktlage Bescheid«, bemerkte Amabelle trocken.

»Beim Lunch hat sie jedenfalls gesagt, Giles zuliebe würde sie dich empfangen, wenn ihr verheiratet seid, schließlich müsse man seinen Freunden im Unglück beistehen. Typisch, dass sie sich mit so etwas brüstet, genau wie mit der Dinnerkleidung im Busch – sie ist so stockkonservativ. Zur Hochzeit will sie mit der ganzen Jagdgesellschaft aufkreuzen, und dann wollen sie vor der Kirche auf den Hörnern für euch ›Füchslein rot, jetzt bist du tot‹ spielen. Das wird ein Spaß, was?«

»Da bin ich mir ganz sicher«, sagte Amabelle begeistert. »Meinst du, sie geben dir in Eton dafür eine Beurlaubung?«

»Das habe ich mich auch schon gefragt. Kann ich Trauzeuge sein? Dann müssen sie mir frei geben.«

»Nein, kannst du nicht«, sagte Giles Stanworth.

19

»Ich liebe dich, ich liebe dich, ich liebe dich, ich liebe dich, ich liebe dich, ich liebe dich, ich liebe dich, ich liebe dich«, sagte Paul. »Ich liebe dich. Und wenn es sonst noch etwas zu sagen gäbe, würde ich es sagen, aber mehr gibt es schlicht und ergreifend nicht.«

»Ach, nein?«, fragte Philadelphia säuerlich, wich ans andere Ende des Sofas zurück und strich sich die zerzausten Haare glatt. »Ich hätte gedacht, es gäbe noch so einiges, was du inzwischen mal hättest sagen können.«

»Das zeigt nur, dass du mich weniger liebst als ich dich, mein Zuckerpüppchen.«

»Das stimmt nicht. Ich liebe dich sogar viel mehr.«

»Wie kommst du denn darauf?«

»Erstens habe ich noch nie im Leben jemanden geliebt.«

»Ich auch nicht.«

»Und was ist mit Marcella?«

»Ach, Marcella! Sie hat mir nie etwas bedeutet, nie. Ich fand sie vielleicht attraktiv, aber Liebe –«

»Und Susan und Elizabeth und Sheila und Sonia und Rosemary und Joan und Veronica?«

»Das hat Sally dir verraten! Wie gemein von ihr. Ich verspreche dir, diese Mädchen haben mir niemals so viel bedeutet wie du. Keine Frau der Welt kann es mit dir aufnehmen, du bist etwas ganz Besonderes für mich.«

»Na gut, ich glaube dir, mein Schatz, obwohl das wahrscheinlich sehr dumm von mir ist und auch riskant. Jedenfalls müssen wir dringend überlegen, was wir jetzt machen.«

»Darling, sei doch nicht so pragmatisch. Alles wird gut, das verspreche ich dir, aber quengele bitte nicht so herum.«

»Ich quengele aber. Jetzt sind wir schon zwei ganze Tage verlobt, und du hast noch nichts unternommen, außer mich auf dem Sofa zu küssen und mir Lügengeschichten über die anderen Mädchen zu erzählen, in die du verliebt gewesen bist.«

»Aber, mein Liebling, was soll ich denn unternehmen?«

»Du sollst Maßnahmen ergreifen.«

»Was für Maßnahmen denn?«

»Oh, du treibst mich noch in den Wahnsinn.«

»Ja, aber im Ernst, was für Maßnahmen? Ich werde dich heiraten, mein Schatz, das ist doch wohl schon eine ganz bedeutende Maßnahme.«

»Mich heiraten!«, rief Philadelphia verzweifelt. »Ich weiß, das sagst du die ganze Zeit, aber wie denn – wie denn – wie denn? Wie willst du es Mutter sagen, wie willst du für meinen Unterhalt sorgen, und wie soll ich vor allem die Verlobung mit Michael lösen? Dir scheint gar nicht klar zu sein, dass er schon gestern zurückgekommen wäre, und zwar mit Verlobungsring und allem Drum und Dran, wenn er nicht durch eine Fügung des Schicksals Gelbsucht bekommen hätte.«

»Du hast ganz offensichtlich mit Sally über die Sache gesprochen«, sagte Paul mürrisch, »und wenn das so weitergeht, muss ich deiner Mutter erzählen, dass du wie ein geölter Blitz nach Mulberrie Farm saust, sobald sie dich einen Moment aus den Augen lässt. Sie wird dem schnell ein Ende machen.«

»Paul, Darling, liebst du mich?«

»Aber ja.«

»Dann geh zu Mutter und sag ihr, dass wir verlobt sind.«

»Das mache ich, gleich morgen früh.«

»Das hast du gestern auch gesagt.«

»Ich weiß. Aber heute Morgen habe ich mich so schlecht gefühlt, dass ich es nicht über mich gebracht habe. Es gab schon wieder Hirn zum Frühstück, und allein der Anblick macht mich krank. Aber morgen werde ich heldenhaft und tapfer sein. Und du schreibst an Michael, nicht wahr, und ich schreibe einen Bestseller über deine Urgroßmutter, und dann sind wir glücklich bis an unser Lebensende, du wirst schon sehen. Also gib mir einen Kuss und hör auf zu nörgeln, ja?«

»Nein, mache ich nicht. Sagst du es Mutter heute Abend, wenn sie von der Jagd kommt?«

»Darling, bitte nicht. Du kannst dir nicht vorstellen, wie sehr deine Mutter meine Nerven strapaziert, es ist wahrhaft gespenstisch. Ich zittere und bebe wie Erbsenlaub, was immer das sein mag.«

»Dann trink vorher einen Whisky Soda.«

»Das geht nicht. Stell dir vor, sie riecht meinen Atem, wie die Polizei, wenn man einen Autounfall baut.«

»Tja, aber wann gedenkst du es ihr denn zu sagen?«

»Darling, kann es sein, dass du gerade ein winziges bisschen oberlehrerhaft klingst? Wenn ich ehrlich bin, halte ich es für wenig sinnvoll, es ihr überhaupt zu sagen. Das würde nur dazu führen, dass ich mit dem nächsten Zug abreisen muss. Versetz dich doch mal in meine Lage. ›Ach, Lady Bobbin, übrigens, ich heiße gar nicht Fisher, sondern Fotheringay, und ich habe mich unter Vorspiegelung falscher Tatsachen bei Ihnen eingeschlichen, ich habe keine Sekunde lang mit Bobby gearbeitet, sondern stattdessen Material für die Biografie über Lady Maria gesammelt, die Sie mir verboten haben zu schreiben, und jetzt würde ich gerne Ihre Tochter heiraten, aber da ich pleite bin, wäre es nett, wenn Sie meine dringendsten Schulden bezahlen und mir für die Hochzeit einen neuen Frack kaufen könnten, denn aus meinem Schulfrack bin ich leider rausgewachsen.‹ Das klingt nicht besonders überzeugend, weißt du?«

»Oh, Paul, was sollen wir nur tun?«

»›Der Wert des Menschen liegt im Sein, nicht im Tun.‹«

Philadelphia brach vor Wut in Tränen aus.

»Jetzt wein doch nicht, Darling. Du wirst sehen, alles wird gut.«

»Wie wär's, wenn wir Amabelle fragen, was sie dazu sagt?«

»Na gut, wie du möchtest. Wenn du nur aufhörst zu weinen. Nicht, dass ich glaube, sie könnte uns weiterhelfen –«

Amabelle stand im Salon von Mulberrie Farm vor dem Kaminfeuer und rang die Hände. Im Zimmer roch es stark nach Bananen.

»Keine Sorge«, sagte sie. »Ich mache das nicht aus Verzweiflung, weil es Knatsch mit Giles gegeben hat oder so etwas. Es ist nur der Nagellack, er will einfach nicht trocknen.« Und sie rang noch viel stärker die Hände. »Philadelphia, dich wollte ich sowieso sprechen. Walter und Sally sind gestern Hals über Kopf nach Südfrankreich abgereist. Irgendjemand hat sie eingeladen, und die Armen glauben, dass es sie nichts kosten wird. Sally war todtraurig, dass sie sich nicht mehr von dir verabschieden konnte, und hat tausend Nachrichten hinterlassen. Sie sind nur für ein paar Wochen dort, aber sie kommen anschließend nicht mehr hierhin, weil ich selbst am Samstag nach London fahre, um meine Aussteuer für den Hof zu kaufen, Liebes. Ich denke darüber nach, mir Cordhosen zu besorgen, wie Giles sie trägt, die sehen bestimmt sehr schick aus. Ein Glück, dass ich meine Figur behalten habe, was? Wo steckt eigentlich Bobby?«

»Er ist zum Jagen zu Bunch gefahren, morgen kommt er zurück.«

»Schick ihn bei mir vorbei, ja? Ich möchte ihn noch mal sehen, bevor ich abreise. Vermutlich kostet mich das einen Fünfer, aber egal. Wenn der Junge erst wieder in Oxford ist, spare ich eine Menge Geld.«

»Amabelle, eigentlich sind wir hier, weil wir dich um einen Rat bitten möchten.«

»Tatsächlich?«

»Paul und ich sind verlobt und wollen heiraten.«

»Ich weiß, Sally hat es mir schon erzählt. Ihr erwartet hoffentlich nicht, dass ich euch gratuliere oder so etwas.«

»Das ist aber nicht nett von dir, es gehört sich doch so. Und warum willst du uns nicht gratulieren?«

»Weil es keinen Grund für Glückwünsche gibt, meine arme Kleine. Vermutlich glaubt ihr, ihr wärt verliebt?«

»Das glauben wir nicht nur. Wir sind es auch«, sagte Paul trotzig. Er ahnte schon, worauf Amabelle hinauswollte.

»Wie soll ich euch da gratulieren? Euch muss doch klar sein, dass diese Ehe unmöglich ist. Im besten Fall stehen euch endlose Streitereien und Ärger ins Haus, denn Lady Bobbin wird sich verständlicherweise weigern, euch mit Geld zu versorgen. Paul hat nichts als Schulden. Ihr werdet lange, lange Zeit nur Sorgen haben, bevor ihr überhaupt heiraten könnt, und danach werdet ihr wahrscheinlich noch viele Jahre in bitterer Armut leben. Keine besonders erfreulichen Aussichten, wenn ihr mich fragt.«

»Aber Walter und Sally sind doch auch arm«, wandte Philadelphia ein. »Es könnte ihnen kaum schlechter gehen, und trotzdem sind sie zwei der glücklichsten Menschen, die ich kenne.«

»Walter und Sally sind eine große Ausnahme. Ich glaube sogar, sie sind einzigartig, mir jedenfalls ist ein Fall wie ihrer in meinem ganzen Leben noch nicht begegnet. Nichts auf der Welt könnte ihre Gefühle füreinander ändern. Eine solche

Liebe gibt es vermutlich nur einmal in hundert Jahren. Ich möchte euch nicht wehtun, ich habe euch nämlich beide wirklich gern, aber ehrlich gesagt bezweifle ich, dass ihr den nötigen Charakter für eine solche Beziehung habt – obwohl ihr mir das natürlich nicht glauben werdet. Es ist schon lustig: Die Leute sind jederzeit bereit zuzugeben, dass sie kein Talent zum Zeichnen oder Musizieren haben, aber sie sind alle fest davon überzeugt, dass sie zu wahrer Liebe fähig sind. Dabei ist das ein Talent wie jedes andere, nur sehr viel seltener. Wohlgemerkt, wenn Paul eine gute Partie wäre und ihr ohne irgendwelche Schwierigkeiten heiraten könntet, würdet ihr bestimmt glücklich werden. Ich sage nur, dass es unter den gegebenen Umständen unmöglich ist.«

»Oh, Amabelle«, rief Philadelphia, »wie garstig von dir! Ich dachte, wenigstens du könntest uns einen Rat geben.«

»Wenn ihr wirklich meinen Rat haben wollt, gebe ich ihn euch, aber er wird euch nicht gefallen. Behaltet die Sache für euch. Passt auf, dass deine Mutter und Bobby keinen Verdacht schöpfen, und genießt die Zeit bis nächste Woche, wenn Paul sowieso abreist. Sobald Michael von seiner Gelbsucht genesen ist, gib deine Verlobung mit ihm bekannt. Bitte glaub mir, du wirst sehr glücklich mit ihm werden. Ich kenne Michael sehr gut, und ich bin mir ganz sicher. Ihr werdet herrliche Flitterwochen verbringen, vielleicht macht er sogar eine Weltreise mit dir, und dann ziehst du zu ihm ins noble Herrenhaus von Lewes Park, bekommst ein paar hübsche Babys, führst ein gastliches Haus und bist die bestgekleidete Marquise in ganz England. Ich weiß nicht, wie du da zögern kannst, wirklich nicht.«

Philadelphia fing wieder an zu weinen.

»Danke für gar nichts«, schimpfte Paul wütend. »Sieh nur, wie du meine arme, süße Delphie verletzt hast. Nicht weinen, mein Schatz, du musst diesen alten Langweiler nicht heiraten, er würde dich ja schon nach einer Woche in den Wahnsinn treiben. Ich hatte zumindest auf dein Mitleid gehofft, Amabelle, aber das ist anscheinend schon zu viel verlangt. Ihr Frauen seid doch alle gleich. Alte Kupplerinnen, sonst nichts.«

»Paul, Paul, sei nicht so verbittert. Dir muss doch klar sein, dass gerade ich das Ganze vom Standpunkt der Vernunft betrachte. Denk doch mal nach, benutz dein Köpfchen, mein Lieber. Du und Philadelphia kennt euch seit genau drei Wochen. Bestimmt glaubt ihr wirklich, dass ihr bereit wärt, mehrere Jahre, vielleicht sogar euer ganzes Leben lang die schlimmsten Sorgen und Nöte zu ertragen, wenn ihr nur zusammen sein könnt. Aber meiner Meinung nach wäre es viel einfacher und vorteilhafter und würde euch letzten Endes auch beide glücklicher machen, wenn ihr euch jetzt trennt und jeder sein eigenes Leben führt. Das ist alles.«

»Trotzdem«, sagte Philadelphia und schniefte laut, »eine gewisse Unterstützung würde meine Mutter uns nach der Hochzeit wahrscheinlich zahlen. Sie ist ja im Prinzip dazu verpflichtet.«

»Das bezweifle ich sehr«, meinte Amabelle. »So, wie ich deine Mutter kennengelernt habe, erscheint mir das äußerst unwahrscheinlich. Natürlich wünscht sie jetzt, dass du Michael heiratest. Sie wird außer sich sein, wenn du ihr von deiner Verlobung mit Paul erzählst, und wenn sie herausfindet, dass ihr sie die ganze Zeit getäuscht habt, wird alles nur noch schlimmer. Was glaubst du, wie sie sich fühlt, wenn sie hört, dass er nicht nur nicht Mr Fisher ist, sondern ausgerechnet der Mr Fotheringay, den sie nicht in ihr Haus lassen wollte!«

»Ja, das ist wirklich übel«, gab Paul zu.

»Und was passiert dann? Im Zorn fallen Worte, die nie mehr vergeben werden können, und dann hast du zwei Möglichkeiten: Entweder du brennst mit Paul durch und ihr lebt von seinen dreihundert Pfund im Jahr« (verblüffenderweise kannte Amabelle das Einkommen all ihrer Freunde bis auf den Penny genau), »oder du führst ein trostloses Leben zu Hause, wo du bei deiner Mutter in Ungnade gefallen bist, so lange, bis Paul genug Geld verdient, um dich einigermaßen komfortabel ernähren zu können, was, soweit ich sehe, niemals der Fall sein wird.«

»Oh Gott!«, sagte Paul.

»Es tut mir leid, dass das so deprimierend klingt, aber ich kann mich nur wiederholen, heirate um Himmels willen Michael. Sonst steht dir nichts als Ärger bevor, meine arme Philadelphia.«

»Jetzt hör mal zu, Amabelle«, erwiderte Philadelphia überraschend resolut. »Ich werde definitiv nicht Michael heiraten, sondern Paul. Akzeptiere das bitte, und dann sag mir, was ich tun soll.«

Amabelle runzelte die Stirn. Sie konnte Philadelphias Sichtweise nicht nachvollziehen und hielt das Mädchen schlicht für störrisch.

»Dem Himmel sei Dank, dass ich keine Tochter habe«, sagte sie gereizt. »Na gut, wenn du es wirklich ernst meinst, dann hast du wahrscheinlich nur eine Möglichkeit. Du weist Michael ab, ohne einen Grund dafür zu nennen. Die Sache mit Paul muss absolut geheim bleiben. Und wenn ich geheim sage, meine ich auch geheim – keine Andeutungen oder halben Geständnisse, verstanden? Ihr wartet ein paar Monate ab, und in dieser Zeit sucht Paul sich eine anständige feste Arbeit. Dann schickst du Bobby zu deiner Mutter, er soll ihr die ganze Geschichte erzählen und sie bitten, euch genug Geld für die Hochzeit zu geben, denn ich glaube, er kriegt sie sehr viel leichter herum als du. Zu diesem Zeitpunkt wird sie die Hoffnung, Michael als Schwiegersohn zu bekommen, schon aufgegeben haben, und ist wahrscheinlich froh, dich loszuwerden, selbst wenn dein Zukünftiger eine so schlechte Partie ist wie Paul. Es ist aber unabdingbar, dass er sich zuerst eine anständige Arbeit sucht und sie ein paar Monate behält. Das scheint mir die einzige Möglichkeit zu sein. Und Paul, ich muss wohl nicht erwähnen, dass du dir die Biografie von Lady Maria aus dem Kopf schlagen musst, zumindest bis ihr einen vernünftigen Ehevertrag unter Dach und Fach habt.«

Paul und Philadelphia machten betrübte Gesichter. Die romantische Vorstellung, zusammen durchzubrennen, erschien ihnen viel attraktiver als eine Strategie, die Paul dazu zwang, sich dem Alltagstrott eines Bürojobs zu unterwerfen (was er stets geflissentlich vermieden hatte), und Philadelphia nötigte, ihr bisheriges ödes Leben auf unbestimmte Zeit fortzusetzen. Dennoch mussten sie zugeben, dass dies der vernünftigste Plan war, und beide waren ungeheuer erleichtert, dass es ihnen vorerst erspart bleiben würde, Lady Bobbin zu konfrontieren.

»Danke, liebe Amabelle«, sagte Philadelphia. »Ich glaube, du hast recht, obwohl es schrecklich sein wird, so lange warten zu müssen. Na ja, wenn du erst mal endgültig hier wohnst, ist es nicht mehr ganz so schlimm.«

»Natürlich nicht«, sagte Amabelle aufmunternd. »Paul wird mich jedes Wochenende besuchen, und Walter und Sally kommen sicher auch ab und zu vorbei, du wirst also in Compton Bobbin lange nicht mehr so einsam sein wie früher. Trotzdem bleibe ich dabei, meine Liebe, du machst einen schweren Fehler, wenn du Michael abweist. Da werde ich meine Meinung nicht ändern.«

Auf dem Rückweg nach Compton Bobbin sagte Paul: »Ich habe eine Idee. Mein Onkel Joseph hat in der Stadt irgendein grässliches Unternehmen. Ich lasse mich von ihm einstellen, das hat er mir früher schon angeboten. Amabelle hat recht, deine Mutter wird unserer Hochzeit viel eher zustimmen, wenn sie denkt, dass ich eine feste Arbeit habe. Menschen ihrer Generation sind in dieser Hinsicht sehr speziell, die wahrhaft wichtigen Dinge wie Selbstverwirklichung zählen bei ihnen gar nichts. Solange man einen guten, sicheren und anständigen Job hat, sind sie zufrieden. Dabei haben sie in Wirklichkeit nur selbst so lange auf der faulen Haut gelegen, dass sie es bei anderen für schädlich halten. Sei's drum, für dich, meine Süße, werde ich mich einen oder zwei Monate an einen Bürostuhl fesseln lassen und abwarten. Es wird sich schon eine Lösung ergeben, das ist immer so. Die Sache mit Lady Maria ist allerdings sehr ärgerlich. Dieses Buch hätte ich gerne geschrieben.«

»Darling, es tut mir so leid, dass du ein solches Opfer bringen musst.«

»Für dich würde ich jedes Opfer bringen, Darling. Aber ich kann es ja veröffentlichen, wenn wir verheiratet sind, und dann beweise ich der ganzen Welt, dass ich ein erstklassiger und ernstzunehmender Schriftsteller bin.«

»Oh Paul, ich liebe dich so sehr.«

»Philadelphia, mein Liebling. Wie kannst du bei einer solchen Mutter nur so ein wundervoller Mensch sein?«

»Ich glaube, Daddy war sehr lieb.«

»Dann muss es daran liegen.«

Sobald Bobby von der Jagd zurück war, stattete er Amabelle einen Besuch ab.

»Was ist das für einen Unsinn mit Paul und Delphie?«, fragte er vorwurfsvoll.

»Ach, du weißt es schon? Wer hat es dir verraten?«

»Niemand, aber man muss schon so stumpfsinnig wie meine Mutter sein, um nicht auf den ersten Blick mitzubekommen, was da los ist. Sie sitzen händchenhaltend auf dem Sofa im Salon, und Delphie macht ständig Andeutungen, wie herrlich es ist, verliebt zu sein, und all solche Sachen. Es kann nicht mehr lange dauern, bis Mummy die Sache spitzkriegt, und dann gibt's Ärger.«

»Ich habe es doch gewusst, dass diese dummen Kinder sich nicht zusammenreißen können. Was sagst du denn zu der ganzen Sache, Bobby? Ach, du brauchst gar nicht zu antworten, mein Lieber. Ich kann es mir schon denken.«

»Es ist natürlich absoluter Irrsinn. Ich hoffe und bete nur, dass Delphie mit dieser Dummheit nicht die Chance verspielt, Michael zu heiraten. Dem Himmel sei Dank, dass er vorerst von der Bildfläche verschwunden ist. Und von Pauls Verhalten bin ich schwer enttäuscht, nach allem, was ich für ihn getan habe.«

»Da bin ich zur Abwechslung mal ganz deiner Meinung«, sagte Amabelle. »Die beiden waren gestern hier, um mir alles zu beichten und mich um Rat zu bitten, und ich fürchte, ich war nicht besonders freundlich. Aber ich habe Paul schon zu oft bis über beide Ohren verliebt gesehen, um das ernst zu nehmen, und was Philadelphia angeht – in ihrem Alter verliebt man sich doch alle zwei Wochen in jemand anderen. Ich vermute, Michael hat die Sache wie immer völlig verbockt. Wenn er es nur halbwegs klug angestellt hätte, wäre sie jetzt verrückt nach ihm. Also wirklich, bei diesem jungen Mann bin ich mit meiner Geduld am Ende, er benimmt sich wie eine unglaubwürdige Romanfigur, nicht wie ein normaler Mensch.«

»Ja, das stimmt. Die Sorte Roman, über die die Kritiker schreiben: ›Die Charaktere sind schwach gezeichnet, und die Hauptfigur, Lord Lewes, wird nie so recht lebendig, aber die Landschaftsbeschreibungen von Berkshire sind teilweise sehr hübsch.‹ Was hast du Delphie geraten?«

»Ich habe ihr gesagt, sie sei verrückt, wenn sie Michael nicht heiraten würde, und dann hat sie angefangen zu weinen, und da habe ich es nicht mehr übers Herz gebracht weiterzumachen. Letzten Endes habe ich ihnen geraten, wenn sie trotz allem unbedingt heiraten wollten, müssten sie ihre Beziehung absolut geheim halten, bis Paul einen vernünftigen Job hat. Natürlich werden sie weder das eine noch das andere schaffen. Es ist klar, dass sie es nicht für sich behalten können, und eher geht ein Kamel durch ein Nadelöhr als Paul in ein Büro.«

»Todsicher. Er würde es nicht einen Tag lang aushalten.«

»Um ehrlich zu sein, ich vermute, deine Mutter müsste ihnen sehr wohl etwas Unterhalt zahlen, wenn sie heiraten würden, aber darüber lassen wir sie lieber im Dunkeln, denn Paul weiß ganz gut, was Armut bedeutet, und wenn kein Geld in Sicht ist, wird er wahrscheinlich nicht mit ihr durchbrennen.«

»Aber Paul ist nicht aufs Geld aus«, sagte Bobby.

»Das stimmt, aber er ist auch kein Dummkopf. Ich glaube nicht, dass er das Risiko eingehen würde, weder für sie noch für sich selbst. Aber das Schlimmste wäre, von den finanziellen Problemen ganz abgesehen, dass sie vermutlich nicht mal besonders glücklich wären. Sie passen überhaupt nicht zusammen. Paul braucht eine willensstarke Frau, die ihm sagt, wo es langgeht. Selbst diese abscheuliche Marcella wäre besser geeignet für ihn. Die süße Philadelphia dagegen ist für ein Leben in Reichtum und den höchsten gesellschaftlichen Kreisen geschaffen.«

»Und ich werde dafür sorgen, dass sie beides bekommt«, sagte Bobby mit selbstbewusstem Grinsen. »Du bist wirklich der gesunde Menschenverstand in Person, meine Liebe, du hast mich sehr aufgemuntert. Wie gehen wir also jetzt vor?«

»Du musst alles tun, damit deine Mutter von diesem Unsinn nichts erfährt. Wenn sie es merkt, ist alles verloren. Sie wird ihnen wüste Beschimpfungen an den Kopf werfen, und dann brennen die beiden wahrscheinlich sofort durch. Wenn wir es vor ihr geheim halten können, gebe ich der Sache nicht mehr als drei Monate, bevor sie im Sande verläuft.«

»Das dürfte nicht schwer sein. Paul reist in weniger als einer Woche ab, wenn ich zurück nach Eton gehe, und Mutter ist die meiste Zeit auf der Jagd. Außerdem kommen am Wochenende einige Leute zu Besuch, weil sie ja unbedingt diesen albernen Ball veranstalten will. Ich wage zu behaupten, dass sie nichts merken wird. Bisher war sie blind wie ein Maulwurf.«

»Hoffen wir das Beste«, sagte Amabelle und blickte aus dem Fenster. »Hallo, da kommt ja mein Verlobter – was trägt er denn da? Oh, das ist aber lieb, sieh mal, er bringt zwei tote Hühner zum Kochen! Er ist ein Engel, immer bringt er mir so wunderbare Geschenke mit.«

»Tja, ich muss los«, sagte Bobby etwas pikiert, »und wenn du tatsächlich nach London fährst, werden wir uns vor deiner Hochzeit wohl nicht mehr sehen, was sehr schade ist. Tu mir doch den Gefallen und such dir bei Cartier ein Geschenk aus, ja? Sie kennen mich und schicken mir die Rechnung, also nimm etwas Schönes. Nur bitte, wenn's geht, kein diamantenes Huhn.«

20

Der Ball in Compton Bobbin war beileibe kein Feuerwerk der guten Laune. Er geriet sogar noch trostloser als befürchtet, und noch Jahre später sprachen die jungen Leute in den Cotswolds von »dieser entsetzlichen Party bei den Bobbins«. Als die Gäste frierend und durchgerüttelt mit der langen Autofahrt eintrafen, wurden sie weder mit Terpsichores fröhlichen Klängen noch mit Bacchus' stärkendem Trank empfangen. Der junge Mann aus Woodford, der für Erstere engagiert worden war, hatte sich verspätet, sodass die Gäste eine halbe Stunde lang verunsichert herumstanden, während Paul und Squibby mühsam versuchten, das Radio in Gang zu bringen. Als der Musiker endlich erschien, kleinlaut und außer Atem – er hatte sein Auto kopfüber im Graben zurücklassen müssen –, stellte sich heraus, dass sein Spiel weniger für Jubel, Trubel, Heiterkeit sorgte als vielmehr für gähnende Langeweile. Lady Bobbin war dem Vorsatz treu geblieben, dass es in ihrem Haus während der Staatskrise keinen Champagner geben würde, und bald hörte man von allen Seiten das typische Stöhnen und Fluchen junger Leute, die auf einer Party kein anregenderes Getränk als Bier vorfinden. Dass Bobby, die Herzogin und weitere enge Freunde, die zum heimlichen Cocktailtrinken in Bobbys Zimmer eingeladen waren, hin und wieder in leicht beschwipstem Zustand im Erdgeschoss auftauchten, machte nur noch deutlicher, wie erbärmlich die übrigen Gäste auf dem Trockenen saßen.

Die Herzogin und Héloïse nächtigten anlässlich des Balls bei Bunch, ebenso wie Squibby, Biggy und Maydew. Die beiden Letzteren jedoch hatten sich unhöflicherweise geweigert, am Tanzvergnügen teilzunehmen, und als Entschuldigung angeführt, ihnen würde beim Autofahren schlecht. Allen war klar, dass sie in Wirklichkeit zu Hause bleiben wollten, um Musik für zwei Klaviere von Brahms zu spielen. Dieses unerhörte Verhalten hatte zur Folge, dass die Mädchen, die Bunch extra für die beiden eingeladen hatte, den größten Teil des Abends gelangweilt in der Eingangshalle saßen. Der Herzogin machte das ziemlich zu schaffen, da sie sich als erwachsene Begleitperson dafür verantwortlich fühlte, dass die jungen Damen sich amüsierten.

»Die armen Mädchen«, sagte sie zu Bobby, wenn sie nicht gerade damit beschäftigt war, ihm mit den Cocktails zu helfen, »eigentlich müsste ich mich um sie kümmern. Sollen wir sie hochholen?«

»Ach, lieber nicht. Sie sehen so trübsinnig aus, und die Drinks reichen ja schon kaum für uns. Außerdem glaube ich, sie sind ganz gern zusammen da unten.«

»Blödsinn, sie sehen wütend aus, und ich kann es ihnen nicht verdenken. Wie abscheulich von Biggy und Maydew, sie einfach sitzen zu lassen. An Lady Tarradales Stelle würde ich den beiden ordentlich die Leviten lesen, besonders weil sie sie bestimmt die ganze Nacht mit ihrer grässlichen Musik wach halten, und das, wo sie in letzter Zeit so furchtbar krank ist. Die armen Liebchen, sie sehen so hübsch aus in Rosa und Grün. Ich habe wirklich ein schlechtes Gewissen. Geh doch bitte mal nachsehen, ob es ihnen gut geht, ja, Bobby?«

»Meine Liebe, du weißt genau, dass es ihnen nicht gut geht, also was soll das Getue? Außerdem sind sie Bunchs Gäste und nicht meine. Soll er sich um sie kümmern.«

»Bunch hat doch selbst eine Begleitung, Sonia Beckett. Man kann nicht von ihm erwarten, dass er mit den anderen jeweils mehr als einmal tanzt. Hallo, Héloïse, mein Schatz.

Komm her, Liebes, ich muss dir was flüstern. Engelchen, ist es wirklich nötig, dass du mit vier jungen Männern herumläufst, wenn die arme Rosemary und die arme Laetitia niemanden haben, der sich mit ihnen unterhält?«

»Ich glaube, es möchte sich niemand mit ihnen unterhalten«, erwiderte Héloïse, »sie sind solche Schlaftabletten. Schnell, Bobby, gib mir einen Cocktail. Das ist die entsetzlichste Party, die ich je erlebt habe. Wie schlau von Biggy und Maydew, zu Hause zu bleiben. Ich bin richtig neidisch auf sie, du nicht auch?«

»Squibby, mein Lieber«, sagte die Herzogin und gab Bobby ein Zeichen mit ihrem leeren Glas, »sag mal, hast du einen Blick auf Rosemary und Laetitia werfen können? Geht es den kleinen Schätzchen gut?«

»Oh ja«, sagte Squibby gleichgültig, »ich glaube schon. Ganz sicher. Gerade eben haben sie ein fröhliches Pläuschchen mit Lady Prague gehalten.«

»Wäre es nicht nett, wenn du mal nach ihnen sehen würdest?«

»Ach, Tante Loudie, ich glaube, das ist nicht nötig. Ich bleibe viel lieber hier und unterhalte mich mit dir. Außerdem habe ich schon mit beiden getanzt, obwohl ich gar nichts mit ihnen zu schaffen habe. Biggy und Maydew wollten sie unbedingt einladen.«

Währenddessen hatten Paul und Philadelphia sich im Wäscheschrank verkrochen, wo sie gemeinsam beklagten, dass sie sich am folgenden Tag trennen mussten, und sich immer wieder schworen, einander in den nächsten Monaten treu zu bleiben.

»Darling«, sagte Philadelphia mit zitternder Stimme, »wenn ich an all die hübschen Mädchen denke, mit denen du in London ausgehst, dann habe ich solche Angst, dass du mich bald vergisst.«

»Das tue ich nicht. Ich verspreche dir, du hast auf ewig einen ganz besonderen Platz in meinem Herzen. Wo immer ich bin, ich werde jederzeit an dich denken. Ich gehe wahrscheinlich trotzdem mit anderen Mädchen aus, alles andere wäre ein Fehler, aber sie werden mir nichts bedeuten. Du bist die einzige Frau in meinem Leben und wirst es immer bleiben. Was ich für dich empfinde, ist einzigartig. Für mich bist du perfekt.«

Die Tatsache, dass Paul diesen Satz wortwörtlich schon zu mindestens drei anderen Frauen gesagt hatte, hielt ihn nicht davon ab, in diesem Moment fest davon überzeugt zu sein, dass er der Wahrheit entsprach.

»Aber ich habe auch Angst«, fuhr er fort, »dass du mich doch noch aufgibst und stattdessen Michael heiratest. Ich würde es dir nicht verübeln. Es wäre wahrscheinlich viel vernünftiger. Aber für mich bist du die Einzige –«

In diesem Moment öffnete die Herzogin die Tür des Wäscheschranks und steckte den Kopf hinein.

»Ach, ihr Lieben«, sagte sie erfreut, »wie schön, dass wenigstens ihr euch amüsiert. Es tut mir so gut, das zu sehen. Ihr habt ja keine Ahnung, wie elend und langweilig es hier draußen ist, das kann man gar nicht in Worte fassen. Also, wenn ihr fertig seid mit Glücklichsein im Schrank, dann kommt doch zu uns in Bobbys Zimmer, da gibt es Cocktails.«

Behutsam schloss sie die Tür wieder und kehrte zurück zu Bobby, wo sie sogleich mit der Neuigkeit herausplatzte.

»Da saßen sie im Schrank und hielten sich umschlungen. Ich kann dir gar nicht sagen, wie niedlich das aussah – die süßen Lämmchen. Wirklich, ich hätte nicht gedacht, dass Philadelphia so klug ist. Ich muss sie unbedingt zu uns einladen, wenn wir aus der Schweiz zurück sind.«

»Fang bloß nicht an, sie zu ermutigen«, sagte Bobby verärgert. »Amabelle und ich tun gerade alles, um diesen Unsinn zu beenden und sie zu überzeugen, sich mit Michael zu verloben.«

»Oh nein, du böser Junge, du kannst dich doch nicht aufführen wie eine alte Kupplerin, das ist nicht normal. Lass das arme Mädchen um Himmels willen ihren Spaß haben, es tut ihr doch gut. Hast du nicht gemerkt, dass sie gleich viel hübscher aussieht? Sie ist ein ganz anderer Mensch als noch vor einem Monat.«

»Sie soll unbedingt so viel Spaß haben, wie sie möchte«, erwiderte Bobby, »solange sie vernünftig bleibt und mit diesem albernen Gerede übers Heiraten aufhört – stell dir vor, Michael kriegt Wind davon, dann hat sie ihn möglicherweise für immer vergrault.«

»Du willst doch wohl nicht ernsthaft, dass sie Michael heiratet? Er ist so ein furchtbarer Langweiler. Ich würde meiner Tochter niemals erlauben, ihn zu heiraten, wie sehr sie es sich auch wünschen mag.«

»Das ist jetzt aber albern und sehr frech, liebe Tante Loudie. Jedes Mädchen braucht für die erste Ehe eine gute Partie, sonst geht es schnell bergab mit ihr. Amabelle sieht das genauso.«

»Amabelle ist eine ganz schöne Diva geworden«, sagte die Herzogin und hickste. »Früher, als sie noch eine gewöhnliche Kurtisane war – eine sehr erfolgreiche, nebenbei bemerkt –, konnte man so viel Spaß mit ihr haben. Wir sind heimlich zu ihren Partys gegangen und hielten uns für unheimlich verwegen, aber seit sie den alten James Fortescue geheiratet hat, ist sie doppelt so herzöglich wie ich. Wirklich sehr schade, damals war sie einfach fabelhaft.«

»Das ist sie immer noch«, sagte Bobby mit Nachdruck. »Sie ist einer der nettesten Menschen auf der Welt. Überleg doch mal, wie lieb sie zu den Monteaths ist, seit das Baby da ist.«

»Ja, natürlich ist sie sehr lieb und nett, das war sie schon immer. Ich sage ja nur, dass man nicht mehr so viel Spaß mit ihr hat wie früher. Und ihre Meinung zu Delphie halte ich für absurd. Das Kind ist doch reich genug, um zu heiraten, wen sie möchte.«

»Sie ist nur so lange reich, wie meine Mutter sie finanziert.«

»Natürlich. Aber selbst die liebe Gloria wird ja wohl nicht zulassen, dass ihre Tochter verhungert. Ich verstehe nicht, was man gegen Paul haben kann. Er scheint ein außergewöhnlich netter junger Mann zu sein, gut aussehend, höflich, alles, was man sich von einem Schwiegersohn wünscht.«

»Na ja, wenn du es wirklich wissen willst, erstens mal heißt er gar nicht Fisher.«

»Ach?«

»Er heißt Fotheringay, Paul Fotheringay.«

»Das ist ja ein viel netterer Name als Fisher. Und sehr romantisch. Eine der Frauen von Heinrich VIII. ist an einem Ort dieses Namens hingerichtet worden. Das weiß ich noch aus dem Geschichtsunterricht.«

»Meine Liebe, ich glaube, du verstehst nicht recht. Sein echter Name, wie gesagt, ist Paul Fotheringay, aber er gibt sich hier als Mr Fisher aus.«

»Wie aufregend. Moment, hat nicht ein Paul Fotheringay dieses urkomische Buch über einen Pfandleiher geschrieben, der versucht, sich umzubringen?«

»Ja, *Kuriose Kapriolen*, das ist von ihm.«

»Oh, ich habe noch nie so gelacht wie bei diesem Buch. Ich muss gleich noch mal zum Wäscheschrank – wie dumm, dass ich mein Exemplar nicht dabeihabe, sonst hätte er es signieren können. Das Buch war wirklich köstlich. Bobby, du kleiner Halunke, warum hast du mir das nicht früher erzählt?«

»Er ist unter einem Decknamen hier«, erklärte Bobby ein wenig besänftigt, »weil er eine Biografie über Lady Maria schreiben will. Er hat Mutter gefragt, ob er das Tagebuch ausleihen darf, aber sie hat ihm sehr unhöflich eine Abfuhr erteilt. Deshalb haben wir ihn als meinen Hauslehrer engagiert, und seitdem ist er hier und liest darin für sein Buch.«

»Na, das wird sicher ein Knüller«, meinte die Herzogin. »Delphie wäre verrückt, ihn nicht zu heiraten, aber wenn sie nicht will, nehme ich ihn. Ich liebe Männer mit Humor. Das Komische ist nur, dass mir Paul zwar von Anfang an sympathisch war, aber besonders witzig fand ich ihn eigentlich nicht. Na ja, war wohl mein Fehler. Mach mir doch noch einen Cocktail, Bobby, sei so lieb – ach, da ist ja auch Héloïse wieder, und noch dazu mit einem jungen Mann. Meine Güte, was für ein Pfannkuchengesicht, wo hat sie den denn jetzt aufgetrieben? Héloïse, stell dir vor, Philadelphia und Paul sitzen seit über zwei Stunden zusammen im Wäscheschrank.«

»Oh, wo denn? Kann ich mir das ansehen?«

»Natürlich nicht. Das geht dich gar nichts an. Ich bin eher überrascht, dass du nicht selbst da drinsteckst.«

»Das würde ich, wenn nur Maydew gekommen wäre«, erwiderte Héloïse, »aber all die jungen Männer hier scheinen ja vollkommen geschlechtslos zu sein. Ehrlich, so eine fürchterliche Party habe ich noch nie erlebt. Übrigens, darf ich euch Mr Wainscote vorstellen. Er war in letzter Zeit viel im Londoner Nachtleben unterwegs, und er würde sich bestimmt über einen Cocktail freuen, Bobby.«

»Um ehrlich zu sein«, sagte Mr Wainscote und wurde rot, »die anderen wollen jetzt gerne nach Hause – ich meine«, fügte er mit einem Blick auf Bobby rasch hinzu, »wir müssen jetzt leider gehen. Es hat uns großen Spaß gemacht, aber wir haben noch eine lange, kalte Autofahrt vor uns, deshalb verabschiede ich mich wohl lieber.« Und damit schob er sich wie eine Krabbe seitwärts aus dem Zimmer.

»Héloïse, mein Schatz, was für ein ungewöhnlicher junger Mann«, sagte die Herzogin.

»Er ist überhaupt nicht ungewöhnlich«, meinte Héloïse, »höchstens ungewöhnlich attraktiv. Ich bin ziemlich verliebt in ihn.« Sie blickte Bobby unter langen blauen Wimpern an.

»Vergiss es, Schätzchen, du kannst mir nichts vormachen. Ich weiß, dass du sauer bist, weil ich den ganzen Abend nicht mit dir geredet habe, aber deshalb musst du dich nicht gleich lächerlich machen. Möchtest du noch einen Colewock-tailewail?«

»Selewehr gelewern«, sagte Héloïse und setzte sich zufrieden auf die Bettkante. »Sei mal so nett und geh nach unten, Mutter, ich möchte Bobby küssen.«

»Na gut, ich werde nach Rosemary und Laetitia sehen. Viel Spaß euch beiden, und bis dann.«

Kurze Zeit später kam Bobby ebenfalls die Treppe herunter. Entsetzt von der trübseligen Stimmung, die ihm entgegenschlug, kam er auf die kluge Idee, die Hauptsicherung herauszudrehen und damit die Party zu beenden. Im flackernden Schein der einzigen Kerze, die in Compton Bobbin aufzutreiben war, suchte man hastig seine Mäntel und rief Adieu, und dann stieg die Crème de la Crème der Jugend von Gloucestershire immer noch murrend in ihre Morris Cowleys und fuhr davon.

Die wütende Standpauke von Lady Bobbin vermochte dieser unglückliche Zwischenfall allerdings nicht zu verhindern, er schob sie nur auf. Bobby und Philadelphia wurden ordentlich dafür zusammengestaucht, dass ihre Gäste sie nach dem ersten Tanz nicht mehr zu Gesicht bekommen hatten.

»Das ist natürlich alles Louisas Schuld«, schimpfte ihre Mutter, »und ich werde den Teufel tun, diese Frau noch länger in meinem Haus zu dulden. Ich habe die Nase voll von ihrer Unhöflichkeit, und was diese kleine … Héloïse angeht, wäre ich sehr dankbar, wenn ihr euch von ihr fernhalten würdet.«

Am nächsten Tag nahmen Paul und Philadelphia unter

Tränen und gegenseitigen Versprechungen ewiger Treue voneinander Abschied. Tante Loudie, die einzige Person, von der sie moralische Unterstützung erhielten, machte ihnen den Schmerz ein wenig erträglicher, indem sie versprach, gleich nach ihrer Rückkehr aus der Schweiz Philadelphia nach London einzuladen.

»Wir sehen uns bald wieder, Darling«, sagte Paul, als sie auf dem Bahnsteig von Watford auf seinen Zug warteten.

»Ja, Darling. Und vergiss nicht, mir zu schreiben.«

»Natürlich, jeden Tag. Du aber auch. Pass auf dich auf, mein Schatz, und mach dir nicht zu viele Sorgen. Du wirst sehen, alles wird gut.«

»Ich weiß«, sagte Philadelphia niedergeschlagen.

»Na, los«, sagte Bobby ungeduldig, als der Zug eingefahren war, »rein mit dir, Paul – auf Wiedersehen, Delphie, besuch mich mal in Eton, altes Mädchen. Und denkt daran, mir meine Briefe und Päckchen nachzusenden. Auf Wiedersehen!«

Dann blieb Philadelphia allein auf dem kalten, nassen Bahnsteig zurück, und alles Glück schien ihr verloren. Sie weinte so sehr, dass sie auf der Heimfahrt im Auto kaum die Straße erkennen konnte.

Paul und Bobby hatten es sich unterdessen im luxuriösen Erste-Klasse-Wagen gemütlich gemacht – Bobby hatte das Talent, mit einem Dritte-Klasse-Fahrschein immer irgendwie in der ersten Klasse unterzukommen – und diskutierten, ob sie zum Lunch ins Ritz oder ins Berkeley gehen sollten und welchen Film sie danach ansehen könnten. In Oxford stiegen sie aus und kauften sich alle illustrierten Zeitungen. Paul schwelgte noch ein wenig in seinem Herzschmerz, aber alles in allem war er froh, nach London zurückzukehren. Das einzig Dumme war, dass er Philadelphia versprochen hatte, sich eine Arbeit zu suchen – ein Zeitvertreib, den er hasste –, und dazu noch, dieser Arbeit dann auch nachzugehen. Viel lieber hätte er sich weiterhin so halbherzig wie bisher der Biografie von Lady Maria Bobbin gewidmet. Zum Glück bereitete es ihm aber keine große Mühe, diese unangenehmen Gedanken beiseitezuschieben, und bald war er in den *Tatler* vertieft.

Philadelphia dagegen irrte wie eine verlorene Seele durch Compton Bobbin. Sie war untröstlich. Das war wieder typisch, dachte sie, dass der böse Geist, der ihr Schicksal zu lenken schien, einen Monat ihres Lebens mit faszinierenden Menschen und Ereignissen füllte, nur um ihr dann an einem einzigen Tag alles wieder zu entreißen und nichts als ein paar Erinnerungen übrig zu lassen, die die Gegenwart nur noch öder und langweiliger erscheinen ließen. Paul war fort, Sally und Walter waren für immer fort, und Amabelle würde, wie es aussah, nicht vor Ostern zurückkehren – sie hatte die Pläne für ihre Landhochzeit geändert und beabsichtigte nun, nach der Ablammsaison in kleinem Kreis in London zu heiraten und die Flitterwochen in ihrer Villa an der Riviera zu verbringen.

Und so saß Philadelphia bis zum Abend wieder einmal träge und antriebslos im Sessel vorm Kamin, erdrückt von jener fürchterlichen Langeweile, die nur kennt, wer auf dem Land wohnt, aber weder die ländlichen Vergnügungen liebt noch die Geistesgaben besitzt, sich mit intellektuellen Dingen zu beschäftigen. Auch in den folgenden Wochen hatte diese wahrhaft unbeschreibliche Langeweile sie fest im Griff. Morgens stand sie so spät auf, wie sie sich traute, las wieder und wieder die Zeitung und hoffte, auf diese Weise die Zeit bis zum Lunch totzuschlagen. Nachmittags machte sie einen kleinen Spaziergang, und danach saß sie herum oder streifte ziellos durchs Haus und wartete auf den Tee. Nach dem Tee versuchte sie manchmal, eines der erbaulichen Bücher zu lesen, die Michael ihr empfohlen hatte, meistens aber legte sie auf dem Tisch im Schulzimmer eine Patience (»Wenn sie aufgeht, liebt er mich und wir werden heiraten.«), bis es Zeit war, ein Bad zu nehmen und sich fürs Dinner umzuziehen. Die Abende verbrachte sie mit ihrer Mutter vor deren heißgeliebtem Radio. So flossen die Tage träge dahin, von einer Mahlzeit zur nächsten. Es waren nicht die besten Methoden, mit denen die arme Philadelphia die Schwermut zu bekämpfen versuchte, aber es ist nicht leicht zu sagen, was sie unter den gegebenen Umständen anderes hätte tun können. Geistige Beschäftigung hatte sie nie gelernt, und außerdem war sie ohnehin mehr am Umgang mit Menschen interessiert. Ein Brief von Paul vergoldete ihr den ganzen Tag, und sie verbrachte Stunden damit, ihn wieder und wieder zu lesen und ihn zu beantworten, aber leider schrieb Paul nur sehr unregelmäßig. Wie die meisten Leute, die vom Schreiben leben, verabscheute er es, Briefe zu verfassen, und außerdem hatte er in seiner Wohnung nur selten Briefpapier.

Michael dagegen schrieb ihr von seinem Krankenlager fast jeden Tag. Obwohl er in seinen Briefen eher einen väterlichen als einen verliebten Ton anschlug, betrachtete er sich eindeutig als Philadelphias Verlobter, aber sie war zu träge und brachte auch nicht den Mut auf, die Bombe platzen zu lassen und ihn seiner Illusion zu berauben. Außerdem genoss sie den Briefwechsel mit ihm, und so ging Lady Bobbin ebenfalls davon aus, dass man die Verlobung bekannt geben würde, sobald Michael genesen war.

Paul nahm unterdessen in London sein lockeres Leben wieder auf. Er bekam ohne große Schwierigkeiten eine »Arbeit« im Büro seines Onkels. Dieser weigerte sich zwar kategorisch, ihm echte Arbeit anzuvertrauen, ließ ihn aber bereitwillig für ein Pfund pro Woche jeden Tag ein paar Stunden im Büro herumsitzen, damit er jenen seriösen Anschein erwecken konnte, mit dem er bei Lady Bobbin Eindruck machen wollte. Er liebte Philadelphia immer noch sehr und wünschte sich nichts sehnlicher, als sie zu heiraten, aber da er wusste, dass er ihre Mutter frühestens in ein paar Monaten um ihre Zustimmung bitten konnte, hielt er es nicht für verkehrt, diese Monate so angenehm wie möglich zu verbringen. Und genau zu diesem Zweck besuchte er wenige Tage nach seiner Ankunft in London eine Kostümparty in einer winzigen Wohnung in der Nähe der Brompton Road. Als er den Raum betrat, in dem sich alte Römer in Togen, bärtige Engländer des elisabethanischen Zeitalters und moderne Märchenfeen mit glitzernden Flügeln drängten, vernahm er prompt die begeisterten Begrüßungsschreie von Marcella Bracket.

»Da ist ja Paul! Liebling, ich bin so böse auf dich. Wo warst du bloß die ganze Zeit? Seit Wochen versuche ich dich anzurufen. Du hättest mir wirklich mal eine Weihnachtskarte schicken können, du Scheusal.«

Paul bemühte sich, sie zu ignorieren, er bemühte sich wirklich. Aber es half alles nichts – bevor der Abend zu Ende war, hatte er sich unterwürfig bei ihr dafür entschuldigt, dass er sich einen Monat lang nicht um sie gekümmert hatte, und schließlich lag sie wie eh und je in seinen Armen und drückte den großen, lippenstiftroten Mund auf seinen.

Am nächsten Tag erwachte er mit heftigen Kopfschmerzen und noch heftigeren Schuldgefühlen.

»Das ist entsetzlich«, dachte er. »Ich muss mich zusammenreißen. Wie kann ich mich nur so schäbig benehmen, während die arme kleine Philadelphia in diesem trostlosen Gutshaus hockt und sich mit niemandem unterhalten kann außer Lady Bobbin, und die ist den ganzen Tag auf der Jagd. Es sieht fast so aus, als hätte Amabelle recht – ich habe kein Talent für wahre Liebe. Ich schaffe es einfach nicht, einer Frau allein treu zu sein. Dabei liebe ich Philadelphia viel, viel mehr, aber Marcella hat irgendwie eine überwältigende Wirkung auf mich.«

Und er nahm sich fest vor, Marcella nie wiederzusehen. Doch die hartnäckige junge Frau ließ sich nicht so leicht abschütteln. Sie hatte vor Kurzem selbst in einer Liebesbeziehung Schiffbruch erlitten, deshalb passte es ihr sehr gut, Paul wieder um sich zu haben. Und Paul, einsam, mutlos und sehr von Marcella angezogen, musste nicht lange überredet werden. Keine vierzehn Tage später waren die beiden wieder unzertrennlich.

21

Sobald Michael wieder aus dem Haus durfte, kehrte er mit dem Zug nach Compton Bobbin zurück, um seine Hochzeit vorzubereiten. Er hegte keinerlei Zweifel an Philadelphias Haltung ihm gegenüber und reiste in heiterer Gelassenheit nach London. Dort nutzte er die Gelegenheit für einen Lunch mit Amabelle, die ihm ohne Umschweife alles über Paul und Philadelphia erzählte und noch einmal deutlich machte, dass die ganze Angelegenheit ihrer Meinung nach nichts als kindischer Unsinn war.

»Es kommt alles wieder in Ordnung«, versprach sie, »wenn du tust, was ich dir sage. Als Erstes rate ich dir, noch heute zu Cartier zu gehen und ihr einen hübschen Ring und noch ein anderes kleines Geschenk zu kaufen, ein Diamantarmband zum Beispiel. Das Armband gibst du ihr gleich bei deiner Ankunft, aber den Ring erst einen oder zwei Tage später, wenn sie lieb zu dir war – dann wirkt es noch romantischer. Du musst natürlich zärtlich und mitfühlend sein, aber du darfst keinen Zweifel aufkommen lassen, dass ihr fest verlobt seid. Sollte sie die Sache mit Paul erwähnen, gibst du dich überrascht und verletzt, aber dennoch bereit, ihr dieses eine Mal zu vergeben. Ich würde allerdings versuchen, das Thema so lange wie möglich zu umschiffen. Du wirst schon merken, bei dem eintönigen Leben, das sie zurzeit führt, und ihrer Angst vor dir – sie betrachtet dich nämlich mit aufrichtiger Ehrfurcht – steht sie im Nu mit dir vorm Altar. Und das willst du doch, nehme ich an?«

»Ja, ja«, sagte Michael und fügte unsicher hinzu: »Das arme

Kind, ich hoffe nur, dass ich sie glücklich machen kann. Du weißt aber schon, Amabelle, dass du immer die Liebe meines Lebens bleiben wirst?«

»Unsinn, mein Lieber, natürlich wirst du sie glücklich machen. Ihr zwei seid wie füreinander geschaffen. Und was Paul angeht – ich mag ihn ja sehr gern, aber ich bin sicher, dass sie mit ihm todunglücklich wäre. Er hat einen viel zu schwachen Charakter, um ein Mädchen wie sie zu heiraten. Paul braucht eine Frau, die nicht zimperlich ist. Er hat ja jetzt schon wieder eine Affäre mit dieser entsetzlichen Marcella Bracket, die er eigentlich gar nicht leiden kann – manchmal ist es wirklich nicht zum Aushalten mit ihm.«

Michael sah sehr erleichtert aus. »Dann liebt er Philadelphia in Wirklichkeit gar nicht?«

»Ich sag's dir, die Sache ist von vorn bis hinten Unsinn, und es ist ein Geschenk des Himmels, dass du wieder da bist und dem Ganzen ein Ende machst. Ich glaube zwar, dass er Philadelphia auf eine verdrehte Art tatsächlich liebt, aber er hat nicht die Kraft, sich von dieser Marcella Bracket zu lösen. Und jetzt machst du dich am besten gleich auf den Weg, Michael. Bleib standhaft und denk an das Diamantarmband. Es dürfte Wunder wirken.«

Michael befolgte Amabelles Ratschlag aufs Wort. Er ging vom Portman Square direkt zu Cartier und kaufte einen großen, wunderschönen Smaragdring und ein stattliches Diamantarmband. Mit diesen Geschenken in der Tasche nahm er den 16.45-Uhr-Zug vom Bahnhof Paddington und traf rechtzeitig zum Dinner in Compton Bobbin ein.

Seine Tante Gloria begrüßte ihn mit der Nachricht, dass Philadelphia sich mit Kopfschmerzen ins Bett gelegt habe.

»Wenn das so ist«, sagte er, »gehe ich hoch und spreche kurz mit ihr«, und bevor Lady Bobbin, erfreut, aber auch ein wenig entrüstet über diese Eile, halbherzig protestieren konnte, war er schon die Treppe hinaufgeeilt und klopfte an Philadelphias Zimmertür.

Es wäre gelogen zu behaupten, dass Philadelphia sich nicht freute, ihn zu sehen. Die zurückliegenden Wochen waren so monoton und deprimierend gewesen, dass sie sich über jedes neue Gesicht, jeden Besuch aus der Außenwelt gefreut hätte. Es hatte sie schon größte Überwindung gekostet, Michael unter dem Vorwand, sie habe Kopfschmerzen, aus dem Weg zu gehen, aber sie hatte das unbestimmte Gefühl, es aus Loyalität Paul gegenüber tun zu müssen. Als Michael nun direkt nach seiner Ankunft zu ihr heraufkam, freute und rührte sie das mehr, als sie zugeben mochte.

Er setzte sich auf die Bettkante und erzählte dies und das, fröhlich und ungezwungen, und mit seiner von der Krankheit noch blassen und schmalen Gestalt sah er äußerst attraktiv aus. Die Verlobung erwähnte er mit keinem Wort, und schließlich sagte er: »Jetzt muss ich mich fürs Dinner mit Tante Gloria frisch machen, sonst komme ich zu spät, und du solltest noch ein bisschen schlafen, wenn es dir nicht gut geht, also sage ich jetzt Gute Nacht. Aber erst musst du die Hand ausstrecken und die Augen schließen, Darling.« Philadelphia tat es, und er legte ihr das Diamantarmband um.

Diamanten haben auf Frauen, wie unbedarft sie auch sein mögen, einen sonderbaren psychologischen Effekt. Als Philadelphia die funkelnden Blüten an ihrem Handgelenk sah, vergaß sie vollkommen, dass sie eigentlich ihre Verlobung mit einem anderen hatte verkünden wollen. In kindlicher Freude schlang sie Michael die Arme um den Hals und rief: »Oh, was für ein schönes Armband! Danke, danke, liebster Michael. Du bist so süß zu mir.«

Fürs Erste hatte Amabelles Liebestrank Wirkung gezeigt. Im Laufe der Nacht jedoch ließ diese Wirkung nach, und als

Philadelphia am nächsten Morgen sehr früh, gegen sechs Uhr, aufwachte, machte sie sich quälende Vorwürfe.

»Paul, mein liebster, bester Paul«, weinte sie in ihr Kissen. »Ich bleibe bei dir, ich lasse mich nicht von ihnen bestechen. Ich werde dich nicht verlassen, niemals, solange ich lebe.« Sie nahm das leidige Armband, das im Licht der Nachttischlampe glänzte, pfefferte es in die hinterste Ecke des Zimmers und schluchzte bitterlich.

Nach einer Weile riss sie sich zusammen und überdachte ihre Lage. Wenn sie jetzt, wo Michael da war, noch länger in Compton Bobbin blieb, wäre die Verlobung nicht mehr zu verhindern. Sie wusste, dass sie ihren Widerstand allein und ohne Unterstützung nicht würde aufrechterhalten können, und ihr graute entsetzlich vor den furchtbaren Szenen, die ihre Mutter ihr mit Sicherheit machen würde, sollte sie es trotz allem versuchen. Wenn sie dem entkommen wollte, musste sie fliehen, und zwar jetzt. Es war ihre letzte Chance. Sie musste auf der Stelle zu Paul.

Nachdem sie diese Entscheidung getroffen hatte, zog sie sich schnell an. Es war am besten, das Haus zu verlassen, bevor die anderen aufstanden. Wie ein Verbrecher auf der Flucht schlich sie die Treppe hinunter, schnappte sich den Garagenschlüssel vom Tisch in der Halle, kletterte aus dem Fenster des Schulzimmers in die kalte, dunkle Morgenluft und hatte um sieben Uhr in ihrem kleinen Auto schon ein gutes Stück des Wegs nach London zurückgelegt. Sie würde noch mit Paul frühstücken können, bevor er ins Büro musste. Der arme Schatz, wie schrecklich diese Arbeit für ihn sein musste; es war großartig, dass er das nur für sie auf sich nahm. Alles wäre wieder gut, wenn sie erst bei ihm war, dort wäre sie in Sicherheit. Die Aussicht, ihn so bald wiederzusehen, erfüllte sie mit Aufregung und Vorfreude.

Kurz nach neun Uhr hielt sie vor dem Haus in der Ebury Street, in dem Paul seine Zimmer gemietet hatte. Ihr Herz klopfte laut, als sie an der Tür klingelte. Eine Ewigkeit lang passierte nichts, dann endlich öffnete eine ältere Frau mit einem Putzeimer in der Hand. Sie betrachtete Philadelphia feindselig und antwortete auf ihre Frage kurz angebunden: »Mr Fotheringay ist noch nicht geweckt worden.« Philadelphia zögerte. Sie fror und war benommen von der langen Fahrt.

»Ich muss ihn aber sehen«, sagte sie schließlich. »Es ist sehr wichtig. Ich bin seine Schwester. Bitte, können Sie mir zeigen, wo sein Zimmer ist?«

Die Frau zuckte die Schultern. »Mr Fotheringay wohnt in der ersten Etage. Er hat mich angewiesen, ihn nicht zu wecken. Aber wie Sie meinen.« Damit ließ sie sich auf die Knie nieder und fing an, den Linoleumboden zu schrubben.

Zögerlich stieg Philadelphia die Treppe hinauf. Sie klopfte mehrmals an die erste Tür, an die sie kam, und als sie auch nach längerem Warten keine Antwort erhielt, drehte sie schließlich den Knauf und trat ein. Sie stand in einem Wohnzimmer. Auf den ersten Blick war niemand zu sehen, obwohl das Licht brannte. Plötzlich aber entdeckte sie, dass doch jemand hier war: Paul lag voll bekleidet auf dem Sofa.

Es gibt Notsituationen, in denen das menschliche Gehirn nebensächliche Empfindungen wie zum Beispiel Überraschung einfach nicht registriert. Philadelphia, die sich nach der langen Autofahrt auf nüchternen Magen in einem Zustand fieberhafter Erregung befand, wunderte sich überhaupt nicht, dass Paul auf dem Sofa und nicht im Bett lag, dass er um neun Uhr morgens noch seine Abendgarderobe trug und dass das elektrische Licht ihm voll ins Gesicht schien, obwohl er tief und fest schlief. Ein erfahrenerer Mensch wäre vielleicht vorbereitet gewesen auf das, was nun folgte, Philadelphia aber verspürte nur eine überwältigende Erleichterung, dass sie Paul gefunden hatte. Jetzt würde bestimmt alles gut werden.

»Paul«, sagte sie und beugte sich über ihn. »Darling, wach auf.«

Keine Antwort. Keine Bewegung. Kein Geräusch im Zimmer außer seinem regelmäßigen, schweren Atem. Zaghaft berührte sie ihn am Arm. »Bitte wach auf, Paul.« Sie schüttelte ihn sacht. Sie schüttelte ihn kräftig. »Paul, sei nicht so unfreundlich zu mir. Du musst aufwachen. Ich bin den ganzen weiten Weg gekommen, um dich zu sehen. Bitte, bitte, mein Liebling.«

Endlich machte er die Augen halb auf, sah sie wie aus weiter Ferne an und sagte mit belegter Stimme: »Herrgott noch mal, lassen Sie mich in Ruhe. Ich habe doch gesagt, ich möchte nicht geweckt werden.« Damit drehte er sich um und blieb reglos liegen.

Jetzt wurde Philadelphia von wütenden Schluchzern geschüttelt. »Paul, du musst mit mir reden!«, rief sie. Schließlich verlor sie die Beherrschung und schlug ihm mit den Fäusten auf die Brust, bis er die Augen wieder öffnete. Dieses Mal schien er sie zu erkennen. Er nahm ihre Hand in seine und brachte mit großer Anstrengung hervor: »Geh weg, Darling, ich bin betrunken.« Und dann rührte er sich nicht mehr, sosehr sie auch weinte und ihm zuredete.

Mit langsamen Schritten ging Philadelphia die Treppe hinunter. Das war das Ende. Sie musste zurück zu Michael. Er würde sie niemals so behandeln. Tränen verschleierten ihr die Sicht, ihr war schlecht und sie fühlte sich einer Ohnmacht nahe. Die Frau, die sie hereingelassen hatte, schrubbte jetzt die Treppe vor dem Haus. Philadelphia ging schnell an ihr vorbei, um ihrem neugierigen Blick zu entkommen, stieg in ihr Auto und fuhr die Straße hinunter, bis sie sich außer Sichtweite glaubte. Dann hielt sie an und weinte, ohne sich um die Passanten zu kümmern, sie weinte und weinte, bis sie nicht mehr konnte. Schließlich überlegte sie, was sie nun tun sollte. Obwohl sie so unglücklich war, wusste sie, dass sie in ihrem Zustand unmöglich bis nach Hause fahren konnte; sie musste vorher etwas essen und sich ausruhen. Wen kannte sie in London? Ihre Tante Loudie war in der Schweiz, Sally höchstwahrscheinlich noch an der Riviera. Amabelle – die würde sie trösten. Philadelphia fuhr wieder los, und nachdem sie sich, weil sie sich in London nicht auskannte, mehrmals verfahren hatte, stand sie endlich vor Amabelles Haus. Sie klingelte, aber nichts geschah. Sie klingelte noch einmal, und endlich erschien ein rotgesichtiger Diener, der noch damit beschäftigt war, sich in seine Jacke zu zwängen.

»Ich möchte zu Mrs Fortescue, bitte.«

»Mrs Fortescue ist noch nicht geweckt worden.«

Während Philadelphia noch überlegte, was sie erwidern sollte, warf der unhöfliche Diener ihr die Tür vor der Nase zu. Aber nach all den schrecklichen Dingen, die ihr widerfahren waren, störte sie dieser Vorfall, den sie unter normalen Umständen als maßlose Demütigung empfunden hätte, auch nicht mehr. Sie setzte sich wieder ins Auto und überlegte, was sie jetzt tun konnte. Sally war ihre letzte Hoffnung. Vielleicht war sie ja doch schon von der Riviera zurück, dann wäre alles gut. Philadelphia fuhr zum Fitzroy Square. »Bitte, Gott, mach, dass sie da ist, bitte, bitte.« Dieses Mal wurde die Tür sofort geöffnet, und eine rundliche Zugehfrau sah Philadelphia freundlich an.

»Ja, Mrs Monteath ist gestern Abend zurückgekommen. Hier entlang, bitte.«

»Danke, Gott, danke, danke.«

Die Zugehfrau ging zu einer Wohnung im ersten Stock, schloss die Tür auf und führte Philadelphia in ein großes, helles Schlafzimmer, wo Sally und Walter Monteath im Bett saßen und frühstückten.

»Eine junge Dame wünscht Sie zu sehen, Ma'am.«

»Philadelphia, Liebes!«, rief Sally fröhlich aus.

Aber bevor Philadelphia etwas erwidern konnte, fiel sie ohnmächtig zu Boden.

Als sie wieder zu sich kam, lag sie im Bett, und Sally wischte ihr vor den Augen der Zugehfrau mit einem kalten, nassen Schwamm über das Gesicht. Walter war verschwunden.

»Ach, Liebes«, sagte Sally, »bleib schön liegen und mach dir keine Sorgen.«

»Es tut mir leid«, sagte Philadelphia, »dass ich hier so hereingeplatzt bin.«

»Das macht doch nichts. Geht es dir besser?«

»Ja, viel besser. Ich glaube, ich habe eigentlich nur Hunger, deshalb bin ich in Ohnmacht gefallen.«

»Du armes Schätzchen. Mrs Crumpit bringt dir gleich ein Frühstück. Du bist doch wohl nicht heute früh den ganzen Weg hierhergefahren?«

»Doch.«

»Ach du meine Güte. Walter hatte das schon vermutet, so, wie dein Auto aussieht.«

Auf einmal empfand Philadelphia eine behagliche Zufriedenheit. Sie hatte keine Eile, ihre Geschichte zu erzählen, und Sally stellte keine Fragen mehr, sondern ging in die Küche, um Mrs Crumpit zur Hand zu gehen. Bald kehrte sie mit einem leckeren Frühstück zurück. Während Philadelphia aß, klingelte im Nebenzimmer das Telefon. Philadelphia hörte Walters Stimme.

»Hallo – ja? Oh, hallo, Amabelle – meine Liebe, sie liegt bei uns im Bett, es geht ihr gut – sie ist ungefähr vor einer halben Stunde aufgetaucht und direkt in Ohnmacht gefallen. Hat uns einen schönen Schrecken eingejagt, aber jetzt frühstückt sie erst mal. Was? Das weiß ich nicht. Ich habe keine Ahnung. Ist gut, dann behalten wir sie erst mal hier. Einverstanden, Amabelle. Bis später.«

»Du hast alle ganz schön in Aufruhr versetzt«, sagte er, als er ins Schlafzimmer kam. »Michael war anscheinend außer sich vor Sorge und hat aus Compton Bobbin bei Amabelle angerufen, und sie hat versucht, Paul zu erreichen, aber er ist nicht ans Telefon gegangen. Zum Glück ist ihr eingefallen, dass wir vielleicht wissen könnten, wo du steckst. Michael ist schon auf dem Weg nach London. Ich muss mich jetzt frisch machen. Bis später.«

»Und jetzt erzähl mir alles«, sagte Sally, als er die Tür hinter sich geschlossen hatte. »Ich sterbe vor Neugier.«

»Na ja, es war so, Michael ist gestern zu uns gekommen und hat mir ein Diamantarmband geschenkt.«

»Das ist ja fabelhaft.«

»Und ich habe mich nicht getraut, ihm von Paul zu erzählen. Außerdem wollte ich nicht, dass Mutter mir eine Szene macht. Du hast keine Ahnung, wie beängstigend sie sein kann. Aber ich habe gedacht, wenn ich direkt zu Paul fahre, wird alles gut. Ich dachte, das ist meine einzige Chance. Deshalb bin ich heute Morgen ganz früh aufgestanden –«

»Das will ich meinen.«

»Und hierhergefahren und direkt zu Paul gegangen, und als ich da war«, sagte sie mit zitternder Stimme, »lag er auf dem Sofa und sah schaurig aus, und er hat weder mit mir geredet noch die Augen aufgemacht.«

»Sternhagelvoll vermutlich«, sagte Sally wissend und nickte.

»Ja. Ich habe ihn eine Ewigkeit gerüttelt, und dann hat er nur gesagt: ›Geh weg, ich bin betrunken.‹ Sally, ich wusste gar nicht, dass man sich auch morgens betrinkt?«

»Wahrscheinlich hatte er einen ordentlichen Kater«, meinte Sally. »Was hast du dann gemacht?«

»Als ich gemerkt hatte, was los war, bin ich zu Amabelle gefahren, weil ich dachte, ihr wärt noch im Ausland, aber sie war noch nicht aufgestanden, und ihr Diener war sehr unhöflich zu mir, und deshalb bin ich zu euch gekommen, weil ich gehofft hatte, ihr seid vielleicht doch da.«

»Du hast geweint, was?«

»Ja, natürlich. Was für eine schreckliche Vorstellung, dass ich die ganze Zeit in einen Säufer verliebt war.«

»Paul ist kein Säufer, meine Liebe, das ist Unsinn. Alle Männer lassen sich ab und zu volllaufen, aber üblicherweise rechnen sie nicht damit, dass ihre Freundinnen um neun Uhr morgens hereinschneien.«

»Wie auch immer, zwischen uns ist es jedenfalls aus. Nach alldem könnte ich es nicht ertragen, ihn noch einmal wiederzusehen.«

»Wirklich nicht?«

»Nein, niemals. Es war so schrecklich. Wenn er mich wirklich lieben würde, hätte er so etwas nicht getan. Michael würde sich nie so benehmen. Er liebt mich tatsächlich, das weiß ich jetzt, und ich werde ganz bestimmt glücklich mit ihm sein.«

»Das habe ich nie bezweifelt«, meinte Sally trocken. »Und in Paul warst du gar nicht richtig verliebt. Er war nur der Erste, der dir eine Liebeserklärung gemacht hat, und deshalb hast du dich in ihn verknallt, aber das zählt nicht.«

»Oh Sally, du verstehst das nicht. Bis heute Morgen habe ich ihn vergöttert, mehr als alles in der Welt. Aber wenn so etwas passiert, kann man jemanden doch nicht mehr lieben, oder?«

»Natürlich kann man das. Wenn man jemanden wirklich liebt, ändert so eine Sache daran rein gar nichts. Wie oft ich

Walter schon sturzbetrunken ins Bett gebracht habe! Aber du hast Paul in Wirklichkeit kein bisschen geliebt, meine Süße, und jetzt ist nur der Groschen gefallen, das ist alles. Ich persönlich halte das für ein Geschenk des Himmels, denn ihr beiden passt überhaupt nicht zusammen. Ihr wärt kreuzunglücklich geworden. Aber jetzt kannst du den fabelhaften Michael heiraten und wirst ein absolut beneidenswertes Leben führen. Nicht weinen, Schätzchen. Trink noch einen Kaffee, und dann gebe ich dir ein bisschen Rouge, damit du nicht zu blass aussiehst, wenn Michael kommt.«

Zwei Tage später las Paul in der *Times* von der bevorstehenden Hochzeit des Marquis Lewes mit Philadelphia Bobbin, der einzigen Tochter Lady Bobbins und ihres verstorbenen Gatten Sir Hudson aus Compton Bobbin in Gloucestershire.

Er seufzte tief – ob aus Bedauern oder vor Erleichterung, werden wir nie erfahren –, dann setzte er sich an seinen Schreibtisch und begann mit dem ersten Kapitel seines neuen Buchs, *Leben und Werk der Lady Maria Bobbin*.

Über die Autorin

Nancy Mitford wurde 1904 in London als älteste der später legendären Mitford-Schwestern geboren. In ihren Romanen beschrieb sie scharfzüngig das Leben der englischen und französischen *Upper Class*. Sie gehörte der Londoner Bohème an und war mit Evelyn Waugh befreundet, der sie zum Schreiben ermutigte. Der literarische Durchbruch gelang ihr allerdings erst 1945 mit ihrem Roman *Englische Liebschaften*. Mitford starb 1973 in Versailles.

Über die Übersetzerin

Eva Regul, geboren in Kiel, studierte Literaturwissenschaft in Berlin. Sie arbeitete als Untertitlerin und übersetzt seit 2019 britische und amerikanische Literatur ins Deutsche, u. a. von C Pam Zhang, Antoine Wilson und Zain Khalid.

KAMPA POCKET

Gilbert Adair

Oh Dear!

Miss Mount und der Mord im Herrenhaus

Kriminalroman

Aus dem Englischen von Jochen Schimmang

Weihnachten 1935. Ein verschneites Herrenhaus am Rande von Dartmoor in der englischen Grafschaft Devon. Freunde des Hauses haben sich bei Colonel Roger ffolkes (sic!) zum Festessen versammelt – oben, im Dachgeschoss, liegt die Leiche von Raymond Gentry, einem Klatschkolumnisten und Erpresser. In seinem Herz steckt eine Kugel. Aber die Tür zum Dachzimmer war von innen verschlossen, das einzige Fenster ist mit dicken Eisenstangen vergittert, und vom Täter oder seiner Waffe fehlt jede Spur. Glücklicherweise (wenngleich nicht für den Mörder) ist einer der Gäste an diesem Abend die fabelhafte Evadne Mount, erfolgreiche Autorin zahlloser klassischer Krimis, ihre Spezialität: *locked-room mysteries*. Wer also sollte geeigneter sein, den seltsamen Mordfall aufzuklären? Der unsympathische Scotland-Yard-Inspektor Trubshaw mit Schnauzbart und Pfeife? Ziemlich unwahrscheinlich.

»Very British, very funny, very good.«
Stern

Wenn Ihnen dieses KAMPA POCKET
gefallen hat, gefällt Ihnen vielleicht auch der Lesetipp auf der gegenüberliegenden Seite.

Schicken Sie uns bitte Ihren LIEBLINGSSATZ aus einem Kampa Pocket, bei einer Veröffentlichung auf unseren Social-Media-Kanälen bedanken wir uns mit einem Buchgeschenk:
lieblingssatz@kampaverlag.ch